Wilhelm Raabe

Das Odfeld

Eine Erzählung

Wilhelm Raabe: Das Odfeld. Eine Erzählung

Erstdruck: Leipzig (Elischer) 1889.

Neuausgabe mit einer Biographie des Autors
Herausgegeben von Karl-Maria Guth
Berlin 2017

Der Text dieser Ausgabe folgt:
Wilhelm Raabe: Sämtliche Werke, 3 Serien, 18 Bände, Berlin: Hermann
Klemm, o. J. [1916].

Die Paginierung obiger Ausgabe wird hier als Marginalie zeilengenau
mitgeführt.

Umschlaggestaltung von Thomas Schultz-Overhage unter Verwendung
des Bildes: Vincent van Gogh, Feld mit Raben, 1890

Gesetzt aus der Minion Pro, 11 pt

Die Sammlung Hofenberg erscheint im
Verlag der Contumax GmbH & Co. KG, Berlin
Herstellung: BoD – Books on Demand, Norderstedt

Die Ausgaben der Sammlung Hofenberg basieren auf zuverlässigen
Textgrundlagen. Die Seitenkonkordanz zu anerkannten Studienausgaben
machen Hofenbergtexte auch in wissenschaftlichem Zusammenhang
zitierfähig.

ISBN 978-3-7437-0826-6

Bibliografische Information der Deutschen Nationalbibliothek

Die Deutsche Nationalbibliothek verzeichnet diese Publikation in der
Deutschen Nationalbibliografie; detaillierte bibliografische Daten sind im
Internet über www.dnb.de abrufbar.

So ist es also das Schicksal Deutschlands immer gewesen, daß seine Bewohner, durch das Gefühl ihrer Tapferkeit hingerissen, an allen Kriegen Teil nahmen; oder, daß es selbst der Schauplatz blutiger Auftritte war. Daß, wenn über die Grenzen am Oronoco Zwist entstand, er in Deutschland mußte ausgemacht, Kanada auf unserm Boden erobert werden.

(Holzmindisches Wochenblatt, 45. Stück,
den 10. Novbr 1787.)

Erstes Kapitel

Dicht am Odfelde, in der angenehmsten Mitte des Tilithi- oder auch Wikanafeldistan-Gaus, liegt auf dem Auerberge über dem romantischen, vom lustigen Forstbach durchrauschten, heute freilich arg durch Steinbrecherfäuste verwüsteten Hooptal das uralte Kloster Amelungsborn. Will man die Geschichten, die ich hiervon erzählen kann, anhören, so ist es mir recht. Wenn nicht, muß ich mir das auch gefallen lassen und rede von den alten Sachen, wie schon recht häufig, zu mir selber allein. Ist nämlich unter Umständen auch ein Vergnügen, einerlei, ob am sonnigen Sonntagmorgen, im abendlichen Alltagszwielicht, im Sommer oder im Winter; – nur in der richtigen Stimmung muß man sich dann mit sich selber allein finden!

Ach ja, wenn man so das Ohr an ein Bündel vergilbter Papiere, an ein würdig Pergamen, an einen Folianten in Schweinsleder, ja oder auch an eines der Büchelchen in Duodez mit abgegriffenem Sammeteinband, Goldschnitt und Kupfern von Daniel Chodowiecki legt! Oft hört dann kein Kind, das eine Muschel an das Ohr hält, von Ferne her ein geheimnisvolleres, tiefgründigeres Tönen, Sausen und Brausen.

Man kann dann und wann sogar, über seiner Materie, seinem gelehrten Rüstzeug auf beiden Armen liegend, gründlich gelangweilt einschlafen und beim Wiedererwachen zu seiner Verwunderung bemerken, daß man doch etwas gelernt habe zum Weitergeben an andere. Auch in dieser Hinsicht beschert es der Herrgott den Seinen nicht selten im Traum; und es ist oft nicht das Schlechteste, was so den Lesern zufällt – und auch dem Geschichts- und Geschichten-Schreiber, falls er nur nachher eben bei seinem Niederschreiben die Augen offen und die Feder fest in der Hand behalten hat.

Schon Cajus Cornelius Tacitus soll die Gegend um den Ith gekannt haben, wenn auch nicht aus persönlicher Anschauung. Er soll von dem Odfelde – *Campus Odini,* und von dem Vogler – *mons Fugleri* reden. Dieses lassen wir auf sich beruhen; aber die Gegend ist allzu fett und fein, als daß sie nicht gleichfalls als Tummelplatz vieler menschlicher Begehrlichkeit und als Walstätte weltgeschichtlicher Katzbalgereien hergehalten haben sollte.

Römer haben sich ziemlich sicher hier auf Wodans Felde mit Cheruskern gezerrt und gezogen, Franken mit Sachsen und die Sachsen sich sehr untereinander. Die alte Köln-Berliner Landstraße läuft nicht umsonst über das Odfeld, vorbei an dem Quadhagen: Ost und Westen konnten also, wenn sie sich etwas mit dem Prügel in der Faust zu sagen hatten, wohl aneinander gelangen, und daß sie bis in die jüngste Zeit ausgiebigen Gebrauch von der Weggelegenheit machten, davon wird der Leser Erfahrung gewinnen, wenn er nur um ein kleines weiterblättert.

Wie hübsch ist es, wenn Brüder friedlich bei einander wohnen, und wie selten ist es! Und da es so selten ist, so hat es zu allen Zeiten Leute gegeben, die ihrer Nerven wegen den Verkehr und Umgang mit ihrer Nachbarschaft nach Tunlichkeit mieden oder ihn wohl ganz abbrachen und sich auf sich selber zurückzogen. Ein solcher Einsiedler hätte im Jahre Siebenzehnhunderteinundsechzig Magister Buchius im Kloster Amelungsborn wohl sein mögen, und ein solcher ist tausend Jahr früher der Gründer des Klosters unbedingt gewesen.

Das heißt, so unbedingt der Gründer kann der Mann Amelung, der vor undenklichen Zeiten im Tal unter dem Auerberge, oder diesmal genauer unterm Küchenbrink, den Born, der nachher seinen Namen trug, aufgrub, nicht genannt werden. Der Mann wollte nichts gründen, der Mann wollte sicherlich nichts weiter als endlich seine Ruhe vor der Brüder- und Schwesterschaft dieser Welt. Hoffentlich ist sie ihm zuteil geworden im Eichenschatten des Hooptals und ist der wilde Eber mit seinen Angehörigen auf der Eichelnsuche sein schlimmster Störenfried geblieben, bis, wie es im Märchen heißt, eines Morgens die frommen Rehe kamen und den lieben Freund und guten Greis aller Unlust durch seinesgleichen auf Erden enthoben fanden und so weiter.

4

»Und so weiter!« nämlich werden an dieser Stelle schon leider mehr als einer und eine sagen, denen es jetzt schon scheint, als ob der Historiograph wieder einmal imstande sei, ihnen die gewohnte Unlust zuzubereiten, und – hinter deren Rücken fahren wir fort in unserem Bericht.

Gegründet wurde das Kloster Amelungsborn im Anfang des zwölften Jahrhunderts von dem Grafen Siegfried dem Jüngeren von Homburg, dem man seinen Vater Siegfried den Älteren totgeschlagen hatte. Aus dem ersten Cistercienserkloster in Deutschland, Altenkamp bei Köln, holte er sich die Mönche, welche die Stelle der frommen Rehe und sonstigen lieben und betrübten Waldtiere über dem Grabe seines Erblassers versehen sollten. Sechs Mark Silber schenkte schon im Jahre 1125 Graf Simon von Dassel dem Konvent und fand willige Nehmer. Der erste Abt hieß Heinrich und stand mit dem heiligen Bernhard von Clairvaux in Briefwechsel, erhielt im Jahre 1129 auch ein Belobigungsschreiben von ihm für sein Kloster, worüber großer Jubel war, was mich nicht wundert, da es auch andern Vergnügen gemacht hat, mit dem heiligen Mann schriftlich oder persönlich in Verbindung zu kommen.

Im Jahre 1802 schreibt Schiller an Goethe:

»Ich habe mich dieser Tage mit dem heiligen Bernhard beschäftigt und mich sehr über diese Bekanntschaft gefreut; es möchte schwer sein, in der Geschichte einen zweiten so weltklugen geistlichen Schuft aufzutreiben, der zugleich in einem so trefflichen Elemente sich befände, um eine würdige Rolle zu spielen. Er war das Orakel seiner Zeit und beherrschte sie, ob er gleich und eben darum, weil er bloß ein Privatmann blieb und andere auf dem ersten Posten stehen ließ. Päpste waren seine Schüler und Könige seine Kreaturen. Er haßte und unterdrückte nach Vermögen alles Strebende und beförderte die dickste Mönchsdummheit, auch war er selbst nur ein Mönchskopf und besaß nichts als Klugheit und Heuchelei; aber es ist eine Freude, ihn verherrlicht zu sehen.«

»Zu der Bekanntschaft des heiligen Bernhard gratuliere ich,« schreibt Goethe. –

Auf Herrn Heinrich folgte Herr Werner, dann kam Hoiko, dann Eberhard, dann Gottschalk, dann Theodor, dann Arnold, dann Ratherius und so fort eine lange Reihe, deren Namen man wohl noch weiß, aber nicht mehr von ihren Gräberplatten aus Wesersandstein, die zerbröckelt und verstoben sind wie die Gebeine der alten Herren, welche unter ihnen zum Ausruhen kamen. Wir nennen von den frommen Vätern, die bis zur Reformation einander ablösten auf dem Abtstuhl, nur noch einen,

nämlich Herrn Werner den Zweiten von Bodenwerder. Zehn Schuhe soll
der Mann lang gewesen sein: der Freiherr von Münchhausen, der ja auch
aus Bodenwerder war, erzählt seltsamerweise von ihm nichts, was das
Ding freilich etwas verdächtig macht. Aber wie dem auch sei, wozu hilft
alle Erdengröße, wenn in kritischen Zeiten der rechte Erdenverstand
dabei mangelt?

Kritische Zeiten kamen mit dem Wittenbergischen Augustiner auch
für die Cistercienser zu Amelungsborn, und fanden ausnahmsweise den
rechten Mann mit dem allerrichtigsten Verständnis an der Spitze der
geistlichen Bruderschaft auf dem Auerberge. Andreas Steinhauer hieß
er, hatte im Jahre 1512, von deutschen Eltern in London geboren, zum
erstenmal aus schlauen Äuglein in die verworrene Welt hineingeblinzelt
und sicherlich nicht ohne Gründe in Köln Theologie studiert. Von Bre-
delar aus beriefen ihn die Brüder in ihr Weserkloster als Prior, und
Herzog Heinrich der Jüngere von Braunschweig hatte bis zu seinem Tode
Anno 1568 keinen getreuern Anhänger seines katholischen Glaubens als
seinen Abt zu Amelungsborn, Andreas Steinhauer.

Was helfen einem die schönsten kritischen Zeiten, wenn man sie nicht
zu benutzen versteht? Dominus Abbas Andreas Steinhauerius verstand's;
und wo andere unter plötzlich veränderten Umständen das Nest hätten
räumen müssen, wußte er es noch wärmer auszufüttern und sich sogar
ganz hausväterlich gemütlich drin einzurichten. Die grimmig-päpstische
Faust im Eisenhandschuh des alten antischmalkaldischen Grimmbarts
Herzog Heinrich löste sich vom Kragen des braunschweigischen Landes
und sank, Staub zu Staub, hinunter in die Gruft der Kirche Beatae Mariae
Virginis zu Wolfenbüttel. Julius hieß der Erbe und Nachfolger im Reich,
der neuen Lehre zuerst sogar als Märtyrer zugetan, nun aber ihr mächtiger
Gönner und Beförderer. Ich habe Gott Amor im Verdacht, daß er dem
alten Herrn Andreas sein Märtyrertum des Übertritts zum Luthertum
nach Möglichkeit erleichterte vor seinem Gewissen. Wie dem auch sei,
der letzte katholische Abt von Amelungsborn legte sich sofort um auf
die andere Seite und zog auch seinen ganzen Konvent mit hinüber. Und
im Jahre 1572 freite er, der Abt, nicht der Konvent, und führte heim
ins Kloster Jungfrawen Margarethen Peinen, eines Bürgers zu Stadtoldendorf eheleiblich und hoffentlich auch lieblich Töchterlein. Ob Sankt
Bernhard sich darob in seinem Grabe zu Clairvaux umgelegt habe, weiß
keiner; eine Verleumdung aber ist es, daß Vater Andreas Steinhauer seiner
Eheliebsten den Turm der Stadtkirche zu Stadtoldendorf als Heiratsgut

verschrieben habe. Der Turm eignet heute noch dem Kloster Amelungs-born, und nur die daran hängende Kirche gehört löblicher Bürgerschaft. Im Jahre 1588 ist auch dieser werte Mann zu seinen Vätern versammelt und in der Klosterkirche beigesetzt worden. Sein Bild und Grabstein sind heute noch dort zu sehen, und der Magister Noah Buchius, der nicht einmal den Namen mit dem seligen Ahnherrn gemein hat, hat im wäh-renden siebenjährigen Kriege durch vorgeschobenes Gerümpel sein Möglichstes getan, beides zu schützen, sowohl vor den roten Husaren des Generals Luckner, wie vor den austrasischen Freiwilligen des Mar-schalls von Broglio und den Bergschotten Mylord Granby's.

Wie aber kam der Magister zu diesem großen Ahnherrn? Auf die einfachste Weise. Sein Ururgroßvater Veit Buchius folgte dem alten An-dreas nicht nur auf dem Abtstuhl, sondern auch im Ehebett. Und die Wittib war jung und angenehm, und er hatte Nachkommenschaft. Jared zeugete Henoch. Henoch zeugete Methusalah. Methusala zeugete Lamech; und Lamech zeugete einen Sohn und hieß ihn Noah und sprach:

»Der wird uns trösten in unserer Mühe und Arbeit auf Erden, die der Herr verflucht hat!«

Möge der Trost, den wir persönlich aus dem alten Schulmeister, dem Magister Noah Buchius, gezogen haben, vielen anderen zuteil werden. Dies ist unser herzlicher Wunsch, wie wir uns aufrichten von den Foli-anten, Quartanten, Pergamenten und Aktenbündeln, ob denen wir auf das Sausen und Brausen, das Getöne von Wotans Felde, vom Odfelde, kurz von ferne her gehorcht haben im Lärm der Gegenwart, im Getöse des Tages, der immer morgen auch schon hinter uns liegt, als ob er vor hunderttausend Jahren gewesen wäre.

Sollen wir nun noch viel reden von den Äbten, die noch nachher ka-men? Im Grunde wäre es nicht nötig, da wir uns die zwei, auf welche es uns hauptsächlich ankam, aus ihrer Reihe hervorgelangt haben. Aber

da ist noch der dreißigjährige Krieg, der dem siebenjährigen vorangeht, und über den kommt kein deutscher Autor in einem historischen Werke, wenn er wirklich etwas sagen will, hinweg, ohne etwas von ihm zu sagen. Herr Theodorus Berkelmannus aus Neustadt am Rübenberge hieß der Mann, der in das Elend hineinfiel, einerlei ob verheiratet oder unverhei-ratet. Daß er dem lutherischen Glauben anhing, genügte, um ihm die persönliche Bekanntschaft des Generals Tilly als durchaus nicht wün-schenswert erscheinen zu lassen. Er suchte ihm aus dem Wege zu gehen, dem Herrn General; und der alte Tille suchte ihn natürlich höflich am

Ärmel zurück zu halten. Zwischen Einbeck und Nordheim bekam der arme Doktor der lutherischen Theologie und Abt Berkelmann eine liguistische Kugel auf der Flucht in die Schulter, was vor ihm noch keinem anderen Abte von Amelungsborn passiert war, und die Kaiserlichen reinigten hinter ihm den Tempel von ketzerischem Unrat auf ihre Weise. Gründlich! Aber freilich nicht auf lange.

Wer nun nach seiner Meinung einen Augiasstall zu reinigen hat, geht natürlich auf die Quelle zurück. In unserem Falle hielt sich die Liga sogar im wahrsten Sinne des Wortes an die Cisterne. Triumphierend zogen die Mönche des heiligen Bernhard unter Herrn Johannes von Meschede wieder ein im warmen Nest über dem Hooptal und gebrauchten geistlichen wie weltlichen Besen mit Kraft und bestem Willen – leider nur bis zum Jahr 1631.

Ich male es mir aus, wie nach der Schlacht bei Breitenfeld Herr Theodorus Berkelmann auf seinem Patmos sich aufhob, hinauskrähete und mit den Flügeln schlug, besonders mit dem lahmen Fittich! Unter dem Geleit schwedischer Reiter zog nun er wieder ein in Amelungsborn und soll den letzten Cisterciensermönch, den armen Bruder Philemon, am Ohr aus dem Klostertor geführt und auf die Kölnische Landstraße weserwärts hingewiesen haben. Wie noch die Fortun' in dem großen Kriege wechseln mochte, in Amelungsborn wurde der reine Glaube von nun an nicht mehr behelligt, außer vielleicht durch zu leichte Kost und durch zu gewichtige Schulden. Herrn Theodoro folgte auf dem jetzt ziemlich unbehaglichen Stuhl noch *Dr.* Statius Fabricius, der im Grunde als der letzte wirkliche Abt von Amelungsborn zu rechnen ist; denn nach ihm hatte das herzogliche Konsistorium zu Wolfenbüttel einen der Zeitenklemme angemessenen Gedanken. Es schlug zwei schwarze Brummer mit einem Klapp. »Wozu brauche ich noch einen Abt zu Amelungsborn, wenn ich schon einen Generalsuperintendenten zu Holzminden sitzen habe?« fragte es, – und:

> »Dich will ich belehnen mit Ring und mit Stabe,
> Dein Vorfahr besteige den Esel und trabe,«

summte es noch vor Gottfried August Bürger, und Herr Hermannus Topp rückte als der erste Generalsuperintendent in Holzminden und Abt von Amelungsborn auf die Prälatenbank der Lande Braunschweig-Wolfenbüttel. Die Güter, die liegenden Gründe der wackern, frommen und gelehrten Bruderschaft der Cistercienser waren schon längst in ein Klosteramt verwandelt und einem Landbau-verständigen Klosteramtmann oder Drost untergeben worden, was zur Kenntnis der »Hausgelegenheit« dieser Geschichte jedenfalls mitzuteilen war. Doch die Hauptsache kommt, wie gewöhnlich, zuletzt.

Wie überall in braunschweigischen Landen gab die Reformation in sehr achtungswerter Weise mit der rechten Hand das, was sie mit der linken genommen hatte. Was die Mönche verloren, das bekamen die Wissenschaften. Fürsten wie Stände erhielten ihre Hände rein und können heute noch nüchtern stolze Rechenschaft ablegen über die Anwendung der herrenlos gewordenen Güter und Besitztümer der römisch-katholischen Kirche. Da wurde die Universität Helmstedt errichtet, aus den Klöstern im Lande wurden »gelehrte Schulen« gemacht; und auch aus Amelungsborn, mitten im Walde, wurde solch' eine »große« Schule; und wenn nicht alle, so hätten doch wohl manche der alten gelehrten Herren aus Cistercium her ihre Freude daran gehabt und gern auch ein Katheder darin vor der neuen Jugend bestiegen.

Diese Klosterschule kam sogar zu einem Ruf, besonders in der Mathematik. Zwei Jahrhunderte blühte sie in der Stille des Weserwaldes und trug gute Früchte. Dann aber war wieder die Welt eine andere geworden. Die Lehrerschaft versumpfte, das junge Volk verwilderte im Walde, die beiden ersten schlesischen Kriege des jungen Fritz kamen dazu, und der dritte, der siebenjährige Krieg des alten Fritze, schlug diesem gelehrten Wesen auf dem Auerberge über dem Hooptale völlig den Boden ein. Trotz Franzosen, Engländern und Schottländern im Lande behielt Karl der Erste zu Braunschweig-Lüneburg auch hierfür Zeit. Wahrscheinlich nach Rücksprache mit seinen trefflichen Männern von seinem erlauchten Collegio Carolino sah er, daß die Sache so nicht mehr ging.

»Eine hohe Schule der Wilddiebe konveniret weder Uns noch Unseren in Gott ruhenden Ahnen,« meinten Seine Hochfürstliche Durchlaucht und holten den Cötus weg aus dem Walde und die Lehrerschaft aus dem Sumpfe.

Wer heute auf der Weser zu Berg oder zu Tal fährt, der bemerkt bei der guten Stadt Holzminden ein stattlich Gebäude, an dessen Giebel die Worte stehen:

DEO ET LITTERIS.

In diesen Worten wächst heute noch weiter, was im Jahre 1124 von den Mönchen aus Cisteaux auf dem Auerberge über dem Hooptale und dem Brunnen des frommen Bruders Amelung in den Boden gelegt worden ist. Aus der Klosterschule von Amelungsborn ist ein berühmtes Gymnasium geworden, und der jedesmalige Rektor darf sich immer auch noch Prior von Amelungsborn nennen und unterschreiben. Der Schreiber dieses hat da, so ums Jahr Eintausendachthundertundvierzig unterm alten, wackern Schulrat Kokenius, auch einmal eine Schulbank abgerieben. Er läßt es seine erlauchten Vorfahren in der Gelehrsamkeit, die klugen und ehrwürdigen Brüder Cistercienser, durchaus nicht entgelten, wenn er wenig gelernt hat in Holzminden. Zur Tugend der Wahrhaftigkeit ist er jedenfalls dort angehalten worden, und wenn er mal bei einem Datum und Faktum sein Recht als Poete zu scharf nimmt, so sollen weder Cistercium bei Dijon, noch Amelungsborn am Odfeld und auch nicht Holzminden an der Weser was dafür können, und sollen sich bei ihrem Besserwissen beruhigen dürfen. Von dem heiligen Bernhard von Clairvaux redet er übrigens nicht ganz so schlimm wie Friedrich von Schiller und Wolfgang von Goethe. Daß Doktor Martin Luther den Mann »höher denn alle Mönche und Pfaffen auf dem ganzen Erdboden« hielt, spricht immer mit, wenn es sich darum handelt, in Kloster Amelungsborn Hausgelegenheit zu erkunden.

Zweites Kapitel

Die große Wald-Schule hatte wandern müssen, und der Klosteramtmann war geblieben und hatte, sich die Hände reibend, gemeint, nun sei endlich wohl für ihn die bessere, die ruhigere Zeit gekommen und – hatte sich sehr geirrt, wie man sich eben bei seinen Hoffnungen und Wünschen dann und wann im Leben zu irren pflegt. Der Mann hatte für sein Teil Ruhe und Behagen in der Welt zu wenig mit den übrigen Zeitumständen gerechnet. Im Jahre 1761 gab es trotz des Abzuges des Cötus keine Ruhe in und um Kloster Amelungsborn, weder für den Herrn Amtmann noch die anderen In- und Umsassen der Stiftung Siegfrieds von der Homburg.

Das Verhältnis zwischen der Schule und dem Amt war immer nicht das beste gewesen; aber im Verlaufe des achtzehnten Jahrhunderts hatte es sich derartig verschlechtert, daß es zuletzt gar nicht schlimmer mehr werden konnte. Zu verwundern war's gerade nicht. Sie saßen einander zu nahe und mit sich zu sehr widersprechenden Interessen auf dem Kasten. Ihre Anschauungen über Recht, Rechte, Berechtigungen, über Moral, Tugend, Sitte und Gewohnheit, ja, im pursten, krassesten, blassesten Sinne über Mein und Dein waren allzu verschieden. Sitte, Gewohnheit, Recht liefen zwischen beiden Mächten allgemach nur darauf hinaus, sich gegenseitig den größtmöglichen Verdruß und Tort, ja das gebrannteste Herzeleid anzutun.

»Lieber die Franzosen solange es ihnen beliebt im Lande, als diese gelehrte Kumpanei von Schlingeln, Lümmeln, Flegeln und Spitzbuben einen Tag auf dem Buckel!« hatte der Klosteramtmann schon seit Jahren geseufzt und geflucht. Ach, leider, ohne zu ahnen, wie bald und wie sehr ihn das Schicksal beim Wort nehmen werde!

Nun hatte er von der ganzen Schule nur noch den Magister Buchius im Hause; aber volle Gelegenheit, es auszuprobieren, ob es sich mit dem Herzog von Soubise, dem Marschall von Broglio, dem Marquis von Belsunce und dem Vicomte von Poyanne behaglicher Kirschen essen lasse als mit den gelehrten und ungelehrten, den jungen und alten Erbnehmern der Cistercienser von Amelungsborn.

Wir reden mit ihm wohl noch einmal darüber oder hören seine Meinung aus der Vergangenheit. Für's erste haben wir es vor allen Dingen mit dem Magister Noah Buchius zu tun, den die Klosterschule bei ihrer Auswanderung allein zurückgelassen hatte auf dem Auerberge, wie man beim Auszug, halb des Spaßes wegen, einen alten, zerrissenen Rock am Nagel, einen alten, bodenlosen Korb im Winkel, ein altes, vermorschtes Faß im Keller zurückläßt, und das alles dem von seinen Nachfolgern schenkt, der es haben will oder es mit in den Kauf nehmen muß. Der Amtmann hatte den letzten Magister von Amelungsborn mit in den Kauf zu nehmen, nur auf allerhöchsten Spezialbefehl von Braunschweig aus, auf Gutachten herzoglichen Consistorii zu Wolfenbüttel. Wir aber heute, wir würden wohl nicht nach dem Herrn Amtmann in die Tage der Vergangenheit zurück gehorcht haben, wenn dem nicht so der Fall gewesen wäre. Wir haben dann und wann eine Vorliebe für das, was Abziehende als gänzlich unbrauchbar und im Handel der Erde nimmer mehr verwendbar hinter sich zurückzulassen pflegen. Wir nehmen manchmal das auch etwas ernster, was die Menschheit in ihrer Tagesaufregung nur für einen guten Spaß hält. O, wir können sehr ernsthaft sein bei Dingen, die den Leuten höchst komisch vorkommen.

Ach Gott, ach Gott, sich in einer Welt zu finden, in der man sich gar nicht zurechtzufinden weiß! Dies Los war dem armen letzten Magister von Kloster Amelungsborn im vollsten Maße zuteil geworden. Als Sohn des Pastors von Bevern war er geboren worden, in Helmstedt hatte er Theologie studiert, aber sich auf der Kanzel nimmer auf das besinnen können, was er der christlichen Gemeinde aus bestem Herzen sagen wollte. Auf drei oder vier adeligen Gütern zwischen der Weser und der Leine hatte er das bittere Brot des Präceptorentums des achtzehnten Jahrhunderts gegessen und zuletzt – vor Jahren, Jahren, Jahren – sehr verhungert an die Pforte geklopft, durch die sein Ahnherr vordem in Würden ein- und ausgegangen war.

Wohl mit seines Familien-Namens und des Ahnherrn wegen hatte man ihm diese Tür nicht auch vor der Nase zugeschlagen, sondern ihn durch sie eingelassen und ihn zuerst auf Probe und sodann aus Gewohnheit, Mitleid, und um immer einen Sündenbock zur Hand zu haben, im Lehrer-Konvent behalten. Der Cötus aber hatte ihn sofort bei seinem Taufnamen gefaßt und ihn als »Vater Noah« gewürdigt – wenn auch leider mehr im Sinn des bösen Ham als des braven Sem und des biederen Japhet. Daß die Generationen von Schulbuben, die während seiner Lehrtätigkeit im Kloster vor seinem Katheder in der Quinta vorübergingen, nicht auch so schwarz worden wie die Nachkommen des schlimmen Ham, ob ihrer Versündigungen an ihm, das war ein Wunder. Verdient hätten sie es sämtlich.

Als Dreißigjähriger war er gekommen, nun war er den Sechzigen nahe und hatte also ein Menschenalter im Dienst der hohen Schule zu Amelungsborn hingebracht. Seltsamerweise konnte man eigentlich nicht sagen, daß diese Jahre wie römische Feldzüge doppelt gezählt hatten. Er konnte trotz ihnen ein recht alter Mann werden und »der Menschheit bis ans Hundertste heran auf dem Halse liegen.« Solche Bosheit und Rücksichtslosigkeit hätte sogar ganz zu seinem Charakter gepaßt, der von seiner Mutter Brust an etwas Hinterhaltiges an sich gehabt hatte, etwas Sich-Anhaltendes, etwas Festklebendes, etwas auf keine Manier Wegzuekelndes.

Wenn er ein Held war, so war er ein vollkommen passiver; und diese pflegen es dann und wann vor allen anderen Menschenkindern zu einem hohen Alter zu bringen, wenn auch nicht immer zu einem gesegneten.

Dreißig Jahre Schuldienst als der Sündenbock und Komikus der Schule! Der gute Mann mit dem ernsthaften Kinderherzen! Der von

Mutterbrüsten an alte Mann mit der scheuen, glückseligen Seele der guten Kinder!

Wer in Kloster Amelungsborn hätte ihn missen mögen, da er einmal da war? Wer hätte nicht sein Behagen an ihm genommen? Wer hätte nicht seinen Ärger oder seinen Witz an ihm ausgelassen, und zwar ohne sich vorher nach seinen Stimmungen für beides ein wenig umzusehen? Im Lehrerkonvent wie im gesamten Cötus wußten sie, was sie an ihm hatten und wußten ihn danach zu schätzen.

Und doch – doch hatten sie ihn bei ihrem Abzuge nicht mit sich genommen nach Holzminden, in die neue gelehrte Herrlichkeit, sondern ihn zurückgelassen am alten Ort, allein in den leeren Auditorien und Dormitorien, vor den jetzt so gespenstischen Subsellien und in seiner Cisterciensermönchszelle über dem Hooptale als das unnützeste, verbrauchteste, überflüssigste Stück ihres Hausrats! Man hatte einfach eben wieder einmal nicht gewußt, was man tat: – wer kann denn aber im Tumult des Lebens und eines Hauswechsels sich recht auf alles besinnen? Freilich hatte man von Wolfenbüttel aus auch sein Wort dazu gegeben. Dort wußten sie noch weniger, was der Magister Buchius wert war, und glaubten mit seiner Emeritierung ganz das Richtige zu treffen. Dreißig Reichstaler des Jahres ließen sie ihm, und die Zelle des Bruders Philemon bis zu seinem Lebensende. Und mit Kost, Licht und Feuerung wiesen sie ihn leider Gottes auf das Klosteramt und den Klosteramtmann an. In Anbetracht, daß man sich mitten in den Kriegen des Königs Fritzen befand, und Geld rar war, Kost, Licht und Feuerung auch nicht jedermann vom heiligen römischen Reiche garantiert wurden – hätte sich der Magister für den undankbarsten Kostgänger des allgütigen Herrgotts erachtet, wenn er *darob*, nämlich über die Verweisung an den Herrn Klosteramtmann, sich über einem Murren betroffen hätte. Herr Gott, wo bliebe Dein Titel Zebaoth, Herr der Heerscharen, wenn Du allen Deinen Kostgängern das Gemüte gegeben hättest, ihr Tischgebet und Nachtgebet so zu sagen wie Dein letzter Magister und Quintus von Amelungsborn, der alte Buchius? Du hast es nicht getan, und so ist es nicht meine Schuld, wenn auch diese Historie einmal wieder zum größten Teil vom Gezerr um die Brosamen handelt, so von Deinem Tische fallen, Herr Zebaoth.

Drittes Kapitel

»Diese Bewegung ließ uns mutmaßen, daß der Herr Herzog Ferdinand von Braunschweig sich dort lagern wollte, um die noch übrigen Lebensmittel in der Gegend aufzuzehren,« klagt ein französischer Feldbericht aus dem Spätherbst des Jahres 1761, ehe beide kriegsführenden Parteien zum vorletzten Male die Winterquartiere bezogen und sich häuslich und gemütlich darin einrichteten. Du barmherziger Himmel, die »noch übrigen Lebensmittel!« Was hatten diese scheuen, bescheidenen, schämigen, mit allem zufriedenen Verbündeten der Frau Kaiserin-Königin Maria Theresia, diese liebsten Gäste des deutschen Volkes Seiner Hochfürstlichen Durchlaucht dem armen Herzog Ferdinand von Braunschweig noch viel übriggelassen an Nahrung für ihn selbst, seine Leute und sein Vieh, sowohl am linken wie am rechten Ufer der Weser, sowohl in Westfalen wie in Ostfalen? Und sie hatten doch wahrlich auch den Klosteramtmann zu Amelungsborn nicht gefragt, was ihm entbehrlich sei zum Unterhalt seiner selbst, seiner Leute und seines Viehs.

Wenn ein Mensch vom Sommer des Jahres an über ihr freundlich Zugreifen ohne Nötigung nachsagen konnte, so war das der Amtmann von Kloster Amelungsborn.

Aber Magister Buchius auch.

Ja, ja, was für Witterung für den Gelehrten allezeit sein mochte: für den Ökonomen war dazumal kein gutes Wetter. Kisten und Kasten, Scheunen und Ställe waren leer, ohne daß diesmal zu große Trocknis, zu arge Feuchte, Hagel, Rotz, Räude, Würmer und Mäusefraß mit dem betrübten Faktum das mindeste zu schaffen hatten. Den Hagel, der die Saaten niederschlug, die Mäuse, welche die Scheunen und Vorratskammern leer machten, hatte sich das deutsche Volk, Fürsten und Untertanen in einem Bündel, selber dazu eingeladen. Es ist heute noch nicht von Überfluß, wenn man die zwischen Vogesen und Weichsel deutsch redende Bevölkerung mit der Nase auf ihre Dummheit stößt. Bis wir zu unserer Geschichte gelangen, hat sich der Herr von Belsunce schon verschiedene Male recht satt gefressen im Tilithi-Gau, und es hat dem General von Luckner wenig genützt, ihn heraus und auf Göttingen hin zu treiben. Der teuere Erbfeind hat dort durchaus keine Kollegia über Humaniora belegt, sondern treibt von der neuen berühmten deutschen Universitäts-

14

stadt nur *in praxi* deutsche Reichshistorie nach gewohnter Weise weiter.
– –

Ein trüber Tag des Novembers Siebenzehnhunderteinundsechzig neigte sich seinem Ende zu, als sie auf der alten Köln-Berliner Landstraße zusammentrafen, der Klosteramtmann von Amelungsborn und sein Hausgenosse, der Magister Buchius, der Ex-Kollaborator am alten Ort der alten Klosterschule.

Der Wind fuhr über die Stoppeln; aber die, welche das Korn gesäet hatten, hatten es wahrlich, wie gesagt, zum wenigsten Teil für sich selber geerntet. Die Waldungen trugen überall Spuren, daß Heereszüge sich ihre Wege durch sie gebahnt hatten. Überall Spuren und Gedenkzeichen, daß schweres Geschütz und Bagagewagen mit Mühe und Not über die Straße und durch die Hohlwege geschleppt worden waren! Zerstampft lagen die Felder und Wiesen. Kochlöcher waren überall eingegraben; Äser von Pferden und krepiertem Schlachtvieh noch unheimlich häufig unvergraben in den Gräben und Büschen und an den Wassertümpeln der Verwesung überlassen. Es war weder für den gelehrten noch den ökonomischen Mann ein Anblick zum Ergötzen, und sie machten beide die Gesichter danach, als sie an diesem Vierten des Wind- und Reifmonds an einer Wendung der Straße in der Nähe des Dorfes Negenborn plötzlich voreinander standen.

»Er auch noch hier draußen, Magister?« schnarrte der Amtmann, sein spanisch Rohr dem alten Herrn dicht vor den Füßen grimmig in den Boden stoßend. »Steht Er wieder da und gafft und seufzt Seiner vergangenen Herrlichkeit und Seinem passierten Elend nach? Wurmt es Ihn denn noch immer so sehr, Herr, daß Er einen um den anderen Tag hier herauslaufen muß, um Seiner gottverdamm – Seiner Sauschule nachzubölken, wie eine Kuh, der der Schlächter das Kalb abgeholt hat? Er sollte doch wahrhaftig Seinem Herrgott danken, daß Ihm noch niemand die Stubentür eingetreten hat und Er dahinter, wenn Er will, in Ruhe sitzen kann mit allen Seinen unturbierten Schrullen, Grillen und Phantasiereien. Wer doch in Seiner Haut steckte, Herr! Herr, nehme Er's mir nicht übel, trifft man Ihn so auf dem Spazierwege, so wird's einem erst richtig klar, in welchem Elend man selber itzo seine Tage zu versorgen hat, einerlei, ob man das Haus voll hat von den Völkern Seiner Durchlaucht oder des Marschalls von Broglio. Hu, wer den Caraman und Chabot schinden wollte, wie sie den Klosteramtmann von Amelungsborn geschunden haben!«

Der letzte Seufzer stammte noch aus den Tagen des Septembers und Oktobers des Jahres, wo der Generalmajor von Luckner wohl sein möglichstes getan hatte, um dem Grafen von Caraman und dem von Rohan Chabot den Aufenthalt in Amelungsborn zu verleiden, aber noch lange nicht genug, um der Stimmung des Amtmanns gegen die beiden Herren gerecht zu werden.

Die »Geschicklichkeit« des Herrn Generals von Luckner hatte leider nur für kurze Zeit »Mittel gefunden, den Feind aus der schönen Gegend, die er besetzt hatte,« zu vertreiben. Die streifenden Scharen der kriegführenden Parteien drangen schon von neuem auf einander in der »schönen Gegend,« und der Amtmann von Amelungsborn hatte heute nicht ohne seine Gründe dem eigenen Jammer zu Hause den Rücken gewendet, um mit den nächstgelegenen Bauern über den ihrigen Rücksprache zu nehmen. Daß sie das Beispiel des wackeren Ostfriesen Hajo Cordes nachahmen und sich mit der Axt ihrer Haut wehren möchten, verlangte er wahrlich nicht. Eine Verordnung des Marschalls Duc de Broglio hatte er als »*Baillif du lieu*« ihnen von neuem einzuschärfen gehabt. Wer in den von den Truppen Seiner Allerchristlichsten Majestät in Besitz genommenen Hannoverschen und Braunschweigischen Landen sich mit seinen »Effekten, Pferden, Horn- und anderem Vieh« vor den hohen Alliierten der römischen Kaiserin in die Wälder flüchtete und nicht gleich zurück kam, wenn die Karabiniers und Husaren von Berchini, die Dragoner von Languedoc und Orleans, wenn Regiment Beaufremont, Regimenter Pikardie, Auvergne und Navarra oder gar die Freiwilligen von Austrasien und die Garde Lorraine ins Dorf rückten, dem wurde einfach das Haus angesteckt, die zurückgelassene Großmutter zu Tode geprügelt, er selber aber ohne Gnade vor seiner Türe gehängt, wenn man ihn mit seinen Habseligkeiten in den Schluchten und Klüften ertappte, aufgrub und in sein Dorf zurück geschleppt hatte.

»Und fünfzehn vierspännige Wagen für den *Commissaire de guerre* zu jeglicher Stunde bereit, Leute –«

»O du barmherziger Himmel!« hatten die Hohlenberger, die Golmbacher und die Negenborner geheult, und der Klosteramtmann von Amelungsborn hatte wohl einigen Grund für den Ton, mit welchem er seinen alten gelehrten Leibzüchter gröblich anschnauzte:

»Treibe Er sich nicht länger draußen unnützlich herum, wenn ich Ihm raten darf, Magister. Komme Er mit nach Hause. Wozu stehet Er da und starret in die Bestialität, da Er es nicht nötig hat? Was sieht Er wieder im Himmel und auf Erden, was andere Leute nicht sehen? Des Herrn Güte und der Menschen Wohlgefallen aneinander? Er übergelehrter Rab' mitten im dritten schlesischen Kriege! ho, ho, da, ich nehme Ihn unterm Arm, daß man doch einen auf dem Wege nach Hause hat, an den man sich halten kann. Was Er mir wert ist in seinem und meinem Leben, das weiß Er ja.«

Magister Buchius hatte einigen Grund, wenn auch aus anderen Gründen, das Weiße im Auge zu zeigen wie die Negenborner, die Golmbacher und die Hohlenberger – auch die nächsten Nachbaren des Klosteramtmanns von Amelungsborn; – willenlos wendete er, wie so oft in seinem Dasein, um und ließ sich dem Belieben eines anderen nachziehen.

Diesmal auf der aufgeweichten, zerfahrenen Landstraße, die von Hause her und nach Hause zurückführte und die er am Nachmittag wirklich nur beschritten hatte, um aus der unruhigen Gegenwart nach einer ebenso unruhigen Vergangenheit sich zurück zu träumen. Wie ihm sein unwirrscher Begleiter seine bis dato uneingestoßene Stubentür rühmen mochte: das öde Feld und der ruinierte Handels- und Kriegspfad konnten nur zu oft doch auch als Zuflucht für ein vom Lärm der Zeit verwirrtes, betäubtes Menschen- und *Homme de lettres*-Gemüt vorzuziehen sein.

»Hat Er es denn wirklich noch immer nicht aufgegeben, Buchius, hier den Weg nach Holzminden hin zu laufen, wie Seinem verlorenen Glücke nach? Glaubt Er denn immer noch, sie werden eine Abgesandtschaft schicken, um Ihn mit Lorbeerblättern, Pauken und Trompeten sich nachzuholen, weilen sie doch eingesehen haben, daß sie Ihn nicht missen und entbehren können?« fragte der Amtmann wiederum und setzte nochmal hinzu: »Er sollte doch wahrhaftig an Seinem vergangenen Pläsir und Ärger genug haben und sich Seines *otium cum dignitate* in Ruhe freuen.«

»*Cum dignitate*«, seufzte der alte Herr im schäbigen Schwarz und in Schnallenschuhen neben dem untersetzten, vierschrötigen Begleiter in Stulpenstiefeln und in grünem Flaus, und ein wehmütiges Kopfschütteln begleitete das Wort.

»Ja, ja«, lachte der Amtmann, »da mag Er wohl recht haben mit Seinem Stöhnen. Viel Glorie war nicht in der Art, wie man Ihn aufs Altenteil schob, und ich kann's Ihm nicht verdenken, wenn Er auch noch eine Pique auf die saubere hochgelahrte Gesellschaft hat, die Ihn so ganz und gar nicht mehr brauchen konnte, sondern Ihn hier bei uns ganz allein

17

Seiner eigensten, angeborenen Dignität überließ. Nu, die hat Er aber ja auch sicher – das nimmt Ihm anjetzo keiner mehr, daß Er nun der Gelehrteste und Weiseste in ganz Kloster Amelungsborn ist. Da wende Er sich nur dreist an mich, wenn Ihm einer auf dem Amt, Mensch oder Vieh, dagegen anbocken will – ha, ha, ha, ho, ho, ho, ho.«

Es war ein ungeschlachtes Lachen, welches die Rede des Mannes beschloß, aber so ganz übel war sie doch nicht gemeint, die Rede nämlich. Der Amtmann von Amelungsborn wußte ganz genau, was er an seinem »letzten Ruderum« von seiner »verflossenen Klosterschulschande« hatte. Freilich, was er ihm bieten konnte, wußte er auch und machte in der übelsten Laune am liebsten Gebrauch von seiner Macht, einer armen, vor Weisheit unbrauchbaren Kreatur des Herrgotts das kümmerliche Leben noch mehr zu verkümmern.

»Der Herr Amtmann wissen, wie ich freilich mit meinem Leben und Frieden auf Dero Wohlmeinen und guten Rat in allen Dingen angewiesen bin,« sagte der Magister, doch sein Begleiter kam nicht zu einer zweiten Lache. Ein seltsam Phänomen und Naturspiel zog die Aufmerksamkeit beider Männer an und hielt sie dauernd fest.

Sie standen still und sahen beide auf.

Vom Südwesten her über den Solling stieg es schwarz herauf in den düstern Abendhimmel. Nicht ein finsteres Sturmgewölk, sondern ein Krähenschwarm, kreischend, flügelschlagend, ein unzählbares Heer des Gevögels, ein Zug, der nimmer ein Ende zu nehmen schien. Und vom Norden, über den Vogler und den Ith zog es in gleicher Weise heran in den Lüften, wie in Geschwader geordnet, ein Zug hinter dem anderen, denen vom Süden entgegen.

»Ich bitte Ihn, Herr,« rief der Amtmann. »Sie fliegen wohl ihrer Natur nach zu Haufen; aber hat Er je dergleichen Vergadderung des Gezüchts wahrgenommen?«

»Wahrlich nicht! O sehe der Herr doch, es ist, als würden sie von kriegserfahrenen Feldherren geführt. Sie halten an. Sie schwenken wie zur Schlachtordnung ein. Sie rüsten sich wie zur Bataille.«

»Bei uns! Herr, bei uns! Dort über dem Odfelde, über dem Quadhagen! So sehe Er doch, sehe Er doch, Magister! Soll man denn hier seinen leiblichen Augen trauen dürfen? Sie fahren wahrhaftig auf sich los, sie brechen aufeinander ein, dort dem Quadhagen zu und über dem Odfelde!«

»Über dem bösen Gehäge – dem *Campus Odini*, dem Wodansfelde! Man sollte es fast als ein Präsagium nehmen, daß sie sich gerade diese Stätte zur Ausfechtung ihrer Streitigkeiten auserwählt haben. O siehe, siehe, siehe, und immer mehr, immer neuer Zuzug von Mittag wie von Mitternacht. Ei wahrlich, da wird uns die Vergünstigung, einem seltenen, einem einzigen Schauspiele beizuwohnen.«

»Herr, das nennt Er eine Vergünstigung?« rief der Klosteramtmann von Amelungsborn, doch in diesem Moment, bei diesem wunderbaren, vor ihren Augen sich abspielenden Spektakulum war er dem letzten wirklichen, ortsangehörigen Magister der alten Kulturstätte in keiner Weise mit seinen Bemerkungen und dergleichen gewachsen.

Der alte Herr stand ihm und der ganzen gegenwärtigen Welt entrückt ob der »Vergünstigung,« die ihm hier und jetzt zuteil wurde, nämlich vielleicht dermaleinst von einem wirklichen *Portentum* aus eigener Erfahrung und vom persönlichen Aspekt her nachsagen oder gar auch schreiben zu dürfen.

Jetzt war er es, der den Arm seines tagtäglichen Leib- und Lebens-Despoten gefaßt hielt und den verstörten Mann mit ausgestrecktem Zeigefinger und mit glänzenden Augen hinwies auf das, was sich da in den Lüften zutrug.

»Es ist ein *Prodigium!*« rief der Magister. »Sehe der Herr, wie das unvernünftige Vieh zu den verkündigenden Boten des barmherzigen Gottes wird. Es sind fremde Scharen, wohl ausländische, die da weit von Südwesten kommen und denen das Volk vom Norden zur Abwehr entgegen eilet. Ei wanne, wanne, sie kommen wohlgeatzet von den westfälischen und landgräflich hessischen *Champs de bataille,* die Fremden. Aber jetzt ist ihre Kost dorten minder geworden und nun ziehen sie auf neuen Raub nordwärts, voran den assyrischen Feldobersten, den Herren von Soubise und Broglio! Sehe der Herr Amtmann genau zu; gebe Er mit mir acht, was da werden wird –«

»Heiß und kalt wird's einem bei Gott bei der Geschichte,« murmelte der Klosteramtmann von Amelungsborn. »Aber was meinet der Herr Magister denn, was da werden kann?«

»Eine Tröstung oder – eine Warnung, wie es geschrieben stehet: Und wer auf dem Dache ist, der steige nicht hernieder, etwas aus seinem Hause zu holen. Und wer auf dem Felde ist, der kehre nicht um, seine Kleider zu holen. Wehe aber den Schwangern und Säugern zu der Zeit!«

»Und das alles in meiner Feldmark!« murmelte der Amtmann. »Und was soll die Tröstung für uns sein, Magister Buchius?«

»Daß das Heer vom Norden Recht behalte! Daß Seine Durchlaucht, der Herr Herzog Ferdinand, sich wiederum zur richtigen Stunde dem fremden Greuel, den welschen Landverwüstern entgegen werfe mit den Seinen.«

»Was faselt Er, Magister? Hat Er nicht so gut wie wir anderen vernommen, daß der Herzog in seinem Hauptquartiere zu Ohr, jenseits der Weser, seit lange in schwerer Krankheit danieder liegt? Weiß Er nicht, daß der gute Herr sich wohl nie wieder davon erholen wird? Weiß Er nicht, daß des Königs Fritzen linker Arm im Absterben ist, daß Seine Durchlaucht der Prinz Ferdinand bei Vellinghausen dem Feinde seinen letzten Sieg abgewonnen hat? Weiß Er nicht, Magister Buchius –«

Der Magister hatte nicht den kleinsten Augenblick Zeit für seinen hochgewaltigen Haus- und Brotherrn übrig. Seine Aufmerksamkeit war ganz allein auf diese mirakulöse Schlacht der Raben, der Vögel Wodans, über Wodans Felde, über dem Odfelde, gerichtet. Mit erhobenen Armen und Stock focht er die Schlacht mit. In seinem gelehrten Gehirn drehte es sich im Tummel wie dort in den Lüften dem *Mons Fugleri* zu. Armin und Germanicus, Sachse und Franke, die Liga und der Schwed' sie lagen sich, in einen Knäuel verbissen, wiederum im Haar im Gau Tilithi, dem Ithgau, und der Magister Noah Buchius war von seiner Schule hinter sich gelassen worden, hatte so lange das Leben gehabt, um dieses Portentums mit eigenen Augen und bei vollen, klaren übrigen Sinnen teilhaftig zu werden, und die Anwendung daraus zu ziehen für den eben vorhandenen Tag und die gegenwärtigen schrecken- und sorgenvollen Zeitläufte.

Es wäre sicherlich aber auch für den nüchterneren und in den exakten, den empirischen Wissenschaften besser beschlagenen Menschen des neunzehnten Jahrhunderts dieser Luftkampf nicht ohne Interesse gewesen und es hätte sich für ihn, wenn er den schreibenden Ständen angehörte, wohl verlohnt, einen Artikel darüber an die nächste Zeitung einzusenden und ornithologische Aufklärung in der Sache zu erbitten. Wir aber halten uns mit dem letzten gelehrten Erben der Cistercienser von Amelungsborn einzig an das Prodigium, das Wunderzeichen, und danken für alle fachwissenschaftliche Belehrung: wir lassen uns heute noch gern da an den Zeichen in der Welt genügen, wo besser Unterrichtete ganz genau das – Genauere wissen.

Wohl eine Stunde währte der Kampf des Gevögels, dem die zwei mit so mancherlei Daseinsbedingungen aneinandergeketteten Männer an diesem Abend auf ihrem Wege nach Hause zuschauen durften. Sie hatten aber unwillkürlich ihre Schritte, der Walstatt zu, beeilt, Kloster Amelungsborn zu ihrer Rechten liegen lassen, ohne an die Heimkehr zu denken. Krächzende Nachzügler vom Süden her, in Haufen oder vereinzelt, begleiteten sie in den Lüften fort und fort.

»Nehme Er meinen Arm und achte Er nicht auf Seine Strümpfe und Schuhe, Magister,« rief der Amtmann. »Wir müssen das Ende observieren, gehe es, wie es will.«

Sie kamen in den Wald, östlich von Hohlenberg und nördlich vom Kloster, und kamen aus dem Gehölz beim letzten Tagesschimmer auf das Odfeld hinaus, und hatten nun wirklich vor sich – will sagen, über sich die Schlacht, so weit das Auge reichte in der Dämmerung, zwischen dem Vogler und dem großen Wolf bis gegen den Ith hin, und es war wahrlich wie ein Zeichen des Herrn in der Höhe!

Es war ein Wirbel von Tausenden und aber Tausenden von Streitern in der Luft, hier im Knäuel geballt sich drehend, dort im Einzelkampf der Führer aufeinander stoßend und nicht voneinander lassend, bis der Unterlegene sterbend oder tot zur Erde niederflatterte oder schoß. Wie bei Châlons-sur Marne – über den Katalaunischen Feldern, ein spukhaft Gewoge von Leidenschaft, Grimm und Haß!

»Sehen der Herr Amtmann, ist es nicht, als ob die, so am Idistaviso schlugen, die, so dem Kaiser Karolus Magnus und dem Herzog Wittekindus in die Bataille folgten, auf dem alten Blutort wieder lebendig worden wären? So hetzten sie im Gewölk, König Etzel der Hunne, Aëtius der Römer und Theoderich und Thorismund der Westgoten Könige! Wären die rechten Leute jetzo an unserem Platze, Kindern und Kindeskindern könnten sie von diesem Phänomenon erzählen, auch wohl es in den Druck geben.«

»Aber wir zwei sind am Orte, und uns brennet dieser jetzige dritte schlesische Krieg auf den Nägeln. Was helfen mir in meiner täglichen Not Seine grasbewachsenen Olimswelthistorien? Sage Er, wenn Er's weiß, was kann dieses Gesicht für uns arme Teufel in Amelungsborn bedeuten?«

Der Magister, immerfort aufwärts in das schaurige Luftkriegsspiel starrend – zuckte die Achseln. Zugleich aber griff er zu und hielt den Stockschlag auf, den der Klosteramtmann nach einem der aus der Schlacht herabgestürzten und verwundet vor seinen Stiefeln flatternden Kämpfer tun wollte.

»Herr?!« rief er.

In demselben Augenblick kam's von der Weser her – ein unbestimmtes, grimmiges Murren, ein dumpfes Dröhnen. Einmal – zweimal! zum drittenmal und nun fest anpochend wie ein Faustschlag an eine ferne Tür.

»Das Kanon!« murmelte der Amtmann von Amelungsborn.

»Ja, sie sind wiederum auf dem alten Krieges- und Heereswege. Ist es von Höxter her oder von Holzminden; sie greifen sich noch einmal an der Pforte nach der Kehle um den Torschlüssel,« sagte der Magister Buchius. »Morgen mögen wir sie vielleicht von neuem hier haben, hier am Ith, auf dem Odfelde, im Quadhagen.«

»Da ist uns der Teufel schon lange nicht bloß an die Wand gemalet worden,« murrte der Klosteramtmann.

»Freilich. Aber es war hier bei uns doch nur Kinderspiel gegen das, was sie da drüben in Westfalen von wirklichen großen Bataillen zu erleben und auszustehen hatten. Nun mag aber wohl der liebe Herrgott auch uns seine wahre Zuchtrute zeigen wollen, und sendet seine Raben vorher seinem Sturm uns zur letzten Warnung. Der Herr Marschall von Broglio und der Herr Prinz von Soubise wären törichter, als sie sind, wenn sie sich bei währender böser Krankheit des Herrn Herzogs Ferdinand die günstige Gelegenheit entgehen ließen, Seiner Durchlaucht Vaterstadt Braunschweig mit zu ihren Winterquartieren zu gewinnen. Da müßte dann freilich der Zug über Einbeck gehen, und wenn die hohen Alliierten von Hameln her doch noch versuchten, einen Riegel vorzuschieben, so möchten wir hier endlich auch einmal des Anblicks einer geordneten Schlacht teilhaftig werden, das *agmen compositum*, vielleicht auch *quadratum,* das *aciem instruere – subsidiis firmare,* ja auch vielleicht die Aufstellung in quincuncem, so jedes Durchbrechen der Linie verhindern soll, vor unseren Türen mit eigenen Augen kennen lernen. Polybius, Hyginus, so wie *Vegetii epitome institutorum rei militaris* –«

Der Amtmann sah seinen langjährigen, oft nur zu wohlbekannten Hausgenossen, den von der Hohen Schule in Holzminden und dem Konsistorio zu Wolfenbüttel für überflüssig und abgängig erachteten Magister Noah Buchius an wie ein ganz neues – Portentum. Jedenfalls aber wie völlig zu dem immer noch vor seinen Augen in der Luft sich abspielenden zugehörig. Aber zu dem, was er in diesem Augenblick dem guten Manne sagen wollte – konnte, kam er nicht.

Was der Grund war, weiß kein Mensch. Wie als wenn eine Stimme von oben, einerlei ob aus dem christlichen Himmel, oder vom Ida, oder aus Walhall her Halt geboten hätte, war urplötzlich die Schlacht der Krähen über dem *Campus Odini,* dem Odfelde, zu Ende! Die streitenden Raben-Heeres-Haufen lösten sich voneinander, es geschah ein Aufschwirren im ganzen wie mit einem Ruck. Ein Auseinanderstieben nach allen vier Winden hin. Nach dem gespenstischen, unheimlichen Getöse, dem Gekreisch und Gekrächze des Zorns der Kreatur plötzlich die allertiefste Stille! Eben alles Grimm, Wut und Lebendigkeit, nun alles leer am Himmel und nun nur noch die Gefallenen, die Toten und Wunden am Erdboden und das volle Abenddunkel über der Welt!

Die beiden Männer standen ob dieses Endes des Prodigiums fast noch betroffener als durch das Wunderzeichen selber. Sie gafften eine ziemliche Zeit stumm in die stille Höhe. Wer da oben den Sieg davon getragen hatte in der Lüfteschlacht, ob das Volk vom Norden oder das vom Süden, das blieb bei solchem Ausgang ganz unentschieden.

Nach einer geraumen Weile erst bückte sich der Magister und erwischte den gefallenen schwarzen Kämpfer, nach welchem der Amtmann vorhin mit seinem spanischen Rohr schlagen wollte, am Fittich und hob ihn behutsam auf. Der Amtmann aber schüttelte sich.

»Er kann das so ruhig? Mir grauete beinahe davor.«

Viertes Kapitel

Der Magister hielt seinen Gehstock unterm Arm und den schwarzen, leise zappelnden und erschöpft sich wehrenden Streiter zwischen beiden Händen, behutsam und mit allem Mitleid gegen die Kreatur, betrachtend vor sich. Nun zog er sein Sacktuch und an den geschickten Griffen, mit welchen er den Vogel hineinband, erwies sich einleuchtend, daß er nicht nur aus seinen Büchern, sondern auch von seinen Scholaren etwas gelernt habe; daß er nicht umsonst an einer hohen Wald- und Wildnisschule zum Katheder hinan- und von demselben herabgestiegen war.

Der Amtmann sah seinem Beginnen anfangs verwundert stumm, sodann aber mit ängstlich-unwilliger Remonstranz zu und meinte zuletzt:

»Er wird mir doch das Untier nicht gar mit sich nach Hause schleppen wollen?«

»Ich möchte es wohl, mit des Herrn Amtmanns gütiger Permission. Sei es *ad memoriam* dieses seltsamen Abends sei es zur Genossenschaft in der Einsamkeit der Winterstube.«

»Der Einsamkeit?!« ächzte der Klosteramtmann von Amelungsborn. »In dieser Zeit des immerwährenden Tumults! ... Und als ob wir der unnützen Fresser nicht genug auf dem Hofe hätten! Und gar solchen?!«

»Der Herr, der die Raben speiset, wird auch für diesen wohl noch ein Bröcklein abfallen lassen,« sagte Magister Buchius. Leiser setzte er hinzu: »Hat er doch auch für mich zu jeder Zeit das Notwendigste übrig gehabt.«

»Er ist und bleibt ein schnurriger Patron, Herr,« brummte der Amtmann. »Ich weiß es ja aber wohl, es ist nicht so leicht, wie es aussieht, Ihm Seinen Willen zu wenden, wenn Er sich einmal wieder eine neue Grille eingefangen und in den Kopf gesetzt hat. *Eh vraiment,* Sein, Gott sei Dank, zum Satan verzogener Konventus, Lehrerschaft und Schlingelschaft, hat wohl gewußt, was Er an Ihm gehabt und aufgegeben hat. Na, zum wenigsten mache Er jetzt der Hantierung mit dem Geschöpf ein Ende und komme Er mit nach Hause; wenn Er sich nicht vielleicht auch noch ein paar Leichname von diesem kuriösen *Champ de bataille* in den Taschen zum Abendbraten mitnehmen will. Es wird vollständig Nacht sein, ehe wir am Kloster sind; und wer weiß, was für neueste Nachricht und allerneuestes Malör uns dort erwartet, nach diesem Por – Por – Prodigium, oder wie Er es sonst nennt, was wir hier eben mit leiblichen Augen gesehen und mit aufgehobenen Schwurfingern bezeugen können, obgleich man es ebensogut im Traum hätte träumen können.« –

Es war freilich vollkommene Nacht, als beide Männer den alten Mauerbezirk der weiland Cistercienser von Amelungsborn und das gewölbte Eingangstor erreichten: der eine mit seinen Lebensnöten und Sorgen im bitteren Ringen, der andere seiner Daseinskümmernis zum Trotz im kindlichen Vertrauen auf das Geschick und voll wunderlichen Behagens ob der Ausbeute seines melancholischen Abendganges auf der Landstraße seiner emigrierten Schule nach, und aus der Vogelschlacht unter dem *Mons Fugleri,* auf dem Wodansfelde, seinem und des C.C. Tacitus *Campus Odini,* dem Odfelde. Wie gern wäre wohl ein anderer lieber Mann mit dem Magister Noah Buchius gegangen und hätte auch wohl zu seinem Contentement das blaugestreifte Sacktuch mit dem schwarzen Vogel getragen! Doch dieser andere, genannt Ferdinand von Braunschweig-Lüneburg auch Bevern, königlich preußischer Generalfeldmarschall und General *en chef* der königlich großbritannischen und kurhannöverschen Armeen, hatte leider eben etwas anderes zu tun, als seinem freundlichen guten Herzen, seinen Neigungen, Stimmungen, Schrullen und Grillen Folge zu geben. In seinem roten englischen Generalsrock und mit dem Stern des schwarzen Adlers des Königs Friedrich hatte er noch bei weitem weniger nach seinem Behagen zu fragen als der Magister Buchius mit seinem Vogel im Kopf und im Taschentuch. Er, der große Feldherr mit dem Kinderherzen, der Siegesheld, der dereinst ob seiner Mildigkeit nur unter der Rechtswohltat des Inventars von seinem Neffen beerbte Gutsherr von Vechelde, hatte eben, mühsam von seinem Fieberlager zu Ohr sich erhebend, seine Scharen von neuem zurecht zu rücken auf dem großen blutigen Spielbrett des siebenjährigen Krieges. Und diesmal zum Schutze seiner eigenen Geburtsstätte auf dem kleinen Mosthause in der Stadt Braunschweig.

»Luckner von Ringelheim an der Innerste nach Lutter am Barenberge gegen den Stainville. Der Erbprinz von Hildesheim über die Leine bei Papenborn gradaus über Limmer und Alfeld gegen die Hube bei Einbeck, um Monsieur de Broglio den Weg zu verlegen! Mylord Granby mit Generalleutnant von Scheele, Leutnant Kolonel Beckwith, Generalmajor Pincier mit den Bataillons von Zastrow, Laffert, Imhoff, Maxwell, Keith, den Campbells und den wallisischen Grenadieren, mit Kopplow, Warnstedt und der bückeburgischen Artillerie, mit den Reitern des Obersten Harway, drei Schwadronen von den Elliots, zwei von den Greys, zwei von Ancram, zwei von Moystin über Coppenbrügge, Cappelnhagen unter allen Umständen auf Wickensen, um die hohlen Wege zu besetzen, die über Eschershausen nach Einbeck führen. Hardenberg mit Bose, Bremer, Joncquieres und den hannoverschen Jägern unter Oberst Friedrich von Bodenwerder auf Stadtoldendorf, um dem Herrn Generalleutnant von Poyanne da den Rückweg abzuschneiden. Wir selber, lieber Westphalen, unter Gottes gnädigem Beistand mit Conway, Kielmannsegge, Waldgrave und Howard, zwischen Hastenbeck und Tundern über die Weser und auf den Höhen, den Ith entlang gleichfalls nach Wickensen. Wenn alles gut und vorzüglich Hardenberg nicht fehl geht, würden wir wohl den Herrn Marquis von Poyanne in der Falle haben und dem Herrn Herzog und Marschall de France einen braven Strich durch die Rechnung machen. Meinen Sie nicht auch, lieber Westphalen?«

Der damalige Geheimsekretär Seiner Durchlaucht und spätere Kanonikus am Dom Sankt Blasii zu Braunschweig ist ganz der Ansicht seines

Herrn und Freundes gewesen und hat auch das Seinige zur Ausführung des guten Plans getan. Den beiden Herren am Klostertor von Amelungsborn hat er freilich keine Mitteilung von der Lage der Dinge zwischen Göttingen und Wolfenbüttel, zwischen der Weser und dem Harz machen können. Sowohl der Klosteramtmann wie der Magister Buchius mußten die Sachen nehmen, wie sie ihnen kamen, und beide hatten wohl eine Ahnung, daß der Invalide im Sacktuch des Magisters, der schwarze Kämpfer mit dem gelähmten Fittich, für den Augenblick wenigstens am behaglichsten aus der Affäre heraus sei. Sie fanden jedenfalls ihr Haus- und Heimwesen von neuem in einer erklecklichen Aufregung vor und hatten abermals Mühe, im Elend der Zeit den Kopf oben zu behalten. Auch Magister Buchius trotz seiner Erlebnisse und Erfahrungen im dreißigjährigen Schulleben und Kriege und seiner Studien im Polybio, im Hygino und in des Vegetii *Epitome institutorum rei militaris*.

Er war ein Mann der Ordnung, dieser Klosteramtmann von Amelungsborn; aber halte einmal einer Ordnung im Hause in Zeiten wie die eben vorhandenen! Nach dem Abzug der Schule aus seinem Reich hatte er gemeint, nunmehro sein Reich nach seinem Sinne zu lenken; doch bitter hatte ihn das Jahr Eintausendsiebenhundertundeinundsechzig getäuscht. Er faßte auch an diesem Abend beim Eingehen in sein Hoftor sein spanisch Rohr mit einem schweren Seufzer und mit der Gewißheit, daß seine Anwendung ihm wenig helfen werde, fester. Sie wußten auch im Kloster schon, daß das Kriegeswetter dräuender denn je heranziehe, daß weniger denn je auf Schonung vom Feinde zu rechnen sei und – die Raben hatten sie auch über ihren Köpfen ziehen sehen: Menschen und Vieh, Alt und Jung, Mann und Weib – alles war in Bewegung in Amelungsborn und erwartete den Herrn und Meister, seinen Rat und Trost.

»Sie kommen zu Tausenden und Hunderttausenden! Sie verschonen diesmal nicht das Kind im Mutterleibe. Dassel brennt wieder einmal! Der ganze Solling steht in Feuer. Über Erichsburg und Lüthorst sind sie schon mit der Hauptmacht hinaus. In Stadtoldendorf sind die weißblauen Dragoner wieder, und die Schweizer sind auf dem Wege hierher und sind wieder die Schlimmsten, wie im Sommer! Und sie bringen wie in der Schwedenzeit ganze Wagen voll von den alten Mönchen mit. Und nicht mal verkriechen im Wald und in der Erde soll man sich vor ihnen! Sie hängen jeden, den sie aus dem Busch ziehen, und die Mädchen nehmen sie, über den Sattelknopf gelegt, mit. Barmherziger Gott, wer hilft uns diesmal in der allerhöchsten Not? O, liebster Himmel, Herr Amtmann, Herr Amtmann, was sollen wir tun?«

»Vermaledeiter Hund, vorsichtig mit Feuer und Licht in den Ställen umgehen, und wenn der jüngste Tag vor der Türe stünde!« schrie der Herr Amtmann, sich aus dem zeternden Haufen unter der nächsten Stalltür einen Knecht hervorlangend, der mit einer zerbrochenen, scheibenlosen Hornlaterne das Getümmel beleuchtete. Das spanische Rohr fiel nieder auf die Hand, welche das Licht hielt, und in das erschreckte Auseinanderstieben seines Haus- und Hofgesindes donnerte der Herr und Meister hinein:

»Ob der Satan seinen ganzen Sack voll Gezücht über mich ausschüttet, so weit mein Stock reicht, will ich meine Ordnung halten. Fällt mir die Welt über dem Kopfe ein, soll's mir allmählich recht sein. Fliegt mir der rote Hahn aufs Dach, so soll er doch nicht auf meinem eigenen Herd aus dem Ei gekrochen sein. Ja, schiele nur her, Bestie von Kerl! was will die Gans da mit ihrer Schürze? In deinen Stall, zu deinen Kracken, Hund! In deine Küche, Weibsbild! Krieg – Krieg – Krieg! Auf dem Amtmann von Amelungsborn liegt der Krieg, und auf keinem andern. Aus dem Wege – aus dem Wege!«

Er schwankte wie ein Betrunkener über den alten Klosterhof, der in Frieden und Krieg schon so viel gesehen hatte, seinem Wohnhause zu; und wie er sich, die Steintreppe zur Haustür hinauf, am Geländer hielt, war er wirklich der festen Überzeugung, daß die Last der Zeit ganz allein auf ihm liege – auf ihm, dem Klosteramtmann von Amelungsborn; daß alles, was der Satan in seinem Sack habe, über ihn ausgeschüttet werde, über ihn, den Klosteramtmann von Amelungsborn.

Der geschlagene Knecht sah ihm drohend nach, die geschimpfte Magd, die ihre Schürze dem Menschen um die verwundete Hand hatte binden wollen, tat das jetzt schluchzend. Von dem Amtshause her klang eine keifende Weiberzunge und durcheinander zeternde Kinderstimmen. Die Hunde bellten sämtlich; das wenige noch vorhandene Vieh regte sich in den Ställen. Verhaltenes Spottlachen, Schimpfworte, verhaltenes Murren und dann und wann schrille Pfiffe kamen aus den Winkeln des Hofes, wo das sonstige Gesinde sich vor dem Grimm des Herrn verkrochen hatte, und der Homeister meinte zu dem Magister gewendet dem Amtmann nachdeutend:

»Herr, wen der heute Abend zu seiner Suppe einlädt, dem wird er auch einen schlimmen Löffel bei den Napf legen. No, no, freilich, es liegt auch schwer genug auf ihm, und er hat mit keinem besseren zu fressen. Der Herr Magister aber haben sich wohl Ihr Abendbrot da im Taschentuch eingeholt? Wie unsere alten Vorfahren hier, die Mönche, Wurzeln aus dem Erdboden. Das ist wohl recht. Den gebratenen Ochsen mit Haß, von dem der weise Sirach schreibt, haben wir also den Franschen wieder vorzusetzen; und die Sackermenter lassen all unsern Kohl mit Liebe drum stehen. Wie lange – Herr du mein Je, Herr, ist Er denn wahrhaftig vorhin mit unter den Rabenäsern im Zuge gezogen und hat sich gar einen Gefangenen aus der Bataille mitgebracht?«

»Nur einen Invaliden, Meister,« sagte Magister Noah Buchius. »Nur einen armen flügellahmen Warner von Wodans Felde. Ach, wenn Er, Homeister, durch Schloß und Riegel was dazu tun könnte, Amelungsborn morgen vor Feindeseinbruch und Mordbrand zu bewahren!«

Fünftes Kapitel

Sie blickten alle auch dem Magister nach, wie er seiner Tür zustapfte, die nicht in das Amts- und Wirtschaftsgebäude führte, sondern in den Flügel des Klosters, der einst hauptsächlich der berühmten Schule und ihren Lehrern Unterkunft gegeben hatte. Bemerkungen machten sie nicht hinter ihm drein, sie schüttelten höchstens die Köpfe. Nur der geschlagene Knecht schien einen Augenblick lang die Absicht zu haben, den alten Herrn am Rockschoß zurück zu halten; doch auch er ließ das, wandte sich zu seiner Arbeit und verschwand im Pferdestall. Es wurde noch einmal still wie im Frieden in Amelungsborn, trotzdem, daß der Krieg von neuem über den Solling heranzog und die Wetterwolken drüben am anderen Ufer der Weser gleichfalls Miene machten, sich von Ohr her in Bewegung zu setzen. Wie der Rabenzug es verkündigt, und das Gerücht es über das Land hier geheult, dort geächzt hatte.

Es war ganz dunkel, doch wer dreißig Jahre lang denselben Weg gegangen ist, findet ihn im Dunkeln. Der Magister brauchte kein Licht auf den ausgetretenen Treppen, in den Gängen, die an den jetzt so stillen Schulzimmern vorbeiführten; selbst der trübe Schein, der hie und da durch ein Fenster fiel, war ihm nicht vonnöten. Einen Augenblick hielt er an vor einer Tür, der Tür seiner Quinta. Er legte die Hand auf den Griff, als ob er öffnen wollte; aber mit einem Seufzer ging er weiter.

Er brauchte auch keine Lampe auf der engeren Treppe, die zu seiner Wohnung mit wenigen Stufen empor leitete, zu der Zelle, die sein letzter mönchischer Vorgänger, der Bruder Philemon, grade vor hundertunddreißig Jahren auf der Flucht vor dem Feinde, oder, wie die Sage geht, mit der Faust Herrn Theodor Berkelmanns an der Kaputze hatte räumen müssen, und die leer gestanden hatte, bis sie ihm, dem Magister Noah Buchius, zu seinem endlichen Unterkommen im Leben angewiesen wurde. Dreißig Jahre hatte er sein Feuerzeug im Dunkeln zu finden gewußt und fand es auch jetzt; Stahl, Stein und Schwefel sowie den Kasten mit den zu Zunder gebrannten Lumpen. Die Funken spritzten von dem Stein, und einer fing in den schwarzen Lumpen. Der Schwefelfaden leuchtete auf und fünf Minuten nach seinem ersten Schlag mit dem Stahl hatte der Magister Buchius Licht. Er hatte seine kleine Blechlampe auf dem gewohnten Fleck gefunden, und bis jetzt wenigstens schlug sie keiner ihm aus der Hand. Nichtsdestoweniger ging er noch einmal zur Tür, um sich zu vergewissern, daß er sie fest hinter sich zugezogen habe, und dann – dann saß er auf seinem Stuhl, das Tuch mit dem Invaliden aus der Rabenschlacht auf dem Gipsboden zwischen seinen Schnallenschuhen, und seufzte wie einer, der schwerer Bedrängung mit Mühe entgangen ist:

»In solitudine!« – – –

Während der fünf Minuten, daß er so hockt und seine Gebeine und seine Gedanken zusammensucht, sehen wir uns wohl ein wenig in seinem Wohnraume um. Es verlohnt sich der Mühe.

Es waren eigentlich zwei Räume, die im Kloster Amelungsborn das letzte Asyl des Alten ausmachten. Man hatte eine Tür in die Wand gebrochen, und die nebenanliegende Zelle dem Magister zum Schlafzimmer angewiesen. Sein Bett stand da auch, und er hatte seit dreißig Jahren gottlob gut da geschlafen, aber auch seine schlaflosen Nächte, die ihm wahrlich gleichfalls nicht erspart worden waren, in Geduld durchwacht. Darüber wäre vielleicht ebenfalls etwas mehreres zu bemerken, doch wir verschieben das oder ersparen es uns ganz; es kommt nicht viel drauf an.

Die Hauptsache ist uns augenblicklich die Zelle des im allerbesten Schlaf ruhenden Bruders Philemon, des alten Cisterciensers vom Jahre 1631, in welcher der alte Exkollaborator, der Magister Noah Buchius, im Jahre 1761 eingenistet sitzt und zusammengetragen hat, was ihm im

Laufe der Zeiten das Schicksal an Eigentum oder als Kuriosität hat zukommen lassen wollen.

Aber das ist nicht das Einzige. Seltsamerweise fragen sie alle im Kloster ihn abends oder gar in der tiefen Nacht um Rat, wenn sie sich am Tage lustig über ihn gemacht haben. Die seit hundert Jahren nicht getünchte Mönchszelle ist hinter dem Rücken von Abt und Amtmann ein Zufluchtsort für mehr als einen geworden, dem das Leben durch eigene oder fremde Schuld sauer aufstieß. Mehr als einer und eine in Amelungsborn erinnern sich dankbarlich bis an ihren Tod des Stuhls neben dem Kachelofen, des Tisches von rotgefärbtem Tannenholz, der im Winter an diesen Ofen und im Sommer an das Fenster gezogen stand. Auch des Bücherfaches mit der mäßigen Bibliothek des sonderlichen Gelehrten und Predigers in der Wüste mag sich mehr als einer entsinnen. Je nachdem der Mann oder das Weib, der Alte oder Junge ist, pflegt Magister Buchius nach dem Schaff in die Höhe zu greifen und anderer Gelehrten Weisheit und Trost herabzulangen nach dem Bedürfnis der Stunde. Wer nach dem Hakenbrett mit den Kleidungsstücken des jetzigen Bewohners der Zelle gucken will, mag's tun. Viel zu finden ist da nicht. Item so in dem Kasten, der seine Hemden, Krausen, Nachtkamisöler und Zipfelmützen in sich schließt. Serenissimus, Herr Herzog Karl der Erste, haben Ihrem emeritierten gelehrten Diener am Schulamt auch frei Wäsche für den Rest seines Lebens ausgemacht; aber er hat wenig Weißes in die Seife zu geben.

Dafür hat er manches andere; und manch ein anderer gelehrter Mann und Kollege von heute würde gern für ein paar Griffe zwischen seine Eigentümer nicht nur seine eigene sämtliche Leibwäsche hingeben, sondern auch die seiner Frau, vorzüglich wenn sie sich mit oder nach ihm Frau Professorin, Frau Archivarin, Frau Museumsdirektorin betiteln läßt.

Das ist die Sache! Man ist nicht umsonst der Magister Noah Buchius und lebt als solcher im nüchtern altklugen achtzehnten Jahrhundert in der hohen Wald- und Wildnisschule von Amelungsborn im Tilithigau, ohne das Seinige, das, was einem allein gehört, zusammen zu tragen. Im Sacktuch auch, wie eben noch den schwarzen Kämpfer aus der Rabenschlacht auf dem Odfelde, dem *Campus Odini* des Magisters!

Es kleben und hängen an allem Zettul. Von des gelehrten und kuriosen Mannes Hand geschrieben. Wir schreiben nur einige derselben nach, wie unser Auge an der Wand zwischen dem Fenster und dem Ofen bei der trüben Beleuchtung durch die schlechte Öllampe hinschweift, und wir bedauern, daß wir nicht alle nachschreiben können.

Auf Börten, jene Wand entlang, sind die Merkwürdigkeiten geordnet und haben Generationen von Schulbuben, sowie dem gesamten Lehrerkonvent, sowie auch dem gestrengen Herrn Klosteramtmann reichlichsten Grund zur Verwunderung, zum Kopfschütteln und zum Gespött gegeben; und zwar nicht der Erklärungen wegen, sondern wegen des närrischen Menschen, der sich mit dergleichen risibeln Allotriis abgab.

»No. 5. Ein römischer Rittersporn, so wahrscheinlich in den kayserlichen Armaden Divi Augusti oder Tiberii verloren. Im Sumpf am Molterbach gefunden. Arg verrostet.«

»No. 7. Eines cheruskischen Edelings Arm- und Schmuckring. In einem Topfe gefunden ohnweit Warbsen.«

»Nr. 7a. Derselbige Topf, der bessern Erhaltung wegen mit Draht umbunden.«

»No. 7b. Etliche Aschen und Kohlen aus dem nämlichen Topfe. Zum Andenken an unsere Vorfahren in einem Papier konservieret in der Tobacksdose des hochseligen Herrn Abtes Doktoris Johann Peter Häseler, weiland hiesiger hohen Schule weitberühmten Vorstehers. Ein feiner weltbekannter Historikus!«

»No. 16. Ein Fausthammer auf der Mäusebreite, Stadtoldendorfer Feldmark, aufgegraben. Wie mir däucht, eines teutschen Offiziers Kaisers Karoli Magni Gewaffen. Doch lasse ich dieses besseren Gelehrten anheimgestellt sein.«

»No. 20. Ein versteinerter Knochen *hominis diluvii testis.* Eine große Rarität! Hat mir aber im Kloster mannigfachen Verdruß zugezogen, derer hierüber anders laufenden Meinungen wegen. In den Steinbrüchen im Sundern gefunden.«

»No. 23. Ein barbarisch Horn vom Urochsen, *Bos primigenius,* auch Wisent genannt. Ehedem von den Barden beim Gottesdienst und in der Bataille zum Tuten gebraucht. Dieses hier vorhandene Exemplar soll sich im Kuhhirtenhause zu Lenne hinter dem Till vorgefunden haben. *NB.* mir von denen Herren Primanern zu meinem Geburtstage zugetragen und dedicieret.«

»No. 30. Ein bemalter hölzerner Arm von einem Weibsbild, einer Statua der Jungfrau Maria. Hat zu päbstlicher Zeit hier bei uns in unserer Kirche viele Wunder getan und großen Zudrang des Volkes von weither zu Wege gebracht. Auch eine große Kuriosität und wohl zu bewahren, doch mit Vorsicht vorzuweisen des lieben Aberglaubens wegen, der heute noch wie damals an jedwedes alte Weibermärlein glauben muß.« –

Nicht wahr, wenn man doch in dem Kataloge so fortfahren wollte, zum Scherz der Herren Primaner und besseren Gelehrten heutiger Zeit? Wir tun's aber nicht. Um keinen Spaß in der Welt! Wir werfen höchstens noch einen Blick auf den »Büchervorrat« unseres lieben alten Freundes.

Natürlich die Klassiker in abgegriffenen Schulausgaben, meistens aus 40 den eigenen Schuljahren des Magisters. Wenige neuere und neueste Schriften, und auch die meisten nur, wie sie der Zufall in der Zelle des Bruders Philemon zusammengeschichtet hat: Gundlings *Otia* neben Petitus *De Amazonibus dissertatio;* Jöchers kompendiöses Gelehrtenlexikon neben des weltberühmten Engelländers Robinson Crusoe Leben und gantz ungemeinen Begebenheiten, insonderheit da er 28 Jahre lang auf einer unbewohnten Insul auf der Amerikanischen Küste gelebet hat, 1728. Professor Gottscheds Kritische Dichtkunst und Bearbeitung von Addison's Cato und daneben – vielleicht *pio furto* seit Emigrierung der Schule von Amelungsborn nach Holzminden im Besitz des Magisters Buchius – ein geschrieben Breviarium mit sauber ausgemalten Kupfern *(sic)* Johannis Masconis, vordem, Anno Dom. 1363 bis 1366, am hiesigen Orte Abbas.

»Soll ein celebrierter Maler und feiner Amateur in denen schönen Künsten zu seiner Zeit gewesen sein,« meint der Magister auf einem in der Handschrift liegenden Zettel. »Wird von denen heutigen Kunstkennern weniger ästimieret.«

Es kamen, selbst als noch die Schule zu Amelungsborn in Blüte stand, die neuesten Erzeugnisse der Literatur weder vollständig noch rasch in die gelehrte Weser-Waldwildnis. Jetzt wartet der Magister ganz vergeblich selbst auf zufällige Nachrichten aus der Gelehrtenrepublik da draußen. Es ist eben Krieg, und selbst Dinte und Gänsefedern sind rar geworden in Amelungsborn.

Gänsefedern? Jawohl, jawohl! Diese jedem Pädagogen, Doktor, Präzeptor und Ludimagister unentbehrlichen Instrumente flatterten wohl ungeschnitten auf den Feldern und Wegen, um die Kochstellen; aber aus den Ställen und von den Höfen waren sie weniger zu holen. Dafür hatten sowohl der Vikomte von Belsunce wie der Herr General von Luckner und ihre Völker zu Fuß und zu Pferde schon seit dem Sommer des Jahres 41 gesorgt. Wem's Papier nicht ausgegangen war an solch einer entlegenen Kulturstätte, mochte item von Glück sagen. Weder *Charta pura,* rein sauber Papier, noch *Charta emporetica,* Kramerpapier, gab es viel zu Amelungsborn; von *Charta Claudiana,* Regalpapier, und *Charta augusta,* feinem, gelinden Schreibpapier, ganz zu schweigen. Die wenigen Bogen des letzteren, die der Magister Buchius übrig hat, die hütet er wie seinen Augapfel und bedient sich ihrer nur verstohlen zu seinen im Trubel der Zeiten fortlaufenden Kollektaneen.

Das jüngste Buch in der Zelle des Cisterciensermönchs Philemon und des letzten am Orte nachgelassenen Kollaborators der Gründung des heiligen Berhard von Clairvaux stammt aus dem Jahre 1756, und ist eine vierte Auflage und zu haben zu Lemgo in der Meyerischen Buchhandlung. Es liegt an diesem bösen, unruhevollen Herbstabend auf dem Tische des heutigen alten Bewohners der Zelle und sein Titel lautet:

»Der wunderbare Todes-Bote
oder Schrift- und Vernunftmässige Untersuchung Was von den Leichen-Erscheinungen, Sarg-Zuklopfen, Hunde-Heulen, Eulen- und Leichhühner-Schreyen, Lichter-Sehen und andern Anzeigungen des Todes zu halten. Aus Anlaß einer sonderbaren Begebenheit angestellet und ans Licht gegeben von *Theodoro* Kampf, Schloßpredigern zu Iburg.«

Magister Buchius hat auf dem Schmutzblatt bemerkt:

»Mir wohl aus angenehmer *Satura* zum freundschaftlichen Hechelscherz von Holzminden aus *dediciret* von meinem hochgeehrtesten Mitarbeiter am hiesigen Schulwerk, Herrn *Collega* Kollaborator Magister Zinserling. In den Iden des Märzen 1761. Habe dem Herrn Satirikus seinen Scherz weiter nicht nachgetragen, ihm jedoch auch nicht zu seinem gewünschten Kitzel ob der Sache verholfen.«

Wie aber nun auch Magister Buchius sich im Frühjahre 1761 zu dem absonderlichen Buche gestellt haben mochte; am Morgen des vierten Novembers in demselben Jahre 1761 hatte er es doch aus seinem Vorrat von gelehrtem Rüstzeug herabgelangt und mancherlei Beachtenswertes darin gefunden; ja sogar hier und da eine kleine Aufrichtung in der Angst, Unruhe und Sorge des Daseins. Letzteres vielleicht ein wenig gegen die erste Meinung des wohlgesinnten Gebers und mit gen Holzminden verzogenen jokosen Kollegen *M.* Zinserling. Und für einen, der eben aus der Rabenschlacht auf dem Odfelde heimkehrte, ist es auch wahrlich eine Schrift, die man auf dem Tisch nur zurückschiebt, um der Abendsuppe Raum zu machen.

Diese wurde gebracht, als der greise Benemeritus seinen Gefangenen, oder lieber seinen Geretteten aus der Bataille auf dem *Campus Odini* aus dem Sacktuch, in welchem er ihn hergetragen hatte, loslöste.

Mit hängendem Flügel hüpfte der wunde schwarze Kämpfer hervor, versuchte zu flattern, gab es auf, hüpfte auf gottlob gesunden Füßen hierhin und dahin durch das Gemach, stellte sich fest unter dem Tische, legte den Kopf auf die Seite, den Magister Buchius genau zu betrachten, und sprach rauh, heiser und klagend:

»Krah! krr, krr, krr!«

»Komme Er her; ich tue Ihm weiter nichts,« sagte der Magister Buchius, wie er das vordem von seinem Katheder herunter hätte sagen können. »Lasse Er mich wenigstens nach Seinem Fittich sehen,« sagte der Magister zuredend und dabei unter den Tisch nach seinem neuen Stubengenossen greifend. Noch traute dieser aber nicht gänzlich. Krächzend hüpfte er vor der begütigenden, mitleidigen Hand zurück in's Dunkel, und in demselben Augenblick klopfte es an der Zellentür.

Es war Wieschen, von der Frau Klosteramtmännin geschickt, mit dem Abendbrot des Emeritus der großen Schule von Amelungsborn, des zu Tode zu fütternden gelehrten, übersinnigen Haus- und Hofgenossen.

»Krah!« kreischte der Rab, mit dem ganzen Witz seines Geschlechts eine offene Tür sofort von einer geschlossenen unterscheidend. Noch einmal versuchte er zu fliegen und flatterte wenigstens gegen das erschreckt gleichfalls kreischende Mädchen an. Doch er flatterte nur dem Magister in die Hände, und dieser sprach jetzo:

»Er tut dir nichts, Kind! Er hat selber das Seinige abgekriegt.« Es war die Dirne, die vorhin dem Knecht ihre Schürze um die blutende Hand gewunden hatte, und die jetzt, immer noch mit verweinten Augen, dem alten Herrn in der Zelle des Bruders Philemon seine ihm ausgemachte Atzung zutrug. »Zu Tode hat er mich verjagt, als ob's noch nicht genug an der Angst wäre,« schluchzte sie, aus ihrem Korbe den irdenen Napf mit dem steifen, schwachdampfenden Roggenbrei hebend und zu ihm auf den Tisch das schwarze Roggenbrod und den Teller mit dem letzten Hering von Kloster Amelungsborn absetzend.

»Mit der Butter reichte es selbst für den Herrn Amtmann nicht, und die Käse wollten wir doch lieber für den Feind aufheben, wenn's doch wieder einmal sein müßte, läßt Ihm die Frau Amtmännin sagen,« sagte die junge Magd. »Aber wie Er sich in so schlimmer Zeit noch mit solchem Untier abgeben mag, das weiß ich nicht,« setzte sie hinzu. »Ich an Seiner

Stelle würfe gleich den Unglücksvogel da aus dem Fenster in's Hooptal hinunter. Aber der Herr Magister graulen sich ja vor nichts; das weiß man freilich schon.«

»Weiß man dieses?« seufzte der alte Herr; doch zu seinem zappelnden Gefangenen zu genauerer Besichtigung sich wendend, meinte er: »Armer Patron, den Fittich hat man dir böse zerhackt. Mit dem Fliegen wird's wohl nicht viel mehr werden in dieser Welt; aber im übrigen geht's ja noch. Sind nun auch angewiesen auf das Huppen unter Tisch und Bank, auf das Brosamenlesen aus den Stubenritzen, auf das Knochensuchen im Kehricht nach dem Jagen in den Lüften, nach dem großen Schlagen im Gewölk! Kralle Er mich nicht, Monsieur und tapferer Rittersmann; Er soll's nach Vermögen gut haben beim alten überzähligen Kollaborator Buchius. Und Sein Teil von dem Fischlein dort und dem guten Brot soll Er auch haben, ohne im Unrat mit dem Bettelsack darnach umgehen zu müssen. Um seinen hängenden Flunk aber müssen wir Ihm vor allem eine Binde legen – barmherziger Himmel, Luisilla, Wieschen, Jungfer Liese, was fällt Ihr denn bei? was soll denn dieses bedeuten?«

Der Magister mochte wohl fragen und seinen neuen Gastfreund wieder zur Erde flattern lassen, ohne für's erste nach Verbandzeug für dessen Verwundung sich umzusehen. Er sah zuerst jetzt auf die junge Magd, und zwar betroffen, erstaunt und erschreckt. Das Mädchen heulte plötzlich gradheraus und brach los wie ein Platzregen, als ob sie die hintergeschluckte Not und Angst von Wochen und Jahren in diesem Momento von der Seele wegspülen wolle.

»Was dies bedeuten soll?« schluchzte sie, und die Worte kamen wie bei einer Überschwemmung weggeschwemmtes Hausgerät auf dem Strome. »Nach dem Beest sieht der Herr Magister aus in Seiner Gutherzigkeit; aber für unsereinen hat Er kein Auge mehr übrig. Alles sucht Er sich zusammen im Himmel und auf Erden und läßt es sich von den Jungens oder unsern Knechten bringen, wenn sie meinen, daß es was für Ihn ist; aber für uns hat Er keine Zeit mehr übrig. Och du lieber Gott, und wir kucken doch alle in der Bedrängnis nach Ihm, wenn der Herr Magister es auch nicht wissen. Und wenn Er über den Hof geht, hat Er hinter jeder Stalltür und hinter jedem Fenster einen, der mit Ihm sprechen möchte; wenn der Herr Magister auch keinen Gedanken daran haben. Und merken lassen kann es ja keiner von uns, wie es sich für solch einen gelehrten Herrn schickt, wie wir uns zu gern auf Ihn um Rat und Tat und Trost verlassen möchten. Mit der Schrift kann es ja keiner vom Kloster Ihm zu wissen tun, daß wir alle wissen, daß Er allein hier in Amelungsborn aus der alten Zeit her und der frühern Gelehrsamkeit uns zu Trost und Rat und Hilfe sein kann, wenn der Herr Magister nur wollen. Aber Er will ja nicht –«

»Gütiger Himmel, weshalb will er denn nicht?« stammelte Magister und Exkollaborator Buchius, zum allererstenmal in seinem Leben, und zwar jetzt zu seiner zitternden Überraschung, gewahr werdend, daß auch er auf der Wagschale mitwiege, daß auch er von wirklicher, angsthaft gefühlter Bedeutung für ein anderes Menschenkind, für andere – ausgewachsene Leute sein könne. »So laß doch das Gejammere, das Geweine, Kind! so sage es doch, was du eigentlich von mir verlangst! Wie soll ich dir raten? Wie soll ich dir helfen, Wieschen? Tu die Schürze von den Augen und rede deutlich.«

Das Mädchen zog die Schürze von den verschwollenen Augen herunter und sagte unter leisem Weinen:

»Ich kann ja um Gott und Jesu nichts dazu, wenn dem Herrn Magister seine Suppe da kalt wird; aber draußen steht er, und er will dem Herrn Amtmann noch vor den Franzosen den roten Hahn auf's Dach setzen, und dann will er selber unter das Volk, zu den Franzosen und dem Herzog Ferdinand. Es ist ihm jetzt alles einerlei, und ich bin ihm auch einerlei. Auf kein gutes und giftiges Wort hört er; und draußen steht er; und von Ihm, Herr, wollen wir den nächsten Weg in das blutige Elend wissen; denn hier halten wir es nicht länger aus in Amelungsborn!« 46

Sechstes Kapitel

Der Magister sah von seinem kummervollen Abendbesuch nach der Tür und fragte nicht mehr genauer, wer da draußen stehe. Und der draußen Stehende wartete es auch nicht länger ab, daß man ihm Herein rufe. Er klopfte aber doch höflich mit dem blutrünstigen Knöchel an der arbeitsharten Faust an, ehe er sich verlegen-ungeschlacht hereinschob. Und dann stand er neben der Hausmagd der Frau Klosteramtmännin und sagte mit harter, stockigter, heiserer Stimme:

»Ja, nichts für ungut, Herr Magister, es ist so, wie das Mädchen gesagt hat, und ich möchte wohl heute Abend noch mit Ihm reden von wegen gutem Rat und der Landkarte wegen, die Er wohl noch von Seiner abgegangenen Schule her auszulegen weiß.«

»Also Er ist es, Schelze?« sagte Magister Buchius. »So wünsche ich Ihm vor allem zuerst einen höflichen guten Abend zu Seinem Besuch.«

»Schönen guten Abend, Herr,« stotterte der zornige Knecht. »Und nehme Er's nicht übel, Herr, daß ich vergessen habe, Ihm den zu bieten! Aber das soll man wohl vergessen in dieser Zeit und nach dem Tage, wie man ihn sich gefallen lassen soll von Tage zu Tage. Das wäre aber nun wohl die letzte Höflichkeit in Kloster Amelungsborn, und nun, Wieschen, sieh mich nicht so erbärmlich an, es hilft uns beiden zu nichts. Und weil ich mich auf der Karte doch wohl nicht mit Seiner besten Hilfe zurecht finden kann, Herr Magister, habe ich Ihm gleich ein Stück Kreiden mitgebracht. Da!«

Er hatte schon während seiner verworrenen Rednerei in der Tasche gesucht und legte jetzt wirklich dem alten gelehrten Herrn ein Stück Kreide auf den Tisch vor die erstaunten Augen.

»Ja, wenn Er mir sagen will, Schelze, was ich hiermit soll –«

»Ja, Heinrich, jetzt sag's dem Herrn Magister nur selber in deiner Unsinnigkeit, was er damit soll!« schluchzte Wieschen darein.

»Die Welthistorie soll Er mir damit auf den Tisch malen. Den Weg soll Er mir hier auf den Tisch malen, den Weg zum guten Herzog Ferdinand.«

Er zog jetzt mit seiner Kreide einen Strich über den Tisch.

»Da fließt die Weser. Hier, wo der Brotlaib liegt, ist der Solling. Da über den Hering weg brechen die Franschen wieder ein aus dem Gött'schen, das weiß jeder, und der Stocktaubste hat's aus dem Geheul heute wieder heraushören können. Aber nun da drüben um Seinen Suppenpott ist das Westfälische, und dorten steht der Herzog; längs der Weser lang steht es voll von seinen Völkern. Aber der Rabenzug heute Abend ist auch aus dem Calenbergischen hergezogen, und das Westfälische ist groß, und zerreißen kann sich der Herzog nicht und an jeglichem Orte zugleich sein, und ich mag doch nur zu ihm allein hin. Daß er in Hameln auf den Tod liegt, glaubt keiner unten im Stall. Das läßt unser Herrgott nicht zu; und es hat ihn auch schon einer, der von drüben gekommen ist, reiten sehen auf seinem Schimmel, aber das ist bei Meyborsen im Brever-Bruch gewesen; und da sagen auch andere, das sei einer von seinen engelländischen Generalen gewesen. Und seine englischen Bergvölker mit den nackten Beinen und Dudelsäcken sind aus dem Pyrmont'schen her, zwischen Grohnde und Bodenwerder, vernommen worden; der Herr Magister hier aber hat seine Karten an der Wand und sich alles darauf angeschrieben, wie es draußen aussieht in der Welt. Und nun, Herr, wenn Er Erbarmen mit einem armen Menschen haben wollte und einem armen Menschen seine Seele vor einem Mord an seinem Brotherrn bewahren möchte, so sollte Er mir heute abend genau anweisen, wo ich auf dem kürzesten Richtewege zu unserm Herrn Herzog Ferdinand kommen kann!«

Magister Buchius war nicht der Mann, der sich sofort zu fassen und Antwort zu geben wußte, wenn man in irgendeiner Art und Weise auf ihn einlärmte; aber zu fassen wußte er sich mit der Zeit immer.

Zuerst murmelte er jetzt, beide magere Knie mit den beiden Händen reibend:

»Ich hab's mir wohl gedacht! ich hab's mir wohl gedacht. Es wird wie damals im dreißigjährigen Elend; wir treiben uns alle – einer den andern in den Krieg. Den Bauer vom Pflug, den Handwerksmann aus der Werkstatt, den Studenten von dem Buch! alle! alle! Den Herrn und den Knecht, den Meister und den Jungen – alle, alle. Und die Fremden hohnlachen, ihre Rosse waden in unserm Blut, und ihre Räder gehen über unsre Knochen. Hört Er's krachen, Schelze? sieht Er's rot und langsam fließen in den Gräben, Schelze?«

»Ja, Herr,« grollte der Knecht von Amelungsborn, »wer von uns hat sie nicht liegen sehen? Habe ich sie nicht selber mit unterroden müssen? Mit den Ladestöcken auf dem Buckel haben sie uns an der Arbeit gefördert. Aber grade drum, Herr! Weshalb soll nicht unsereiner auch mit dem flachen Pallasch den verfluchten Bauerlümmel beim Vorspann und an der Leichenkuhle traktieren, wenn er's so gut haben kann? Dem Klosteramtmann von Amelungsborn mit dem Kolben in den Hintern, mit der Plempe über den Kopf und die Faust – wie er mir – das soll mir jetzt das rechte Fressen sein in der verhungerten, lustigen Zeit! Ein ehrlicher Soldatentod in diesen Kriegestagen ist ein besser Labsal, als sich Tag für Tag zum Krüppel für den Misthaufen schlagen lassen. Der Herr Magister weiß es so gut wie ich, wie es hier in Amelungsborn zugeht, seit der Amtmann alleine Meister ist; aber vorhin ist dem Fasse der Boden ausgeschlagen worden. In dieser Nacht noch geht's unter das Volk, Herr Magister, und wenn's Glück gut ist, gibt's morgen auf dem Hofe wieder eine blutige Faust, aber meine ist's dann nicht mehr! Also, Herr, habe Er Mitleiden mit dem Wieschen und mir. Hier stehen wir – hier fließt die Weser auf dem Tische. Wo steht nun Seine Durchlaucht der Herzog, liebster, bester Herre? Da liegt Holzminden. Hier Polle. Ich meine, über

Polle ist wohl für uns der gradeste Weg von Amelungsborn aus; aber es wird dem Wieschen und mir auch nicht auf einen Umweg zu dem guten Herzog Ferdinand ankommen.«

»Wir?« rief der Magister und ließ jetzo beide Arme von den Knieen schlaff am Leibe heruntersinken. »Wir? Das Mädchen will Er auch mit in den Krieg nehmen, Schelze? Menschenkind – Menschenkinder, seid Ihr denn ganz von Sinnen?«

»Da steht es ja, das Mädchen! Der Herr Magister kann es selber nach seiner Meinung fragen.«

»Wieschen? – Louisa? – Unglückskind – o Menschenkinder, Menschenkinder! So sprich doch, rede doch, sag doch dem Narren, daß du dich dazu nicht verführen lässest.«

»O Gott, Gott, Gott, was kann ich denn dazu?« schluchzte die jüngste Hausmagd der Frau Drostin von Amelungsborn. »In der Küche geht es mit uns ja eben so böse zu wie auf'm Hofe und in den Ställen. Die Herrschaften wissen ja da mit sich selber nicht ein und aus; und woran sollen sie denn auch ihre Bitternis auslassen als an dem, was ihnen zunächsten zur Hand ist. Gott sei's geschworen, ich wünsche ihnen nichts Schlimmeres, als was sie täglich schon auf dem Nacken haben; ich sehe es ja wohl ein, sie haben ihr Teil auf dem Nacken, aber die blauen Mäler, die ich Ihm am Leibe vorweisen kann, die kann ich mir draußen als Soldatenfrau pläsierlicher holen, wie tausend andere, die hier und bei mir zu Hause durchgezogen sind auf dem Bagagewagen und in Sicherheit gesungen haben, wo wir mit gezausten Haaren und Kleidern ihnen nachgeheult haben. Da hat mein Heinrich doch nicht unrecht, liebster Herr Magister, und zumalen da wir ja auch dem guten Herrn Herzog Ferdinand zur Hülfe gehen wollen!«

»Und zumalen, da des Herrn Herzogen Durchlaucht das Wieschen schon kennen, und es eine alte Bekanntschaft von ihm ist und er ihm wohl aus guter Freundschaft und Mildtätigkeit zu einem sichern Platz in seinem Nachzug verhilft.«

»Er schwatzt und schwatzt und schwatzt, Schelze. Halte Er jetzo den Mund, Heinrich; und Sie, Wieschen, was schwatzt auch Sie? wie will Sie denn zu Seiner hochfürstlichen Gnaden Connaissance und in allergnädigste Connexion mit ihm gekommen sein?«

»Oh, das ist wohl an dem, Herr Magister, und da hat mein Heinrich auch nicht gelogen, Herr! und an dem Verhältnis ist der französische Herzog und Diebskönig und Räuberhauptmann, der schlechte Kerl, der

Rischelljöh schuld. Der hat uns zusammengebracht, mich und den guten Herzog Ferdinand.«

»Dann erzähle Sie mir wenigstens das Genauere über diese Sache, welche ich wahrlich für's erste immer noch für eine Fabula, für ein geträumtes Märlein erachte.«

»Von meinen silbernen Schuhschnallen ist's hergekommen. Hat Er hier in Amelungsborn denn gar nichts davon vernommen, wie der Rischelljöh bei mir zu Hause gewirtschaftet hat, und wie auch ich arme Junge-Magd ihm meine Halsspange, von meiner seligen Mutter her, und meine Schuhschnallen habe abliefern müssen? Zu uns ins Halberstädtische schickte er seinen zweiten Spitzbubengeneral, seinen argen Sohn[1], und es ist nachher an den guten Herzog Ferdinand geschrieben worden, wie er in Person Haussuchung gehalten hat und keinen Silberlöffel im Schrank und keinen Patengulden in der Sparbüchse und keinen Kelch in der Kirche gelassen hat, und ich habe ihm mit allen andern Mädchen in unserm Dorfe und in der Stadt Halberstadt meine Halsspange und Schuhschnallen hergeben müssen in seinen Raubsack. Das ist im Jahr Achtundfünfzig gewesen, und dann ist der große Brand in unserm Dorfe gewesen, wo aber die Franzosen nicht schuld dran waren, sondern die Mutter Lages, und ich bin siebzehnjährig gewesen damals, und mein Vater ist mit mir nach der Weser, wo er einen Bruder in Minden gehabt hat; aber wir sind nicht hereingekommen in die Stadt. Der gute Herzog Ferdinand hat schon davor gelegen mit seinen Völkern und Kanonen und hat sie auch eingenommen und ist nach seiner Art viel zu gut gegen die fremden Schub- und Ruppsäcke gewesen. Aber mein Vater ist am Fieber am Wege liegengeblieben und gestorben; und mich hat der Herzog im Vorbeireiten nach Lübbeke bei ihm sitzen gefunden und seinen Schimmel angehalten und mich gefragt, wer ich wäre. Da habe ich ihm alles gesagt, und da hat er den Kopf geschüttelt und gesagt: Armes Ding! und hat in seine Tasche gegriffen und noch einmal ein betrübtes Gesicht gemacht und die Herren, die bei ihm gewesen sind, gefragt, wer von ihnen Geld bei sich hätte. Es hat keiner was gehabt, und da hat er sich diesen Knopf vom Rocke gerissen und ihn mir vom Pferd gegeben und gesagt: Den bringe mir nach Braunschweig auf das kleine Mosthaus, wenn wir zwei heil durch dieses Elend kommen!«

---

1   *Mr. le marquis le Voyer d'Argenson.*

40

Und Wieschen griff ebenfalls unter ihren Rock in die Tasche im Unterrock und legte dem Magister Buchius auf seinen Tisch neben dem Kreidestrich, der die Weser bedeutete, den silbernen Knopf, welchen sich der weichherzige tapfere Kriegsfürst, weil er nichts anderes bei sich hatte, für die arme Magd am Wege auf seinem Wege zu seiner nächsten Schlacht- und Siegesstatt bei Crefeld vom Rocke gerissen hatte.

Magister Buchius blickte mit flimmernden Augen von dem Knopf auf das Mädchen und wieder von dem Mädchen auf den Knopf: das war doch eine Rarität, wie er sie noch nicht in seinem Museo aufbewahrte!

»Das ist wahrlich eine seltene und köstliche Reliquie, die du seit dreien Jahren unter deiner Schürze verborgen trägst, Mädchen,« rief er. »Aber da solltest du auch besser dem lieben Gott und dem guten Fürsten trauen. Auf den Herrgott solltest du bauen, daß er euch, dem lieben Herzog und dir, heil aus den scheußlichen Zeiten und eurem Elend hilft, und nicht solltest du den unsinnigen Menschen da in seiner Tollwut bestärken. O Narre, Narre Schelze, Heinrich Schelze, so willst du dies kostbare Zeichen, daß in der Welt das Licht nimmer ganz in Greuel, Blut und Nacht verlischt, mißbrauchen? So willst du, weil du von einem geschlagenen Mann geschlagen worden bist, das Fatum in Mutwillen herausfordern und die Verantwortung dafür, was dieses gute Geschöpf durch der Könige Zwist und Zwietracht noch treffen mag, auf dich allein nehmen? Schelze, Schelze, ein Dummrian war Er meistens; doch nun hat Er die Absicht, ein Kujon dazu zu werden; und wenn es nicht anders sein kann, so habe Er seinen Willen und laufe Er meinswegen dem Unglück in den Rachen, ohne Gottes Hand hier bei uns andern in Geduld über sich walten zu lassen. Aber das Wieschen, das Mädchen, lässet Er in Amelungsborn, lässet es bei mir. Seine herzogliche Durchlaucht haben es nicht aufgefordert, ihm das edle Wahrzeichen von einem Bagagewagen hinzuhalten; nach Braunschweig ins Mosthaus oder in die Burg Dankwarderode soll es ihm das Zeichen zurückstellen, wenn der Herr aus der Höhe seinen Stab zwischen die Streiter geworfen hat. Jawohl, da hat Er mir die Weser auf den Tisch gemalt, Er Narre. Hier kommt der Franzmann von neuem über den Solling und dringt auf Einbeck, hier streckt sich der Ith, und hier (der Magister setzte den hagern Zeigefinger fest auf eine ganz bestimmte Stelle seiner imaginären Landkarte) hier wird Er freilich in den allernächsten Tagen, ja morgen schon den Herzog Ferdinand treffen, wenn der noch einmal seine Vaterstadt und seines Herrn Bruders Residenz vor dem Marschall von Broglio schirmen will.

Halte Er sich ja nicht länger auf bei uns, Schelze, folge Er nur seinem Grimmbrägen und vertausche Er den Stab seines geplagten und Ihm von Gott vorgesetzten Brotherrn mit der Fuchtel des nächsten welschen, englischen oder hannöverschen Feldwebels; aber das Mädchen, das Wieschen, gibt Ihm nicht seine Ehre und Scham mit in die Rappuse und auf den Feldwagen. Es hält aus mit dem alten Magister Buchius und bei ihm, und es gehet nur mit ihm von Kloster Amelungsborn. Wahrlich, wahrlich es ist schon mehr denn genug hin und her geflüchtet durch das Land vor dieser Kriegesnot. Da, Kind, nimm dein teures Pfand in der Hoffnung, daß wir noch einmal andere Zeiten sehen werden, zurück, und bewahre es wohl. Er aber, Schelze, was drehet Er die Pudelmütze in den Fäusten, gehe Er doch, hole Er sich doch bei den nächstbesten Vorposten die nächstbeste Kokarde dran. Mit dem offenen Licht im Stall war Er noch obendrein im Unrecht vor Seinem jetzigen Brodherrn; aber das ist einerlei, marschiere Er, mache Er die Türe hinter sich zu. Über das Odfeld, am bösen Hagen her, gehet Sein Weg. Der da hat in Westfalen mit gefressen an Seinesgleichen und ist auf neuen Fraß ausgezogen jetzt zwischen der Weser und dem Harz. Nicht wahr, Alter?«

»Krah!« sagte der Kämpfer aus der Rabenschlacht über dem Wodansfelde unter dem Tische des Magisters hervor.

»Wenn sein Flügel heil ist, schicke ich ihn wieder zum Fenster hinaus, Schelze,« rief der Magister Buchius. »Wer weiß, ob ihr zwei nicht noch einmal eure Bekanntschaft von heute abend verneuert? Ja, schlage nur mit dem heilen Fittich, schwarzer Vielfraß. Es ist eine nahrhafte Zeit für dich und deine Kameraden von beiden Parteien, und frisches Futter wird jeden Tag zugeschnitten.«

»O du barmherziger Herr und Heiland, Heinrich?!« jammerte die junge Magd, mit beiden Händen den Schatz am Arme packend. »Hörst du denn dieses, vernimmst du denn dieses und gehst nicht in dich? gehst noch immer nicht in dich! O Herr Magister, Herr Magister, das Aas, das Aas! das Vieh, das Vieh! wie es uns ansieht! Gleich möchte es uns nach den Augen hacken! O lieber doch hier im Kloster in den Teich, als auf dem freien Felde dem schwarzen Greuel da anbefohlen!«

Das Mädchen fuhr in die fernste Ecke der Zelle zurück, als grade jetzt der schwarze Vogel auf es zuhüpfte; aber auch der Knecht Schelze wich rückwärts, als das Tier sich von seinem Schatz zu ihm selber wandte.

Er ließ die Pudelmütze aus den tapfern Händen fallen und brummte: »Gottsackerment, das Beest, das Aas!«

Er sah beinahe zum Lachen aus mit seinem plötzlichen Grauen und Schauder, und plötzlich griff er seine Kappe mit einem schnellen, scheuen Griff unter dem Schnabel des Raben weg und auf und stotterte:

»Nu, denn nichts für ungut, Herr Magister, von wegen der Störung. Wenn Sie dann meinen, Herre, so kann man sich's ja auch wohl noch eine Zeit lang überlegen. Und wenn das Wieschen meint, sie hält's noch aus mit ihrer Frauen, nu, so will ich auch meinen Puckel für diesmal noch dem Herrn Klosteramtmann zu seinem Belieben hinhalten. Also will ich weiter nichts gesagt haben, und der Strich da auf'm Tische soll meinswegen noch nichts gelten. Aber der Herr Magister müssen mir eines versprechen, nämlich, daß Sie mit dem Wieschen auch mich wütigen Satan nicht verlassen wollen mit Ihrem Rat und Beistand, wann's wieder zum Schlimmsten in Kloster Amelungsborn geht.«

»Ich?« rief der alte, als fünftes Rad am Wagen in Amelungsborn verbliebene Gelehrte. Doch sich fassend rief er auch: »O Gott, ja, ja, – so weit es reicht, so weit es reicht! ja, ja!«

»Nu, denn wollen wir den Herrn Magister auch nicht länger von seinem Abendbrot abhalten. Komm, Wieschen.«

Die Junge-Magd setzte, laut, aber froh weinend, dem überflüssigen letzten Schulmeister von Amelungsborn einen Knix hin.

»Ich bedanke mich auch recht schön bei Ihm, Herr Magister.«

Siebentes Kapitel

Der Herr Magister schlug noch einmal die Hände zusammen, nachdem sich die Tür hinter den zwei armen Tröpfen geschlossen hatte. Er schüttelte auch noch einmal das Haupt und ächzte schwer auf; doch dann zeigte er sich auch wieder als der Mann, der wußte, daß in dem Drange der Zeiten mehr als ein Einiges Not tue. Er zog den Stuhl an den Tisch, den Napf mit der kaltgewordenen, nur noch sehr schwach dampfenden Breisuppe heran, ergriff den Löffel, sprach:

»Alle gute Gabe kommt von oben herab!« und – nahm etwa sein Abendmahl bedächtig zu sich? O nein, er löffelte zu, hieb ab vom Brote und packte sein Salzfischlein, wenn nicht so gefräßig wie ein Küster, so doch mit richtigem Schulmeisterappetit! O, trotz der Not der Zeiten schenkte auch er dem Klosteramtmann von Amelungsborn nichts, und so war's nicht ganz ungerechtfertigt, daß er vorhin denn auch ein wenig zu seinen Gunsten redete. Der Streiter vom Odinsfelde, den sein Hunger jetzt entweder verwogener oder zutraulicher machte und der laut krächzend sein Teil forderte, bekam zu seinem Brot nur des Fisches Gräten. Aus seiner Verwundung schien er sich wenig zu machen, denn als sein Gastfreund Teller, Napf, Löffel und Messer zurückschob, verfügte er sich in den Ofenwinkel zurück, zog den Hals, den Kopf ein ins Gefieder und entschlummerte sanft. Er wußte schon ganz genau, als ein gescheuter Vogel, daß er nach der Schlacht bei einem braven Mann Quartier gefunden habe, und in der mißlichen Welt verhältnismäßig sehr in Sicherheit sei.

Letzteres Gefühl freilich hatte Magister Buchius trotz seiner »noch einmal durch die Güte des allbarmherzigen Gottes stattgehabten Ersättigung« nicht.

Er konnte noch nicht zu Bette gehen. Der Gott der Träume, der ihm selten nahe kam, entwich ihm heute ferner und ferner. Der emeritierte alte Herr erfreute sich eines tiefen, traumlosen Schlafes und er schlief auch gern lange; doch in dieser Nacht dachte er fürs erste nicht an sein Bett. Er wollte freilich bloß noch ein wenig nachdenken; an – die Erfahrungen im Fleisch, die ihm die herbstliche Finsternis für die Zeit bis zum ersten Hahnenschrei aufgehoben hatte, dachte er natürlich ebenfalls mit keinem Gedanken.

»Armes Volk! arme Leute! arme Kinderköpfe!« murmelte er, und dann füllte er seine irdene Pfeife von dem wenigen Kraut, das er vor der letzten Einquartierung geborgen hatte, blies die erste dünne Rauchwolke mit einem Seufzer von sich und zog wie mechanisch erst die Lampe und dann des Iburgischen Schloßpredigers Theodori Kampf Wunderbaren Todes-Boten zu sich heran, und schlug ihn auf bei der dritten Frage im zweiten Kapitel: »Ob das Hundeheulen, Eulen- und Leichhünerschreyen von Gott oder vom Teufel?«

Mit kopfschüttelndem Lächeln schob er das Buch wieder zurück und zitierte:

»*Quis dedit gallo intelligentiam?* Wer gab dem Hahnen das Verständnis?«

»Krah!« murmelte der Schwarze im Ofenwinkel und schien seinerseits im unruhigen Traum die Schlacht vom Abend noch einmal durchzufechten. Der Magister aber fuhr ob des Tones erschreckt auf und um und rief:

»Merkest du schon, Kumpan, daß auch von dir die Rede sein mag?
Oder – meldest du dich mir selber als ein Zeichen vom Willen des Herrn,
das ich mir unbewußt heute abend vom Blachfeld auf die Stube getragen
habe? Wächset mir, wie hier auf Seite Vierzig dem wohlangesehenen
Mann zu Osnabrück, den Herr Kampf selbst gekannt hat, ein Sarg in
der Hand?«

»Krah!« sprach der Rabe, doch Magister Buchius winkte ihm ab und
sprach lächelnd mit einer Gelassenheit, die freilich mehr aus dem Lucius
Annäus Seneca als aus dem Iburgschen Hofprediger Theodor Kampfius
stammte: »Nun, es wäre in solchen Zeiten schon etwas, in diesen Tagen
nicht in die Erde oder gar den Bauch deiner Brüder zu kommen, wie
die Hunderttausende draußen! Hm, hm, wie doch des Menschen Selbst-
sucht aus jeglichem auf seinem Wege sein eigen kleines Wohl und Übel
herauszuklauben sich bemühet! wie er alles als eine Anzeige tecte oder
aperte für sich selber nimmt, der arme bedrängte Narr. Ihr seid wohl
wahrlich des alten, invaliden Schulmeisters wegen zu eurer Bataille auf
dem Odfelde zusammen gekommen! Da ginge wohl auch dieser dritte
Krieg um Schlesien jetzo schon in das sechste Jahr, bloß um dem Magister
Buchius zu seiner Unterhaltung zu dienen oder ihn in Nöten und Ängsten
wach zu halten? Welch eine Torheit, Freund! Genüget es dir nicht zu
jeglicher Zeit bei Tage und bei Nacht, im Kriege und im Frieden, was
der Psalmist im Achtzehnten, Vers zwölf singet: Herr, lehre uns bedenken,
daß wir sterben müssen, auf daß wir klug werden.«

Er schlug das Buch zu und schob es von sich. Doch nachdem er seine
Pfeife von neuem gefüllt hatte, zog er es doch wieder heran und blätterte
drin hin und her. Es gab ihm in seinen gegenwärtigen Nöten und Sorgen
jedenfalls eine Unterhaltung und führte durch die bängliche Nacht weiter
und weiter aus der Gegenwart fort in Reiche, zu welchen ihm seine
Selbstsüchtigkeit gewißlich nicht folgte, sondern bloß seine Gabe, die
Welt als ein großes Wunder oder – wie er sich ausdrückte – als ein ku-
rieuses, subtiles Mysterium anzuschauen – *Deo optimo, maximo regnante*.
Dabei schlug die Uhr im Turm der Klosterkirche die Stunden, und jedesmal wenn sie schlug, nickte der Magister mit dem Kopfe und zählte den
Glockenklang nach. Er hielt das Werk in Ordnung und hatte es lange
Jahre im Frieden in Ordnung erhalten. Nun war ihm auch das ein Trost,
daß es ihm jetzt auch im Kriegsgetümmel nicht aus dem regelmäßigen
Gange gekommen war. Er hatte wohl recht, sich selber still darob zu loben; vorzüglich bei seiner jetzigen Lektüre in der Nacht vor dem Ab-

marsch des Herzogs Ferdinand von Braunschweig aus dem Hauptquartier zu Ohr. Der Donator des Buches würde sich wohl selber über die Stimmungen verwundert haben, die sein ironisch Geschenke dem alten Herrn, dem närrischen alten Knaben, dem abgerollten fünften Rad am Wagen der weiland hohen Schule zu Amelungsborn, in dieser Nacht gab. Je seltsamere, wunderlichere, geheimnisvollere Beispiele von den zweyerley Wegen, durch welche Menschen zu einer Wissenschaft der Stunde ihres Todes zu gelangen pflegen, der Magister las, desto ruhiger wurde es ihm zu Mute, desto mehr befestigte sich in ihm die Gewißheit, daß ihm in Person heute noch keine *praedictio,* kein *praesagium* zu Teil geworden sei. Durch Gleiches wurde auch hier Gleiches kuriert, und von Stunde zu Stunde vergaß der Magister mehr und mehr über seiner seltsamen Lektüre, über des Iburgischen Schloßpredigers schrift- und vernunftmäßigen Untersuchungen die eigene Not und die der Zeiten.

Um neun Uhr las er, und zwar laut, seiner Unruhe besser Meister zu bleiben:

»Johannes Jessenius, ein Böhme und sehr gelehrter Mann, ward bey seiner Wiederkunft aus Ungarn gefänglich eingezogen und Anno 1619 nach Wien gebracht, bald aber gegen einen Italiener vertauschet und in Sicherheit geführet. Als er nun aus dem Gefängnis entwich, hat er an der Wand diese Buchstaben geschrieben zurückgelassen: I.M.M.M.M. – Ihrer viele bemüheten sich vergeblich, diese Schrift zu erraten, bis endlich 60 Ferdinandus II. Kaysers Matthiae Nachfolger ins Gefängnis kam, und es also auslegte: *Imperator Matthias Mense Martio Morietur* (Kaiser Matthias wird im Monat März sterben). Er nahm aber ein Stück Kreide und schrieb darunter: *Jesseni Mentiris, Mala Morte Morieris* (Jessen, du lügst, du wirst eines schlimmen Todes sterben). – Als dieses Jessenio hinterbracht ward, sagte er: gleich wie ich nicht gelogen habe, also wird Ferdinandus auch dahin trachten, daß seine Worte nicht erlogen seyn. Es traf auch beydes ein: Matthias starb den 10. Martii 1619, und Jessenius ward nach der Böhmischen Niederlage Anno 1620 gegriffen und 1621 am Leben gestraffet.« …

»Krah!« murrte der Rabe im Traum; aber –

»Schweige doch,« rief der Magister und las:

»Als Anno 1632 im Monat Dezember der Kayserliche General Holke durch den Rittersgrüner Paß ins Gebürge einfiel und an vielen Orten übel hausete, träumete dem Substituten in Elterlein, Johann Teuchern, als wenn er dreimahl geruffen würde, darüber er erwachet, aufstehet und zum Fenster hinaussiehet; als er aber niemand siehet noch höret, fället er in große Wehmuth, betet und befiehlt sich Gott; des folgenden Tages ergriffen ihn die Kayserlichen Trabanten um zehn Uhr und hieben ihn samt siebenundzwanzig Bürgern nieder. – Anno 1686 wurde Magister Benjamin Heyde, Oberpfarrer in Schneeberg, frühe, da er predigen sollen, in seinem Bette tod gefunden. Abends zuvor rufte dreimal eine Stimme, welche seiner ersten Frauen Stimme gleichete: Herr! Herr! Herr! worauf denn sein Tod erfolget.«

Bei der letzten Historie schüttelte der Magister Buchius zu Amelungsborn den Kopf, der Rabe im Winkel aber hielt sich still.

»Als der König in Schweden Gustaphus Adolphus vor Lützen tod geblieben, hat sich über dem Schlosse zu Stockholm in der Luft eine Jungfrau sehen lassen, welche in der einen Hand eine brennende Fackel, in der andern ein Schnupftuch gehalten. Gleich darauf haben sich alle Thurm-Thüren, obgleich mit festen Riegeln und Schlössern verwahret, von selbsten geöffnet, und endlich haben alle Glocken in ganz Smalland zu leuten angefangen. – Als Barnimus, Herzog in Pommern, im 27. Jahre seines Alters in der Odersburg vor Stettin gestorben, so sind kurz nach seinem Tode alle verguldete Knöpfe auf den Gebäuden in einer Nacht ganz schwarz geworden. – So hat sich auch zu Osnabrück begeben, daß da ein Studiosus Medicinae auf der Reise in Italien Todes verblichen, sich ein Hund zu selber Zeit Abends mit einem entsetzlichen Geheul zu dreyen malen für des Verstorbenen Eltern Hause, seinen Kopf unter der Thür ins Haus haltend, hören lassen –«

»Ei, was hat denn der Hund?« fragte der Magister Buchius, Ehrn Theodori Kampfii wunderbaren Todesboten zum zweitenmal von sich schiebend; und er hatte Recht zu der Frage; es entstund auf einmal ein greulicher Lärm von Hunden innerhalb der Mönche Ringmauern um Kloster Amelungsborn.

Einer schlug an. Der gab den Alarm weiter, und zehn Minuten lang war's ein Gebell, Gekläff und Gewinsel, daß es mit allem Nachdenken fürs erste aus und zu Ende war. Aber auch noch andere Leute wurden durch das Vieh aufgestört. Der Magister glaubte des Amtmanns Stimme zu vernehmen; – da wurden wahrscheinlich Knüppel und dergleichen unter das Volk geworfen.

»Dieses passete freilich ganz und gar zu des Herrn Schloßpredigers letzter Historie,« murmelte kopfschüttelnd der Magister, in seiner Zelle auf- und abschreitend, und der Rabe vom Odfelde, aus seinem Ofenwinkel kommend, hüpfte jetzt schon ganz vertraulich hinter ihm drein. In diesem Augenblicke gab die Kirchuhr wiederum die volle Stunde an, und der Magister zählte die Schläge nach:

»Neun – zehn – elf! Ei, ei, schon so spät? Wie doch das Studium dem 62 Menschen über die Zeit hinweghilft – von Ewigkeit zu Ewigkeit, Amen. Was sind wir armen Kreaturen mit unsern Sorgen und Ängsten? was bekümmern wir uns zu erraten, was die nächste Stunde bringet. Es kommet doch immer etwas anderes, als was wir in unserer Lebensangst heraussannen. Einer ist Meister. Hörst du, Schwarzer, ob ich dich nun hereingeholt habe auf die Stube als einen finstern, bösen Unglücks- und Todesengel oder als einen guten Kameraden und Freund für des Winters Einsamkeit, sintemalen dich des höchsten Gottes Fürsehung mir vor die Füße flattern ließ, sollst du mir in Ruhe und Gelassenheit willkommen sein. Χαιρε.«

»Krah!« sagte der Rabe, den Kopf auf die Seite legend und seinen kuriosen Beschützer seinerseits mit schlauer, verständnisvoller Zutraulichkeit, mit vollem Vertrauen darauf, daß alles, was geschehe, mit rechten Dingen zugehe, ins Auge fassend.

Magister Buchius aber hatte den Theodorus Kampf beim zweiten von sich Abschieben aufgeschlagen gelassen; nun nahm er mechanisch das Buch noch einmal her. Er wollte es eben nur zuklappen; aber da fiel sein Auge doch noch auf ein Exemplum drin, und er war nicht der Mann, der ein Gedrucktes gleichgültig ins Fach stellte, wenn es sein Auge in Wahrheit getroffen hatte.

Er las:

»Johann Wilhelm, Herzog zu Sachsen, hat kurz vor seinem Ende im Schlaf eine liebliche Musik gehöret und eine Menge Engel, und unter denselben einen großen gesehen, auf dessen Rücken geschrieben gestanden: *Bringet mir diesen zur Ruhe.* Welches göttliche Gesichte er dann frühe Morgens seinen Räthen erzählet, auf sich gedeutet, und keiner weltlichen Sachen sich mehr angenommen.«

Fast in Behagen sich schüttelnd sprach Magister Noah Buchius: »Und keiner weltlichen Sachen sich mehr angenommen. Wie oft hab' ich dieses 63 im Verlauf sauerer Schuljahre des Abends beim Zubettegehen mir vorgesagt und einen guten Schlaf getan?«

Von allen zu Kloster Amelungsborn war der Magister der, welcher dem Siebenjährigen Kriege am meisten gewachsen war.

Aber vielleicht auch grade darum gelangte er in dieser Nacht fürs erste noch nicht ins Bett. Es hatte ihn wohl noch jemand zu nötig; er aber, der Magister Noah Buchius, hatte jedenfalls nicht die geringste Ahnung davon, wie weit der Schein seiner Blechlampe aus seiner Wohn- und Schlafzelle hinausleuchtete in die sturmvolle Finsternis des Jahres Siebenzehnhunderteinundsechzig.

Achtes Kapitel

Was die Vögel über dem Odfelde vorausverkündigt hatten, das setzte sich nun ins Werk, für das Kloster Amelungsborn zuerst vom Süden her. Der Franzmann war in Wirklichkeit auf und drängte wieder nordwärts mit Roß und Mann, mit Wagen und Geschütz. Seinem Zuge aber durch die Novembernacht voran ein einzelner, ein anderer Vogel gen Amelungsborn. Einer, der eben schnöde aus dem neuen Nest der weiland gelahrten Schule zu Kloster Amelungsborn geworfen worden war. So einer von den pro tempore Glücklichen, so um das neunzehnte Lebensjahr herum, ganz ohne alle Bagage, Proviant und Kriegskasse für den Marsch, in leichtem, noch ganz sommerlichem Kollett, dünnen Kniehosen und Strümpfen, doch auf dauerhaften Sohlen – Monsieur Thedel von Münchhausen, der neuen hohen Schule zu Holzminden erster – »noch zu Amelungsborn oft genug verwarneter« – Relegatus! …. ach, der Magister Buchius kannte ihn schon! …. Daß er, Monsieur Thedel, der tolle Thedel, die Gegend zwischen der Weser und der Homburg auch bei Nacht kannte, das war diesmal wirklich sein Glück. Wäre es bei Tage gewesen, so hätte man es ihm wohl angesehen, daß ihm das Gezweig im Dickicht häufig genug den Hut vom Kopfe gestoßen habe, daß er nicht selten der ausgefahrenen Heerstraße aus dem Wege gegangen sei und einen Umweg durch die Wildnis nicht gescheut habe, um einem unnötigen oder gar niederträchtigen Aufenthalt auf seinem Marsche auszuweichen.

Mehr denn einmal hatte ihn das Marodevolk von Auvergne, Pikardie, oder hatten ihn welche von den Freiwilligen von Austrasien zum Führer brauchen wollen; doch auf die Gefahr hin, am nächsten Baum zu baumeln, war er den Zumutungen entgangen. Auf Stunden Weges wenigstens hatte er, wie er vermeinte, den Herrn Herzog von Broglio hinter sich gelassen; und seine blauen, weißen und gelben Dragoner oft recht nahe auf den Fersen gehabt. Wie konnte der Holzmindensche Schüler genau wissen, wo der große französische Oberfeldherr in diesen Tagen sich persönlich aufhielt? Hinter Lohbach unter dem Eberstein hatte er aber seinetwegen jeden gebahnten Weg ganz aufgegeben und sich ganz im Walde verloren. Verloren? Das nun wohl nicht im wörtlichsten Sinne des Wortes. Dazu kannte er – leider Gottes – das Revier zu gut als der schlimmste nächtliche Wilderer der Sekunda und der Prima der frommen und hochgelahrten Klosterschule von Amelungsborn. Daß er dem Strick des Herrn Generals von Poyanne entging, war eigentlich gar kein Wunder, da ihn seinerzeit die Büchsenkugeln der herzoglich Braunschweigischen Kammerförster der ganzen lustigen grünen Wildnis auch höchstens nur geschrammt hatten.

In Negenborn hätte er einkehren dürfen, da der fränkische Heereszug in dieser Nacht noch nicht über Bevern hinausging; aber vielleicht war dort im Dorfe der unruhigen Zeiten halber der Förster auch noch wach. Herr Thedel von Münchhausen ging lieber auch um Negenborn herum, eben wegen zu guter Bekanntschaft mit dem Förster dort, und schlug sich rechts durch den Wald, in welchem er von hier an jeden Baum, Stein, Stock, Stuken und Erdfall so genau kannte, wie nur irgend Fuchs, Dachs, Hirsch, Reh und Wildschwein, so wie herzogliche grünröckige Beamtenschaft im Revier. So kam er ein wenig außer Atem und mit fressendem Hunger, aber bei sonst gesunden Gliedmaßen an auf dem südlichen Rande des Hooptals gegenüber dem Küchenbrink und Auerberge und saß, mitten in der Novembernacht den Schweiß von der Stirn mit dem Ärmel trocknend, einen Augenblick auf einem Stein und meinte: 66

»Guck, er hat immer noch Licht!«

Nach dem kurzen Augenblick des Verschnaufens nun hinunter zum Forstbach und auf der andern Seite des Tals wiederum in die Höhe, den steilen Abhang empor, zu dem Lichtschein aus der Zelle des Bruders Philemon und des Magisters Noah Buchius! Auch da ging am Gestein und im Gestrüpp ein Schlupfweg, den nicht alle Leute im Kloster so gut kannten wie der Junker Thedel von Münchhausen, welcher aber sicher doch schon seit manchem lieben Jahrhundert von Geschlecht zu Geschlecht durch die Leute von Amelungsborn hinter der Hand zu nützlicher Kenntnis weiter gegeben worden war.

»Der Schrecken, wenn ich ihn jetzt von hier aus auf sein: *Qui vive?* anschriee: *France!*« lachte der wilde, junge, nächtliche Wanderer, die flache Hand an die Mauern von Kloster Amelungsborn legend. »Aber wissen möchte ich wohl, wie spät es eigentlich am Tage ist. O Selinde, Selinde, du wirst nicht mehr Licht haben wie der Magister! Mein Herz, ach, wenn du wüßtest, wer jetzo hier um die Mauern schleicht!«

Er schlich oder tastete in Wahrheit jetzt die Mauer des Klosters entlang. Wo andere um diese dunkle Stunde Hals und Beine gebrochen haben würden, ging er sicher wie – ein Nachtwandler. Jawohl, es war auch nicht das erste Mal, daß er auch hier über dem Hooptal verbotene Wege gewandelt war. Der Baumast, der dort, wo die Gebäude zu Ende sind und die Hofmauer anfängt, an diese Mauer reicht, hängt seit der Tertia seiner nächtlichen Abenteuer voll.

Er reitet auf diesem Ast, als der erste Hund von Amelungsborn seine Visite merkt und anschlägt. Und – bum – bum – bum, da ist auch die Turmuhr. Wie dem Magister Buchius zählt sie dem Junker Thedel von Münchhausen die elfte Stunde des Abends zu; aber dem Junker fehlt freilich die Muße, die feierlichen, langsamen Schläge gelassen nachzuzählen.

»Verfluchte Köter!« murmelt er auf seinem Zweige zwischen den Zähnen. »Das ganze Nest machen sie mir rebellisch! Da hätte ich ebenso gut morgen früh mit dem Herrn Marquis von Poyanne einrücken können! O Selinde, Mademoiselle Selinde, mein Stern, meine Fackel, mein Herzbrand!«

Und trotz allem Gekläff und Gebelfer in allen Tonarten der Hundekehle aus allen Gehöften der weiland Brüder Cistercienser mit einem letzten Schwung vom Ast auf die Mauer! Erst rittlings da und dann mit beiden Beinen in den Klostergarten hinunter baumelnd:

»Was denkt ihr doch, ihr kühnen Sinnen?
Ihr geht auf allzuhoher Bahn;
Denn euer frevelndes Beginnen
Will weiter, als es steigen kann;
Weil ihr dasselbe lieben wollet,
Was ihr doch nur anbeten sollet; –

blaff, waff, waff, blaff, die Kompagnie gibt nicht nach. Sie bringen mir den Amtmann mit allem, was eine Mistgabel, einen Dreschflegel oder eine Donnerbüchse halten kann, auf den Hals. Sie wecken mir dazu freilich mein Zuckerkind, mein süßes Herzchen, mein Selindchen. Hier,

hier, kusch Erdmann, kusch Fidel, kusch Spitz, Mops und Schäfertewe. Hab' ich's nicht gesagt, da bellen auch schon der Herr Klosteramtmann in der Zipfelkappe aus dem Fenster dazwischen. Ach Selinde, o Selinde –

> Und also lieb' ich mein Verderben
> Und heg' ein Feu'r in meiner Brust,
> An dem ich noch zuletzt muß sterben,
> Mein Untergang ist mir bewußt.
> Das macht, ich habe lieben wollen,
> Was ich doch nur anbeten sollen!«

Der Hund, der den Alarm gegeben hatte, stand innerhalb des umfriedeten Bezirks mit den Vorderpfoten hochaufgerichtet an der Mauer und blaffte immer wütender zu dem nächtlichen Eindringling empor.

»Kotz Blitz,« rief dieser. »Ich bin's, Erdmann! Pfü–it!« Und ein langgezogener Pfiff verwandelte das Gebell des treuen Wächters zuerst in ein erstauntes Schweigen, sodann in ein zärtlich Winseln und freudig Hin- und Herspringen. Schon stand der Schüler unten im Hof –

»Hund! Spitzbube, hab' ich dich!« schrie's ihm im Ohr, und ein schwerer Prügel wurde ihm um den Kopf geschwungen.

»Diesmal bin ich's noch einmal, Heinrich!« flüsterte der Junge lachend. »Hand vom Kamisol; und – wer ist außer dir noch wach zu Amelungsborn?«

»Herr Gott, unser Musjeh Thedel!« stammelte der Knecht Heinrich Schelze. »Der Herr Junker von Münchhausen. I du meine Güte – nu, nu, – also noch einmal so mitten in der Nacht? Ach je, ach herrje!«

»Kerl, so bring' doch zuerst die andern verdammten Bestien zur Ruhe. 's ist doch nicht das erstemal, daß wir uns so treffen hier an der Mauer? Diesmal aber habe ich nicht die Förster, sondern die Franschen auf den Hacken. Und der Herzog Ferdinand ist über die Weser, und ich bin auf dem Wege zum Herzog Ferdinand –.«

»Auch der!« murmelte der Knecht.

»Und da wollt' ich im Vorbeigehn doch von allen hier zum allerletztenmal Abschied nehmen. Was macht Jungfer Fegebanck, und wie geht's dem Herrn Magister? Jetzt aber sage Er gar nichts mehr, Schelze, sondern bringe Er die Hunde und den Klosteramtmann zur Ruhe. Meine Wege hier weiß ich ja wohl noch, das weißt du ja, Kamerad. Gute Nacht; ich krieche wohl schon irgendwo unter und am liebsten beim Magister Buchius. Also bis morgen früh, Heinrich!« ...

»Es war ein Baummarder, Herr Klosteramtmann, den unser Erdmann an der Hooptalsmauer gestellt hatte,« rief's fünf Minuten später zu dem Fenster des Gestrengen empor. »Die Franschen kommen erst morgen früh. Es ist wohl erst Ahrholzen, was jetzt brennt – oder Schorborn! Wir haben wohl noch Zeit bis morgen mit ihnen. Wünsche eine recht wohlzuschlafende Nacht, Herr Amtmann.«

Als der arme Herr sein Fenster hastig wieder geschlossen hatte, hob der Bösewicht darunter noch einmal die Faust zu ihm empor, schüttelte sie und grinste:

»Lasse Er sich auch was recht Schönes träumen, Herr Klosteramtmann.« Nachher setzte er aber noch kopfschüttelnd hinzu: »Na, das soll mich doch nun wundern, ob der Herr Magister dem da, unserm Junker, sein

Verlangen nach Seiner Durchlaucht auch austreiben werden.« –

Neuntes Kapitel

Wenn nun Monsieur Thedel von Münchhausen aus dem Bevernschen sich noch bei Nacht im wilden Weserwalde zurecht zu finden wußte, so hätte ihn eine doppelte ägyptische Finsternis nicht gehindert, irgend ein Ziel tief unten im Gewölbe oder hoch oben auf dem Dache von Amelungsborn ohne Anstoß zu erreichen. Der wußte da Bescheid! Wahrhaftig!! Er schlupfte in dasselbe türlose, mittelalterliche Pförtchen, in welches Magister Buchius sich nach der Heimkehr von seinem Nachmittags- und Abendspaziergang hineingeschoben hatte. Er erstieg dieselben Treppen wie der Magister und durchmaß dieselben Gänge. Er hielt sogar vor den nämlichen Türen an, wie der alte Herr; aber durchaus nicht mit den Gefühlen desselben. Wahrlich legte er nicht wehmütig-erinnerungsvoll die Hand darauf; doch die Hand brauchte er freilich bei dem Gestus, den er vor mehr als einer der altersschwarzen, stillen Schulzimmerpforten machte.

Das gab dann jedesmal einen klatschenden Schall, der das Echo weithin in den Korridoren weckte. Und jedesmal brummte der junge Malemeritus von Amelungsborn und Relegatus von Holzminden:

»Sauberer Stall! Infames Kaschott! Noch derselbige Geruch – pfui Teufel – Brrr! Na, euch gönne ich schon noch ein halb Dutzend Male dem Broglio und seinen Schuften zum Quartier.« 71

Er bezwang sich merkwürdig. Er trat weder die Pforte der Sekunda noch die der Prima ein; und vor der Tür der Quinta stieg auch ihm doch sogar ein melancholisch Gefühl auf, und mit einem Seufzer sagte er:

»Der alte Herr! Der alte Buchius! ... Dahinter haben sie ihn sein ganzes liebes Leben ihnen und uns Lümmeln zum Spaß gehalten! Und ich habe meinen Spaß mit an ihm gehabt.«

Er hob den Hut vom Kopfe und behielt ihn in der Hand.

»Vivat der Magister Buchius, und – der Herrgott erlasse mir meine Sünden an ihm, wie der Alte sie mir zu hunderttausend Malen erlassen hat. Ach Gott, ach Gott, so kommt der tollste Schüler von Amelungsborn zu dem überflüssigsten, bespotteten Präzeptor, so kommt Bartel vom Mostholen mit zerbrochenem Kruge. *O virga, o ferula! O merces doctrinae!* Hoffentlich hat er jetzo, nachdem auch das andere Hundepack wieder still geworden ist, sein Licht noch nicht ausgeblasen.«

Im nächsten Augenblicke klopfte er leise und schüchtern an die Tür des letzten wirklichen Cisterciensers von Kloster Amelungsborn. Mit dem Wort meinen wir aber nicht den Bruder Philemon, den letzten katholischen Mönch der Stiftung auf dem Auerberge über dem Hooptale. –

Magister Buchius war noch wach; aber er saß freilich schon mit gelösten Hosenschnallen auf seinem Bettrande. Die Spukgeschichten, in die er sich nach des Tages Erlebnissen hineingelesen hatte beim bänglichen Tagesschluß, hatten ihn doch noch eine Weile vom völligen Entkleiden ab- und beim Hinstarren in die trübe Flamme seiner Lampe festgehalten. Als es nun so pochte, wie es auch beim Schloßprediger von Iburg, Herrn Theodorus Kampf, hie und da zu mitternächtlicher Stunde geklopft hatte, vermochte er trotz der überlegenen Stimmung, in der wir ihn vorher gelassen haben, nicht, seines Erschreckens sogleich Meister zu werden. Sein schlimmster Discipulus hatte einzutreten, ohne daß er vorher dazu eingeladen worden war. 72

»Ich bin es, Domine,« sagte der jetzt, mit verlegenem Grinsen. »Ich bitte um Permission, so späte am Abend den Herrn Magister noch aufzustören. Thedel Münchhausen, mein Herr Magister! Von Holzminden her mit übergroßer Sehnsucht nach Ihm! *Vivat Ferdinandus Dux!*«

»Krah!« sagte der Rabe, durch den neuen Besuch in seinem Schlaf gestört.

»Ohe, was haben der Herr Magister da für einen neuen Stubenkameraden? ... Ich bin's wirklich noch einmal in Fleisch und Blut, Thedel Münchhausen! Ja, sieh mich nur so an, Bestie. Gehörst wohl auch zu denen, die heute abend mit mir zu Scharen von der Weser kamen?«

Die letzten Worte waren natürlich an den aus seinem Winkel vorgehüpften Vogel gerichtet; der Magister sah noch eine geraume Weile von dem einen Gast auf den andern, bis er sich so weit gefaßt hatte, die schwarzen Manschesternen wieder in die Höhe zu ziehen, sie zurecht zu rücken und zu rufen:

»Täuschet mich mein Gesicht nicht? Er, Musjeh? Monsieur von Münchhausen? Um diese mitternächtige Stunde? Wie kommet Er hieher, Musjeh? Wo kommet Er her, Musjeh? Was will Er – grade Er wieder in Amelungsborn? O ihr Götter, hat Er grade es nicht mit dem allerhöchsten Überdruß an christlicher und heidnischer Schulzucht und Ordnung verlassen? Hat der Herr Amtmann nicht –«

»Dreimal drei Kreuze hinter der ärgsten Kanaille im ganzen Cötus her gemacht? Jawohl, Domine, einen feinen Duft haben wir hinter uns gelassen; aber Sie wissen es ja am besten: *Ducunt volentem fata –*«

»*Nolentem trahunt*«, schloß der alte Herr. »Also wollend – mit Seinem guten Willen folgt Er Seinem Fatum hieher?«

»Gutwillig, mit meinem allerbesten Willen. Abgesehen von dem Tritt, den sie mir in Holzminden auf die Posteriora versetzet hatten, meinen Weg in die weite Welt zu befördern. Der Herr Magister Buchius haben es niemals genau gewußt, was für – ein guter Prophete Sie zu Zeiten waren.«

»Oh, oh – *eheu, eheu, eheu!*«

»*Heu, heu, heu* – Heu!« flennte grinsend mit den Knöcheln beider Fäuste vor den Augen der junge Taugenichts und leichtsinnige *primus inter pares* der weiland gelahrten Schule zu Kloster Amelungsborn, Thedel Münchhausen. »Ja, Heu, Heu! die Herren zu Holzminden machen fürder keinen Ochsen unter sich fett mit dem Heu, das ich ihnen noch auf ihren gelehrten Wiesen zusammenharken könnte.«

»*Consilium abeundi?*« stammelte der alte Herr.

»*Relegatio in aeternum.* Diesmal fortgeschickt, aus dem Tempel getrieben, auf Nimmerwiederkommen. Sie hatten eben im Konvent ihre letzte Hoffnung für den Patienten auf die Veränderung von Luft und Ort ge-

55

setzet. Gestern waren die Herren zur letzten Konferenz beieinander und sind zu der Meinung gekommen, es sei keine Hoffnung mehr bei ihnen für den armen Sünder *in extremis*.«

Magister Noah Buchius ließ noch einmal die Hände schwer auf die dürren Kniee fallen, nachdem er von neuem auf dem Rande seines Bettes niedergesessen war. Und sein Kummer wuchs, wie er angstvoll weiter auf dem hübschen, mutwilligen Gesichte seines schlimmen Lieblings, des unbotmäßigsten Coëtanen der weiland altberühmten Klosterschule von Amelungsborn nachforschte, und – wenig von seinen eigenen, schmerzensvollen und beschämten Gemütsbewegungen darauf abgemalt fand.

Der Knabe half nicht dem guten, alten Herrn über den Angstbissen, der ihn in der Kehle würgte, hinweg. Er ließ ihn mit aller Rücksichtslosigkeit der Jugend mit dem Kummer, den er ihm machte, fertig werden. Er ließ den alten Mann mit der stoischen Gelassenheit derer, die ihr Leben noch vor sich zu haben glauben, wieder zu Atem und zu Worten kommen.

Es dauerte wiederum eine längere Zeit, ehe der Magister so weit sich gefaßt hatte, daß er matt und ergeben die Frage tun konnte:

»Die gütige Gewogenheit wird Er auch wohl nicht haben wollen, mir zu kommunizieren *cur*? Zu Deutsch: warum, weshalb, wofür und weswegen? Und was Seine Verwandtschaft zu Wolfenbüttel hierzu sagen wird?«

Thedel von Münchhausen zuckte greinend die Achseln:

»Aus Liebe zu mir und wegen größester Sorge um meine Wohlfahrt und die der deutschen Nation. Sie meinten, was sie mir noch anzubieten hätten bei sich auf der Schulbank, das schlüge doch nur bei mir an, wie's weiland amelungsbornsche Weihwasser beim leidigen Satan. Und das deutsche Vaterland habe mich sicherlich nötiger, als sie, Prior-Rektor, Konrektor und Lehrerkonvent in der neuen gelehrten, unschuldigen Herrlichkeit, vermeinten sie. Gefiel ihnen hier im Walde meine Intimität mit den Wildschützen von Hils, Ith und Vogler nicht, so grauete ihnen vor meiner Kompagnie mit den Weserschiffern fast noch mehr. Konnte aber ich denn davor, daß heute kein Bock den Fluß herauf- oder herunterfährt, von dem sie nicht nach dem lieben Thedel Münchhausen zu den Klassenfenstern hinaufrufen? Und der Frau Priorin war ich schon seit der Quarta ein Dorn im Auge; das wissen der Herr Magister ja ebenso gut als wie ich. Das Poem, die zwei Reime, die ihr an den Reifrock hinten gespendelt waren und so mit ihr umliefen auf dem Schützenhof auf der Steinbreite, sind nicht von mir gewesen; aber ich habe sie auch auf mich nehmen müssen in der letzten Konferenz gestern. Ach ja, was ganz Besonderes ist nicht weiter vorgefallen, das Faß ist übergelaufen und damit basta. Sie haben mir in Zärtlichkeit geraten, nunmehro das Vaterland nicht länger warten zu lassen, sondern zum Kalbfell zu schwören, wie es mir in der Wiege gesungen worden sei, und zumal da der Herr Vormund in Wolfenbüttel ja selber dazu rate. Daß sie mir mit dem Herrn Vormund und Oheim rieten, doch meinen Herrn Vetter von Bodenwerder unter den hannöverschen Jägern, den hohen Alliierten und dem Herzog Ferdinand aufzusuchen, das traf wohl meine Meinung auch; aber – ohne meine Sehnsucht nach Ihm, Herr Magister, hätte ich sie doch noch einmal persuadiert, es noch einmal, zum allerletztenmal mit der lateinischen Stallfütterung bei mir armen Coridon zu probieren. Aber das Verlangen nach dem Herrn Magister –«

»Nach mir?« rief der gute alte Herr, die magern Hände zusammenschlagend. »O Theodorice, Theodorice, Er wird wohl noch auf Seinem Sterbebette Seinen Jokus treiben wollen! Ist denn dies eine Zeit zum Scherzen? So nehme Er jetzo doch für eine Viertelstunde Vernunft an und rede Er verständig, Monsieur. Er siehet doch meinen Kummer um Ihn, und – wir sind hier nicht mehr auf der großen Schule zu Kloster Amelungsborn – sondern nur in der Kammer des alten, verbrauchten unnützen Buchius, und – morgen früh ruft weder Ihn noch mich die Glocke zu den Lektionen, und Er hat an mir keine Materia mehr, sich zu präparieren zu einem neuen Spaß, mit dem Er die Herren Kommilitonen über den närrischen Magister Buchius zum Lachen bringen möchte!«

Dies kam nun in einer Weise zum Vorschein, die den jungen Menschen vollständig duckte. Es war keine Dumme-Jungen-Komödie in dem Ausdruck der Betroffenheit, der Reue, mit dem er sich auf die Hände des alten, vor Erregung zitternden Schulmeisters niederbeugte, sie ergriff und zwischen Verlegenheit und – ja auch zwischen Tränen stotterte:

»Der Herr Magister haben recht, Sie haben recht! Wir haben es alle, Konvent und Cötus, nicht um den Herrn Magister verdient, daß Sie einen einzigen freundlichen Gedanken für uns haben. Da; gleich und wie ein Lamm gutwillig, lege ich mich da vor dem Herrn über den Stuhl – holen der Herr Magister Buchius Ihr spanisch Rohr und zahlen Sie mir nachträglich durch den Rest der Nacht, was ich an Ihnen pecciiert und meritiert habe, und geben Sie's mir für das ganze Kloster, Abt, Amtmann, Rektor, Doktoren und Kollaboratoren mit. Haue Er sie nach Herzenslust in meiner Person. Lasse Er mich in dieser Nacht den wohlverdienten

Sündenbock sein für Seine armen elenden dreißig unbelohnten, übelbelohnten Jahre am Schuldienst zu Amelungsborn. Nachher brauche ich nur noch einen andern Abschied hier am Ort zu nehmen; dann werd' ich ja auch wohl den Herrn Vetter auf dem Marsche durch den Ith irgendwo tot oder lebendig treffen; oder wenn den nicht, so doch ohnzweifelhaft den Herrn Herzog Ferdinand und – nachher werd ich's an die Franzosen weiter geben, was Er mir, liebster Herr Magister, in dieser Nacht an Restanten ausgezahlet hat. Da verlasse Er sich drauf! *Vivat Ferdinandus dux! imperator! victor!* Sie belieben zuzuhauen und mir den meritierten Lohn zu verabreichen.«

Der reuige Sünder hatte wahrhaftig sich den Stuhl vor dem Magister zurecht gerückt und holte wirklich und im vollen Ernst den Stock aus dem Winkel und bot ihn dem guten Herrn hin; aber dieser sprach, die gefalteten Hände vor sich hinstreckend und so mit ihnen abwehrend und mit einer durch Erregung und Rührung erstickten Stimme:

»Mein lieber Junker von Münchhausen!?« …

»Sie belieben nicht? Der allerbeste Herr wollen alles mir boshaften Kujon und Halunken hingehen lassen? (ein Blick des Bösewichts streifte hier auch ganz unwillkürlich die Kuriositätensammlung des wackern Gelehrten), der Herr Magister will nicht an Thedel Münchhausen nachholen, was Er in dreißig Jahren an der ganzen hohen Schule von Amelungsborn, Cötus und Lehrerkonvent, hat verabsäumet? Dann – gebe Er mir Seine gute Hand und glaube mir, im ganzen römischen Reich, ja, im Universo lebet außer dem Herzog Ferdinand kein anderer außer Ihm, nach dem der wilde Münchhausen solch ein *Desir* und Verlangen gespürt hat in den letzten Zeiten!«

»O, mein Junker von Münchhausen!«

»Das Heimweh nach dem alten Wesen ist es gewesen, was mich noch einmal hieher gebracht hat. Vater und Mutter weiland zu Bevern und der Herr Vormund in Wolfenbüttel haben mich allzulange hier in der Wildschule belassen. Das alte Kloster, der freie Wald und Himmel haben es mir angetan. Die Herren zu Holzminden haben vermeint, Ihn, den Herrn Magister, ihren Besten, dorten in ihrer neuen Ordnung nicht unter sich brauchen zu können, und sie sind dümmer gewesen als die Esel in diesem Casu. Aber mich, den schlimmen Teufelsbraten, haben sie in Wahrheit und Wirklichkeit nicht bei sich prästieren können. Sie hielten's nicht aus, und ich hab's auch nicht ausgehalten zu Holzminden hinter ihren Mauern, bei ihrem neuen Zwang und Serenissimi des Herzogs Karl

Durchlaucht revidierter Schulordnung! Ich hab's mit Willen danach gemacht, daß sie mich vor die Tür setzen mußten. Und nun bin ich hier, ehe ich zu den hohen Alliierten gehe, um den letzten treuesten Abschied von meinem ältesten, treuesten und allergelahrtesten Gönner und unwissend intimsten Freund zu nehmen.«

»Von wem wollte Er Valet nehmen im Kloster Amelungsborn?« fragte trotz seiner Erregung und Erweichung Magister Buchius, den sie dreißig Jahre lang in Amelungsborn im günstigsten Fall nur als einen unschuldigen, närrischen, gutmütigen Simplex taxiert hatten. Und der Exschüler von Amelungsborn und von Holzminden stotterte, jetzt ganz klein werdend:

»Auch da haben der Herr Magister Lunte gerochen? Und haben auch hier Ihre Wissenschaften ganz für sich selber behalten! haben keinem Menschen Ihre Wissenschaften mitgeteilet!«

Der arme Junge hielt die arme, machtlose rechte Hand des alten Herrn zwischen seinen zwei wackern Fäusten und lachte, während ihm wieder die ernsthaftesten Tränen über beide Backen herunterrollten:

> »Wohl dem, der so wie Goldschmieds Junge denkt,
> Und eher sich nicht zu der Liebe lenkt;
> Als bis er nach vollbrachten Jugendjahren
> Sich kann in Ehren mit der Liebsten paaren.«

»Krrr!« sprach in diesem Moment der Rabe vom Odfelde. Es hinderte ihn sein wunder Flunk nicht, auf den Stuhl zu hüpfen, den der junge Mensch dem alten Magister vorhin zugerückt hatte. Nun sprang er auch auf die Lehne und von dort auf den Tisch mit dem halbverwischten Kreidestrich und den Resten des Nachtessens des Emeritus von Amelungsborn. Ihm war der Appetit nur wiedergekommen; aber auf den neuesten Gast des Magisters Buchius machte des Viehs Gefräßigkeit den Eindruck, als vertilge es ihm den letzten Rest von Nahrhaftem, von Eßbarem im Weltall. Und zwischen Liebe und Hunger hin und her gerissen, rief Junker Thedel von Münchhausen:

»Ja, sie trägt das weißeste Kleid und die blauesten Bänder am Sonntage. Ja, *dulce ridentem Lalagen amabo!* Kuck' einer das fressige Biest! Sie ist mir Anadyomene und die ländliche Phidyle. Wir haben sie hundert und tausendmal beim Konrektor Schnellbeckius im Horaz gehabt, und ich habe mit ihr beim Erntefest getanzet, und sie wird mein Feinslieb sein auf ewig. Im Garten und im Walde, auf der Wiese und auf dem Felde hinter der Küchentür haben wir's uns hunderttausendmal geschworen. Der Herr Magister verstehen davon nichts und wollen auch nichts davon wissen; – meinen Hagedorn hat mir der Herr Rektor konfiszieret; aber ich kann die Lieder, in denen er auch sie, unsere Schönste hier, angesungen, auswendig und ich habe sie ihr drunten im Hoop und drüben auf den Ruderibus der Homburg im Busch vorgesungen. O sie ist Cypris, Gnidia, Paphia und Idalia, wann sie gepudert einhertritt; aber löst sie ihre Flechten, fallen sie ihr bis in die Kniekehlen! Als ich ihr vom Stadtoldendorfer Jahrmarkt das letzte Zuckerherz von meinem letzten Pfennig in der Welt brachte, hat sie mit dem Herrn Magister Lessing gesprochen:

> Wähl selbst. Du kannst mich Doris,
> Und Galathee und Chloris
> Und wie du willst mich nennen;
> Nur nenne mich die Deine.«

»Mamsell Fegebanck heißt sie!« ächzte Magister Buchius, jetzo die Hände über dem Haupte zusammenschlagend. »Ja, ihr Vatersname ist Fegebanck, und sie ist des Herrn Amtmanns angenommene Vetters Tochter, und –«

»Da geht er mit dem Brot unter den Tisch!« rief Thedel Münchhausen. »Halt da, Kanaille, Kujon! Bei der Belagerung von Saguntum, Numantia und Jerusalem haben sie ihre Schuhe und das Leder von ihren Schilden gefressen; aber ich fresse den Tisch und dich selber, *dirum mortalibus omen*, du schwarzer Galgenstrick, wenn du den Rest vom Überfluß nicht gutwillig herausgibst!«

Schon war er dem schwarzen Vogel unter den Tisch nachgefahren. Jetzt hielt er den Rest von des Magisters schwarzem Brot zwischen den Fäusten, jetzt biß er hinein und riß mit dem guten Gebiß ab; er – fraß, und –

»Allbarmherziger Gott, und wir haben weiter nichts übriggelassen von unserm Mahl!« ächzte der alte Herr, »wir haben alles allein gemocht! ich habe nichts weiter als das da für den Verschmachteten. O, Dieterice, Dieterice, und die Frau Amtmannin wird weder um meinet- noch um Seinetwegen zu so nachtschlafender Stunde den Schlüssel zum Küchenschrank unter dem Kopfkissen vorlangen.«

Musjeh Thedel stieß zwischen seinem Kauen, Schlingen und Schlucken einen Laut aus, der seine Gefühle in betreff der Frau Klosteramtmannin vollkommen deutlich ausdrückte. Als er den ersten freien Atem wiedergewonnen hatte, seufzte er mit der Befriedigung des fürs erste wenigstens noch einmal vom Verhungern Geretteten:

»*Sufficit*. Es genüget vors erste; – erzähle du, Wanderer, zu Sparta, daß du mich dankbar erblicket hast für das, was Gott gegeben und Amelungsborn übrig und für jedweden verflatterten Galgenvogel frei und offen auf'm Tische liegen gelassen hat. Auf dem Wege von Holzminden her hatte kein Bauer mehr was! Sie hatten alles in die Erde vergraben und in hohlen Bäumen versteckt vor dem Marquis von Poyanne.«

Magister Buchius drückte beide Hände an die Schläfen: »Es ist ein Wirbel! man überschläget sich im Abysso! Ja, auch der Feind! Man vergisset im selbigen Moment das eine über das andere! Ja, auch das, auch das, auch das! Die Franzosen kommen wieder, und Er ist eben auch gekommen, Münchhausen – und Wieschen und Heinrich Schelze und Mamsell Selinde und die Schlacht auf dem Odfelde – die Rabenschlacht und der Herzog Ferdinand, der Herr Amtmann und die Frau Amtmannin, der Marschall von Broglio, und – der da!«

Er wies auf den Raben, der, seit der Exprimaner von Amelungsborn und Holzminden das Brot ihm genommen hatte, mit kuriosester Zutraulichkeit ein Wohlgefallen an dem jungen Landläufer gefunden zu haben schien.

»Krah!« sprach er, der schwarze Ritter vom *Campus Odini,* und mit einem Mal saß er dem Knaben auf der Schulter und bohrte ihm fast seinen Schnabel ins Ohr und redete in seiner Sprache zu ihm, eindringlich, nachdrücklich, wohl Sachen von hoher Wichtigkeit, wie Hugin und Munin sie vordem von ihren Flügen über die Erde mitgebracht haben sollen nach Walhalla.

»*Vivant tempora!*« rief der tolle Thedel, von seinem Sitze aufspringend. »Wer möchte sie anders? Die ganze Welt ein einzig lustig Jagdrevier, – jedem nach seiner Fortuna! Aber freilich, frisch Blut, junge Beine und grobe Fäuste gehören auch wohl dazu, wenn es so zur Rechten und zur Linken blitzt und knallt. Und das Vaterland soll leben, der König Fritze und der Herzog Ferdinand und – Mademoiselle Selinde! Jetzt kann ich es dem Herrn Magister schon gestehen, sie war unsere Göttin schon in der Sekunda, und wir wären für sie durchs Wasser und Feuer gegangen. In der Prima hätten wir alle uns ihretwegen dem Teufel mit Leib und

Seele verkauft; aber zu mir allein hat sie gesagt: Herr von Münchhausen, die andern sind mir doch alle dumme Jungen, aber mit Ihm und unter Seiner Sauvegarde ginge ich schon in die weite Welt, wenn es mir ma *chère tante* nur noch ein bißchen schlimmer macht. Sie ist ein Engel, mein Engel, ich lasse mir die Knochen für sie zusammenschlagen, und ich schlage jedem, den sie lieber will als mich, die Knochen zusammen; und wenn *chère tante* ihr es jetzt zu arg gemacht hat und sie mit will, so bin ich in dieser Nacht auch deswegen noch einmal in Amelungsborn – Herr – was – soll? –«

Er vollendete sein Wort nicht. Magister Buchius hatte ihn zu fest an der Schulter gefaßt, Magister Buchins schüttelte, riß ihn, selber vor Aufregung zitternd, zu sehr hin und her. Magister Buchius sagte das, was er bis jetzt noch niemals zu einem der Herren Sekundaner oder gar Primaner der gelehrten Schule in Amelungsborn zu sagen gewagt hatte. Er sagte:

»Lieber Monsieur von Münchhausen, Er ist ein Narr. Nehme Er es mir nicht für ungut; aber Er ist mehr denn ein Narr – Er ist ein Einfaltspinsel und ein neugeboren Kind im Tummel dieses irdischen Elends. Er hat den Ovidius zu viel und den Livius und den Tacitus zu wenig traktieret. Man hat dieses Ihm hier am Orte nicht verhalten und man wird's Ihm im neuen Wesen zu Holzminden gesagt haben. Mit der Mademoiselle kann ich Ihm nicht dienen, so wenig ich Ihm in dieser Nacht zu Seinem Stück trockenen Brotes da zu einem andern Stück guten Fleisches verhelfen kann. Sie ist doch um mehrere Lustra älter als wie Er. Ei, wie hat Er mich mit sich drehend gemacht! Ich möchte Ihn in meine Arme fassen, um Ihn nimmer wieder von mir ziehen zu lassen; und ich möchte – ei, ich möchte« –

»Doch das hispanische Rohr ergreifen und dem Halunken sein meritiertes Teil geben, daß kein Korporal nachher beim König Fridericus oder dem guten Herzog Ferdinand noch eine heile Stelle für seinen Stab Wehe ausfinden sollte! Haue Er zu, Herr Magister, aber rede Er mir nichts gegen Jungfer Selinde Fegebanck.«

Der alte Magister zog seinen besten und schlimmsten Schüler in seine Arme und gebrauchte den Stab Wehe der Korporale und der Schulmeister des achtzehnten Säkulums wahrlich nicht an ihm. Das gemästete Kalb hatte er nicht für ihn schlachten können, Mamsell Selinden vermochte er ihm nicht aus den jungen Sinnen und Gedanken zu vertreiben; aber nach vielem Hin- und Herreden gab er ihm den Strohsack aus seiner

Bettstelle und begnügte sich mit dem Unterbett. Er wollte ihm auch sein Kopfkissen geben; doch das nahm Thedel von Münchhausen nicht an, sondern rollte einfach seine Jacke zusammen und sich zusammen gleich einem Igel unter des Magisters Rockelor.

Während der Junge sofort auf seinem spartanischen Lager einschlief, blieb der Alte noch eine geraume Zeit wach und hörte seine Kirchturmuhr schlagen und suchte die Gespenster und Gedankengespinste dieses Tages zu »einfachen und ordentlichen« Schlüssen zusammenzuziehen und fest zu bannen. Er entschlummerte und erwachte schreckhaft von neuem. Er balgte sich in den Augustschlachten des laufenden Jahres mit dem Herrn Vikomte von Belsunce und dem General Luckner; er war mit seiner Schule auf dem Wege vom Auerberge nach der Weser und er sah sich allein gelassen auf der Landstraße und hatte immer fort vor sich hin zu sprechen: Siebenzehnhundertsechzig, Siebenzehnhundertsechzig, Siebenzehnhundertsechzig. Eben ging er noch auf der Berlin-Kölnischen Heerstraße, die Schöße seines schwarzen Schulmeisterrockes gegen den Wind zusammenhaltend; nun entfalteten sie sich doch und trugen ihn aufwärts unter die schwarzen gefiederten Tausende, die ihre Schlacht über dem Odfelde und dem Quadhagen ausfochten. Er hieb auch mit dem Schnabel nach rechts und links, doch er hatte bissige Gegner, die ihn auch von allen Seiten zu bedrängen verstanden. Daß er mehr als einen seiner früheren Herren Kollegen mit wirbeln und auf sich einfliegen sah, war so im Traum eigentlich nicht verwunderlich. Hui, und das Feldgeschrei, wie es verworren um ihn krächzte, knarrte, kreischte:

»Barbara, celarent primae, darii ferioque.
Cesare, camestres, festino, baroco secundae.
Tertia darapti sibi vindicat atque felapton
Adjungens disamis, datisi, bocardo, ferison!«

Alles scholastische Schulgeschrei, was durch die Jahrhunderte zu Kloster Amelungsborn in den Zellen und auf und vor den Kathedern verhallt war, das war in diesem Traum und in dieser Nacht von neuem wach geworden. Aber selbst im Traume war es dem Magister Buchius verwunderlich, daß er plötzlich auch Mademoiselle Selinde Fegebanck mit gelöstem Rabengelock auf sich einstürmen sah: »*Baroco! facrono!*« – Was half es ihm, daß er der Walkyria entgegenzeterte: »*Bocardo! docambroc!*«? Sie umfittichte ihn näher und näher, schlug ihm die Perücke vom

Haupte und faßte ihn mit den Krallen in die Brustklappen seines Rockes und hieb auf seinen Busen ein. Da sank er unter dem harpyischen Gespenst und Omen tiefer und tiefer aus den dunkeln Lüften hinab auf seinen *Campus Odini,* und als er den Boden berührte, erwachte er natürlich, und es war sein schwarzer, gefiederter Schützling und Gastfreund vom Odfelde, der ihm in Fleisch, Blut und Federn auf der Brust saß und an den Knöpfen seines Nachtkamisols zupfte. Er erhob sich jach, der Magister Buchius nämlich, und das Scheusal flatterte mit Gekrächz von ihm und zurück in den Ofenwinkel; der Magister aber lag schweißtriefend, halbaufgerichtet auf seinem rechten Ellenbogen und horchte nach seinem anderen Schützling und Gastfreund hin. Der wendete sich eben in *seinem* Traum von der Linken auf die Rechte und murmelte unruhvoll, ja weinend:

> »Dieser Zeit Gemüter
> Führen falsche Güter,
> Weil der Zeug der Welt
> Keine Farbe hält.
> Trau nicht Wort und Hand;
> Denke nur, kein Pfand
> Ist genug vor Unbestand.«

Dies war aus einem Liederbuch, das vordem auf seiner seligen Mutter Tischchen zu Bevern gelegen hatte. Es stammte noch aus dem verflossenen Jahrhundert, enthielt des Herrn von Hoffmannswaldau und anderer berühmten teutschen Poeten auserlesene Gedichte; und der Junker von Münchhausen hatte schon in jüngsten Jahren mehr aus ihm gelernt, als ihm eigentlich gut war.

Zehntes Kapitel

»Woraus denn deutlich zu ersehen, wieviel diese barbarisch scheinenden Wörter bedeuten und wie geschickt sie besonders sind, alle sowohl allgemeine als besondere Schlußregeln zu übersehen und in jeder Figur sich alle richtigen Schlußarten einzuprägen. – Davon zeigt *barbara* die allgemein bejahenden, *celarent* die allgemein verneinenden, *darii* die besonders bejahenden und *ferio* die besonders verneinenden an usw.«

Also sagte dagegen, nämlich gegen die Lieder des siebenzehnten Jahrhunderts in Schweinsleder, die *Deutliche und praktische Vernunftlehre für Schulen insgemein* und also auch für die weiland hohe Kloster-, Wald- und Wildnis-Schule zu Amelungsborn. Aber wer gar nichts im Wachen und im Traum auf: *Cacresen, bamalip, dimatis, fesapo, fresison* hielt, das war des Herrn Klosteramtmanns Vetterstochter Mademoiselle Selinde Fegebanck. Sie war seinerzeit mit der Schule auch ohne die Logika der Scholastiker ganz gut ausgekommen und fertig geworden. Schlüsse wie:

Wer nicht gelehrt ist, ist kein Mensch,
Kein Bauer ist gelehrt, also
Ist kein Bauer ein Mensch,

mochten nach Paragraph Einundneunzig den Herren Primanern zum warnenden Muster diktiert werden, für Mamsell hatten sie nicht den geringsten Sinn. Die brauchte kein Muster, die wußte von ihrer Mutter her schon ganz genau, wo der Mensch anfängt und wo er aufhört. Sie hatte einfach gekreischt unter den Eichen im Sundern über die Konklusion:

Kein Mensch ist ein Engel,
Kein Vieh ist ein Engel, also
Kein Vieh ist ein Mensch.

»Musjeh von Münchhausen«, hatte sie gelacht, »wenn Er mich künftig wieder einmal einen Engel nennen will, bleibe Er mir nachher mit Seinem Buche und Seiner Gelehrsamkeit vom Leibe. Und dazu weiß ich auch gar nicht, was daraus werden sollte, wenn ich so dumm wäre wie Er. Aber ein guter Mensch ist Er, und ich sitze ganz gern mit Ihm hier im Grünen und bei der Hitze im Schatten im Hoop, und daß Er voll Lieder und Singsang steckt, wie der Buchenbaum voll Maikäfer, das gefällt mir auch schon; aber – Musjeh Thedel, wo wollte Er wohl mit mir hin? über die Eichbäume hinaus! ins Himmelblau und gar jetzo mitten im Kriege! und wie mein Onkel und Seine Herren Lehrer über Ihn denken, das weiß Er doch auch; und – Herr von Münchhausen, Er närrischer Eulenspiegel, zu früh soll doch niemand erfahren, wo Barthel Most holt. Das hat mir meine selige Mutter zu zehntausend Malen gesagt und hat noch auf ihrem Totenbett gesagt: Mädchen, daß du mir nicht dumme Dinge machst in

Amelungsborn unter den Herren Scholaren und jungen Herren Magistern.
– Da, küsse Er mir denn die Hand, wenn Er durchaus es nicht lassen
kann!« …

In dieser Nacht nun, die mit dem Beginn dieser Geschichte ebenfalls
angefangen hat, haben wir itzo nun auch einen bescheidenen Blick in
Mamsell Selindens jungfräulich Kämmerlein drüben im anderen Teil der
weiland Klostergebäude zu werfen. Eine einfache Mönchszelle war ihr
darin nicht vom galanten Fato angewiesen worden. Die Tante, die Frau
Klosteramtmännin hatte sie im Gemach des weiland Subpriors von Am- elungsborn untergebracht, und ihr bei ihrer Ankunft gesagt: »Wer sich
im Kloster Amelungsborn vor'm Spuken fürchtet, dem können wir nicht
helfen; aber sollte dir mal was Ernsthaftes widerfahren, so brauchst du
nur hier im Gange hell zu schreien. Wir werden dich dann schon hören,
und zusehen, wo es dir fehlt. Mir persönlich ist bei meinem hiesigen
Leben noch niemalen ein Gespenst begegnet, als ein paar Male, wo ich
aber gleich am andern Morgen zum alten Tropf, dem Herrn Rektor ging
und mir in meiner Gegenwart die nächtlichen Halunken aus seiner lateinischen Spitzbubenbande herauslangte. Da ist so ein Schlingel, so einer
von den Münchhausens, die in Bevern zuletzt nichts zu beißen und zu
brechen hatten, den habe ich mir einmal, aber ganz persönlich, hier gerade vor deiner Tür eingefangen; er trägt wohl noch die Spur von deines
Oheims Stiefelknecht hinten am Hinterkopf. Also, Kind, du kannst ganz
ruhig schlafen in Amelungsborn, bis ich dich wecke; dann aber bist du
mir 'raus aus den Federn, oder ich zeige dir, was 'n wirkliches Gespenste
in Fleisch und Blut zu sagen hat.« – Wie gut sich Jungfer Selinde Fegebanck in alles, was in Kloster Amelungsborn ein-, aus- und umging, gefunden hatte, wissen wir also schon: werfen wir jetzt demnach ruhig den
besagten Blick in ihre Kemenate. Die Jungfrau schlief ganz behaglich in
ihrem Federbett aus dem unruhevollen Tage voll Lärm, Gezänk und böser
Omina in den neuen Tag hinein und – lächelte im Traum: die bösen
Franzosen, die schon ein paar Male dagewesen waren und nun morgen
wiederkommen sollten, hatten ihr bis jetzt eigentlich gar so übel nicht
gefallen.

»Mit mir sind die Herren Offiziers doch ganz honett, galant umgegangen, und es war gar nicht nötig, daß mich *chère tante* am liebsten mit
dem Silberzeug vergraben hätte«, hatte sie beim Zubettgehen gesagt. »Ei,
es wird also auch morgen wohl nicht so schlimm mit ihnen ausfallen.
Die Lucknerschen neulich waren ganz andere Flegel, und meinethalben

lieber das ganze Haus voll von den weißen Dragonern, als ein halb Dutzend von den roten Husaren in Stube, Kammer, Küche und Keller! Ordentlich leid konnte es einem tun, als die Weißen vor den Roten so Hals über Kopf davon mußten. Und dem galanten Monsieur, dem armen Leutnant Seraphin, den die Knechte an der Gartenmauer vergraben haben, dem pflanze ich im Frühjahr noch einen Rosmarin aufs Grab. Es war zu poliment, wie er mir noch im Sterben die Hand küssen wollte. Den Schlingeln, den Lümmeln, den Grobianen, die einem wie die wilden Tiere die Krause zerknüllen wollen, denen weiß man schon die zehn Fingernägel ins Fleisch und die Schnauzbärte zu setzen. Ei ja, ja, ein böses Leben ist's im Kriege, aber doch ein anderes, lustigeres Ding als zu unserer Magisters- und Schuljungenzeit hier. Da war doch nur der arme Junge, unser böser Thedel, der junge Herre von Münchhausen – ja, der zu Pferde, im Federhut, mit der Schärpe und mit dem Pallasch in der Faust – – – je ja, je ja – – –«

Und auf den Lippen mit den Reimen:

> »Ist es möglich, daß du weinest?
> Ist es möglich, daß du meinest,
> Daß ich dich verlassen kann?«

war sie guten Gewissens und gesund eingeschlafen, um im Traum ihr Dasein und Wesen in der Welt weiter zu spielen wie im Wachen. Kloster Amelungsborn, sein Amt und seine Schule, der Siebenjährige Krieg, die schwarzen Lateiner, die preußischen Husaren, die französischen Dragoner vertrugen sich in Mademoiselle Selindens harmloser, alberner Seele besser miteinander, als es die meisten Geschichtsschreiber für möglich halten. Und wenn die Leute auf der Letzteren Schrift doch bauen und trauen und ihr auch gern nachgehen haufenweise, so ist das recht gut aus mehrfachen Gründen.

Das gute Mädchen flog ebenfalls die ganze Nacht durch. Von der Rabenschlacht hatte sie natürlich auch vernommen und auch den Kämpfer aus derselben, den Magister Buchius mit nach Hause brachte, betrachtet. Sie hatte wie die meisten andern ihrem Ekel über das Untier Worte verliehen, und nun rächte sich der Spuk, so gut er konnte, und ließ sie im Traum erleben, was der Justizamtmann Bürger zu Alten-Gleichen im Calenbergischen, zehn oder elf Jahre später, in die deutsche Literaturgeschichte als großer neuer Poet hineinsang nach dem Dorfmädchenliede:

»Der Mond, der scheint so helle,
Die Toten reiten so schnelle:
Feines Liebchen, graut dir nicht?«

Und an den an der Gartenmauer den ewigen Schlaf schlafenden Königs-
dragoner Unterleutnant Seraphin hatte sie auch nicht ohne Gefährde
beim Zubettesteigen gedacht. Sie hatte einen feinen Traum; und man
hebt einen Zipfel von der Decke vor dem großen Mysterium der Welt,
wenn man bedenkt und ganz genau in Betrachtung zieht, daß die Dummen und Armen im Geiste die allerwundervollsten und geistreichsten
Träume haben können, ebenso geistreiche und sonderbare, als wie die
Klugen, die Weisen, sowohl am Tage wie bei Nacht.

Mamsell Selinde wurde auch im November 1761 abgeholt von ihrem
toten Dragoner wie Lenore von ihrem Wilhelm. Es stand aber ein weißes
Roß an der Mauer des Gemüsegartens, und der Himmel war hellblau,
die Sonne stand im Mittage, Wald, Feld und Wiesen waren grün, und
es kam ein lustiges, frisches Windeswehen dazu her vom Hils, vom Ith,
vom Vogler, über die alte Ringmauer der Cisterciensermönche von Kloster
Amelungsborn. Lustige Musik von nah und von fern klang der Jungfer
ins Ohr. Als ob es sich von selbst so verstünde, war sie in ihrem allerbesten Sonntagsstaat, mit Bändern und Reifrock und Stöckelschuhen, mit
Puder und Handschuhen – eben noch in ihrer Kammer auf dem Bettrande und nun draußen im Garten, im blühenden Garten voll von Bienen
und Buttervögeln. Über die Klosterringmauer sah der weiße Pferdekopf
und winkte der junge lachende Reiterleutnant im weißen Rock und Silber
der *Dragons de Ferronays* mit dem Federhut: Wir reiten, wir reiten,
Mademoiselle! – Ich wollt' Ihm aber doch noch ein Zweiglein Rosmarin
an die Kokarde stecken, *Monsieur,* sagte die Jungfer, hat er es denn gar
so eilig, *Monsieur* Seraphin? ... Die wilde Rose, *la fleur d'églantine,* dort
vom Busch, *Mademoiselle!* Wir reiten, wir reiten – Sattel und Steigbügel!
– unsere Zeit ist hin im deutschen Lande – westwärts, südwärts, durch
Nebel und Schnee, durch Regen und Sturm über den Rhein in die Sonne,
ins warme lustige Frankreich zurück! Es ist Platz im Sattel, *Mademoiselle,
ma belle, ma jolie fleur de romarin* – wir reiten, *Mademoiselle Selinde!*

Es war ganz närrisch – war das nicht der Herr Magister und Kollaborator Zinserling, der da im Klosterbau grad jetzt sein Fenster aufmachte
und sich drein legte und in den Sonnenschein, das Mittagslicht und

wohlige Zephyrwehen von Mamsells Traumgebilden satyrisch hineinkrähete, und zwar tumultuose gegen jedwede Schulgesetze:

»Wie närrisch lebt ein Kerl doch in der Welt,
Wenn er erst in das Garn der Liebe fällt;
Wenn er den Mut für einen Blick verhandelt
Und in den Stricken des Verderbens wandelt?«

Und war's nicht der liebe gute Junge, der Musjeh Thedel, der Herr Primaner, der Junker von Münchhausen, welcher da hinter den Stachelbeerenbüschen schlich und zum gelahrten Herrn hinaufhöhnte:

»Bald sitzt ihm der Kragen am Halse nicht recht,
Bald ist ihm die dünne Paruque zu schlecht,
Bald zieht er den Degen, bald steckt er ihn ein,
Bald denkt er ein Bauer, bald König zu sein!!« –?

Alles im Sonnenschein – der Garten, das alte Kloster – weiße Tauben in Schwärmen um die Dächer und den Kirchturm und – mit einem Male in den Lüften über der grünen Welt – im Sattel vor dem Reiter des Königs Ludwig des Fünfzehnten, mitten im Tilithigau: *La France! vive la France!* Mamsell Selinde verstand im Wachen kein Französisch, aber im Traume verstand sie es: »Frankreich, Frankreich!« rief und jauchzte es um sie her tausendstimmig. Zu Hunderten, zu Tausenden ritten sie – ritten sie westwärts der Weser zu – alle die törichten Kinder der *belle France*, die ihr Grab ostwärts des gelben Stromes, diesmal im lieben kleinen Kriege der Madame de Pompadour gefunden hatten. Auf Wodans Felde, über dem Odfelde, über dem Quadhagen, wo gestern die schwarzen Vögel gestritten hatten, sammelten sich die luftigen, lustigen Geschwader in Gold und Rot und Blau, in Silber und Weiß und Grün und Gelb: Champagne und Limousin, Dragoner von Ferronays und du Roy, Freiwillige von Austrasien, Grenadiers von Beaufremont, Grenadiers royaux, Carabiniers von Castella, Carabiniers von Provence. Wer zählt es im Wachen, was Mamsell Selinde nicht im Traume zählen konnte – alles das, was in den beiden letzten Jahren nur zwischen dem Harz und der Weser der Mutter Erde und dem Bauernspaten anheimgefallen war? Ja? hurre, hurre, hop, hop, hop, aber beim hellichten Tagesschein und ohne alles gespenstische Grauen! Mademoiselle Selinde fand nicht das geringste Sonderbare dabei, daß sie den linken Arm um den hübschen jungen Dragoner vom Regiment Ferronays geschlungen hielt und mit der rechten Hand hoch aus den Lüften über dem *Campus Odini* des Magisters Buchius deuten konnte: Da unten geht ja die Frau Tante über'n Hof, und in der Milchkammer sollte ich eigentlich auch jetzo sein, Musjeh Seraphin! –

Là, chaque place
Donne à choisir
Quelque plaisir
Qu'un autre efface.
C'est à l'entour
De ce domaine
Que je promène
Au point du jour
Ma souveraine –

Jungfer Selinde verstand kein Französisch, aber doch verstand sie die Verse des *gentil Bernard,* die ihr bei Tagesanbruch im Traume über den Feldern, Wiesen, Wäldern und Dächern von Kloster Amelungsborn hoch in den Lüften aus lachendem Munde ins Ohr geflüstert wurden beim Schwirren, Flattern und Fliegen der luftigen Geschwader umher, die sich immer mehr verdichteten, ihre Reihen und Glieder schlossen und sich zu Zügen ordneten, Fußvolk und Reiter, wie sie sich losmachten aus dem Erdboden, um nicht zurückzubleiben, so ins einzelne verstreut über die Barbarenerde. Es war vielleicht grade in dieser Nacht, daß die Frau Marquise aus Versailles an den Herzog von Choiseul schrieb: *Quant à l'Allemagne tout y est désespéré. L'Allemagne a toujours été le tombeau des Français; dans cette guerre elle a encore été le tombeau de leur gloire!* … Was kümmerte sich im Traum der Jungfer Selinde die Welt um die Frau Marquise, den Herzog von Choiseul und die *gloire* von Frankreich? Es war nur jetzt in den Lüften der beste Schützenhof, auf dem Mamsell je die Tempeteh mit getanzet hatte. *La tempête!* Von drüben aus Frankreich her war ja der Tanz auch zu den Niedersachsen gekommen; und alle Trompeter bliesen und alle Querpfeifer pfiffen und alle Trommler rasselten in dieser Nacht zu Amelungsborn die wilde Weise dazu – wie auf der Steinbreite bei Holzminden.

Und immer toller wurde der Wirbel, und immer mehr und mehr des luftigen, lustigen Geistergesindels! und immer herzlicher klammerte sich im Spukkarussell die Jungfer an ihren lachenden Reiter, und immer jubelnder klang's rund umher: Nach Frankreich! nach Frankreich! nach Hause! nach Hause!

Wo unser Herrgott lebt wie Gott in Frankreich, Musjeh Seraphin! lachte auch Mamsell. Aber geht es denn immer nur so im Kreise? geht es denn nicht fort, nicht weiter – gradaus im Fluge?

Wir warten nur noch auf den Herrn Generalleutnant, Mademoiselle. Da kommt er aber schon!

Und vom Westen her kam ein einzelner Reiter auf schwarzem Roß, und Jungfer Selinde Fegebanck verstand es ganz genau, wie jemand sagte:

Herr Ludwig Ferdinand Joseph von Croy, Herzog von Havre, des heiligen römischen Reiches Fürst, Grand von Spanien, der Krone Frankreich *Maréchal de camp,* Gouverneur von Schlettstadt, Obrister des Regiment *la Couronne* –

Bei Vellinghausen gefallen! sagte jetzt der weiße Dragonerleutnant von der Gartenmauer zu Kloster Amelungsborn scheu, trübe, traurig der Allerschönsten von Amelungsborn ins Ohr, und – Jungfer Selinde Fegebanck kreischte nur noch: Jesus, Herr Leutnant! – Der vornehme Kavalier auf dem schwarzen Roß inmitten des Geisterheers hob den Arm – einen zerschmetterten, ärmellosen, handlosen, blutigen Armstumpfen: *En avant, messieurs! Vive le Roy! Vive la France!* … Ein Schrei, ein Schreien, ein Heulen und Gezeter; dazwischen Gejauchz und schwere Schläge wie von fernem Donner und nahem Türenschlagen! Jungfer Selinde fiel auch – wie man immer und ewig so im Traum zu fallen pflegt. In dem schwirrenden Getümmel von Rossen und Reitern stürzte sie aus dem Sattel des armen toten Leutnants Seraphin, aus dem Sonnenschein, dem lichten Tage, hinab ins Dunkel und in die Wirklichkeit hinunter und zurück.

Sie saß zitternd und bebend auf ihrem Bett in ihrer Kammer, der Tag dämmerte eben, der Regen klatschte ans Fenster. Fern draußen schlugen Trommeln einen eintönigen Marsch; doch in der Nähe schlugen Flintenkolben an Tür und Tor. In fremdländischen Zungen fluchte und wetterte es, in einheimischen jammerte, ächzte und kreischte es. Draußen auf dem Gange glaubte Jungfer Fegebanck auch ihres Oheims schweren gestiefelten Schritt zu erkennen im Getümmel von bloß bepantoffelten, bestrumpften oder gar strumpflosen Füßen: die Franzosen waren noch

einmal in Fleisch und Blut in Amelungsborn. –

Elftes Kapitel

»Herr Magister!«

Das wurde wie in einen tiefen Brunnen hinuntergerufen, und es dauerte seine Weile, ehe Antwort heraufkam.

»Herr Magister Buchius!«

»Eh – eh – heu! *Si fractus illabatur* –«

»Jawohl – *orbis!* wenn der Erdball einfällt, den Weisen weckt's nicht! Eben schlagen sie das Hoftor ein, und der alte Impavidus nimmt's bloß für den Weltuntergang und schnarcht weiter, weil ihn die Ruinierung nichts angeht. Einen famosen Schlaf mit gutem Gewissen muß der alte Herr bei dem Lärm haben! Aber auf muß er. Herr Magister! Herr Magister Buchius – die Schulglocke!«

Beim letzten Wort saß der alte Schulmeister aufrecht auf seinem Bett, mit beiden Händen hastig um sich herumgreifend wie nach seinen nötigsten Kleidungsstücken, seinen Büchern, seinem nur zu harmlosen Bakel. Dem jungen grinsenden Bösewicht zitterte in seiner Lust an dem Witz der Stunde die Lampe, mit der er dem erschreckten Kollaborator ins Gesicht leuchtete, in der Hand.

»*Ecce! ehem! hem! papae!* um Gottes willen, wie spät –«

»Beruhige sich der Herr Magister nur. Zu spät ist's noch nicht. Wir haben das ganze Pläsier noch vor uns. Der Tag bricht eben erst an, und es ist nicht der Herr Rektor von Amelungsborn, der an der Tür trommelt, sondern es sind nur die lieben Herren Franzosen, die wieder das Tor einschlagen und nochmal Quartier verlangen. Der Herr Prior und Rektor liegen hoffentlich zu Holzminden im Frieden und in den Federn und lassen höchstens im Traum den Herrn Magister grüßen.«

Diese ausführlicheren Benachrichtigungen waren wirklich nicht nötig. Zu halbem Bewußtsein gelangt, merkte es der alte Herr schon, daß es nicht sein früherer Scholarch sei, der ihm auf den Hacken sitze, sondern daß nur der Krieg der Krone Preußen mit der ganzen Welt augenblicklich noch fortdauere und Kanada immer noch in Deutschland erobert werde. Die Trommeln der ziehenden Truppen, das Krachen des eingeschlagenen Klostertores, das Gebrüll und Hallo auf den Höfen, auf den Treppen und in den Korridoren sprachen laut und deutlich genug für sich selber. Nur die Anwesenheit, die Gegenwärtigkeit des Junkers von Münchhausen war dem aus tiefstem Schlaf Erweckten für einige Momente noch unbegreifbar.

»Die Franzosen! Ei, ei. Aber – *nae ego* – Er, Monsieur Thedel? Ja, aber ist Er – wie kommt Er? ... Ja so!«

Mit den letzten zwei Worten war Magister Buchius wieder vollkommen bei sich und mit allen vom Himmel gespendeten Seelenkräften beim laufenden Tage:

»So hat Er recht gehabt, Musjeh Thedel; und uns möge Gott noch einmal gnädig sein, wie er uns schon so oft geholfen hat.«

»Er wird's ja wohl – sieh einer, das schwarze Vieh da auf dem Bettpfosten vertraut ganz auf ihn und läßt sich's in seinem gesunden Schlaf nicht kümmern.«

»Der Bote hat seinen Auftrag ausgerichtet und braucht sich freilich das übrige nicht kümmern zu lassen«, seufzte bänglich der Magister, auf den Gipsboden vor seinem Bette den linken Fuß zuerst stellend, was gleichfalls kein gutes Vorzeichen sein soll:

»*Quo, quo scelesti* – welch ein Lärm, welch ein Tumult der Hölle! Sie wollen diesmal wohl jedes Gemäuer dem Grunde gleich machen?«

»Da, nehme Er die Lampe!« rief der Schüler, und vergeblich rief ihm der Magister Buchius nach:

»Herr von Münchhausen! Aber Musjeh – Monsieur Thedel!«

Der gute Junge hatte schon sein möglichstes getan, daß er sich zuerst und so lange dem Vater Anchises gewidmet hatte; jetzo hörte er Crëusen schreien, und krachend schlug die Tür der Zelle des Bruders Philemon hinter ihm ins Schloß. Vergeblich rief sein väterlicher Freund und Lehrer seine Verblüffung und seine Klage ihm nach. *Abiit, evasit, erupit* – ab ging er mit seinen achtzehn oder neunzehn Jahren; denn *Sie* schrie nach *Ihm* in ihrer höchsten Not, im letzten, schlimmsten Einbruch, in der Vergewaltigung durch den Fremden, durch den welschen Feind.

Schön hatte ihm sein alter Lateinlehrer nachzurufen:

»Aber Musjeh? Monsieur Thedel? Herr von Münchhausen, was fällt Ihm denn ein? Um Gottes willen, was fällt Ihm ein, wo will Er hin? So höre Er – bleibe Er doch –«

Wer nicht hörte, war der Junker von Münchhausen, und daß er Bescheid wußte in den Gebäulichkeiten, auf den Treppen und mit den Schlupflöchern von Kloster Amelungsborn, ist in diesem Augenblick weniger ein Trost für den Magister Buchius als für ihn selber. Und wer, wie gewöhnlich bei solchen Fällen, ganz und gar keines Trostes bedurfte, weil er aus dem tiefsten Naturrecht heraus ganz und gar nicht bei Troste war, das war der Junker Thedel von Münchhausen. Was Krieg und Brand, Mord und Tod und Welteinfall? Kein Latein mehr und – sie drüben im Amthause nach dem Retter und Ritter in der höchsten Not schreiend! Mit einem Jauchzen, das wahrlich nicht nach Not, Angst und Verzweiflung klang, sprang der Wildfang hinein in den Tumult des fünften Novembers Siebenzehnhunderteinundsechzig. Es war ihm wirklich nicht zuzumuten, seinem – einem alten Präzeptor, und wenn es ihm auch der liebste war, in die Hosen zu helfen. Glücklicherweise aber hatte Mademoiselle *ihre* Toilette wenigstens so ziemlich vollendet, während der Magister Buchius noch mit bebenden Fingern an seinen Knöpfen und Knopflöchern hin und wieder tastete. Als ein standfestes Mädchen hatte sie ihren Traum abgeschüttelt, Feuer geschlagen, ihr Lämpchen angezündet und sich »für alles zurecht gemacht«. So saß sie auf ihrem Bettrand und wartete auf ihr Teil Unheil vom abermaligen Einbruch der Franzosen als ein gutes Mädchen, wie es dem lieben Gott gefällig war. –

»I du meine Güte!« rief sie, als in all dem Lärm des feindlichen Einbruchs es durch ihr Schlüsselloch klang:

»Sylvia, Dein kaltes Nein
Kann mir dennoch nicht verwehren,
Dich zu lieben, zu verehren;
Gib nur hier ein Jawort drein.«

»Der Junge! der närrische Junge!« rief sie, aufspringend und ihrerseits das Ohr zum Schloß der verriegelten Pforte niederbeugend. »Musjeh? Junker Thedel? Herr von Münchhausen, ist Er denn das? Jeses, auch jetzt mit Seinem ewigen Singsang? Was hat Er denn jetzt wieder für Narrheiten im Kopf?«

»Das fragt Sie noch, Mademoiselle?« klang es vorwurfsvoll zurück durchs Schlüsselloch. »Bei dem Spektakel? … Sie aus dem Feuer holen, will er! In das Wasser für Sie gehen wie Ihr Pudelhund will er. Jeden Franzmann, der Ihr auf drei Schritte nahe kommt, unterem Daumen knicken will er. Riegle Sie auf, Jungfer! Will Sie? Auf den Knieen liege ich hier –«

»Reine verrückt ist Er; aber – doch ein guter Mensche!« sagte Jungfer Selinde Fegebanck, wirklich ihre Tür öffnend und in demselben Augenblick ihn, mit der Faust in seinen Haaren, von sich abdrängend. »Herr von Münchhausen, das bitt' ich mir aber aus –«

»Engel!« schluchzte der Tollkopf, jetzt wahrhaftig auf den Knien vor seinem Ideale. »Hat man mich nicht um Sie von Holzminden weggejagt? Bin ich nicht um Sie den Tag durch gelaufen? Haben mich Ihretwegen nicht der Herr von Chabot und seine Halunken gejagt und hängen wollen? Hab' ich nicht Ihretwegen mit des Magisters Buchius letzter Brotrinde die Nacht durch auf dem kalten Gipsboden gelegen?«

»Ein Flegel braucht Er darum doch nicht zu sein, und wenn ich zehntausendmal ein Engel bin – Jesus Christus, Thedel, liebster, bester, allerliebster Thedel – sie wollen wohl diesmal das Kind im Mutterleibe nicht verschonen!«

»Deshalb bin ich ja von Holzminden hergelaufen. Über meinen Leichnam geht der Weg zu dir, meine Prinzeß. Courage, Herze, Göttin, Seraph! Und in der höchsten Not weiß ich ja Hausgelegenheit in Amelungsborn.«

Das gute Mädchen hing jetzo seinerseits dem jungen ritterlichen Beschützer am Halse. Was tut der Mensch nicht in seiner Angst, wenn es nicht bei bloßen Kolbenstößen gegen die Türen bleibt, sondern auch die Musqueten in die Türschlösser abgefeuert werden, um den Eintritt rascher zu erzwingen. Es waren diesmal nicht ritterliche weiße, blaue, gelbe Dragoner oder grüne Chasseurs *à cheval,* die bei Sonnenschein und hellem Tage kamen, sondern es war wüstes, wildes, verlumptes, verhungertes Fußvolk Ludwigs des Fünfzehnten, das bei dem neuen Anmarsch auf die Hube bei Einbeck im Kloster Amelungsborn einsprach und am dunkeln, regnichten Novembermorgen die Leute aus den Betten holte. Nachzügler von den Regimentern Navarra, Salis, Boccard, Reding, dabei nur einige Offiziere, die mit dem Degen in der Faust die unbotmäßigen Schwärme vorwärts zu treiben suchten gegen den Ith und den guten Herzog Ferdi- nand!

> »*Venons, brulons,*
> *Venons, buvons,*
> *Mettons le feu à toutes maisons,*
> *Venons à cinquante, cinq-cents!*«

In einem Nu war das Kloster von ihnen überschwemmt worden, und der Klosteramtmann hatte keinem von ihnen das offene Licht, oder gar den Feuerbrand aus der Hand geschlagen. Und sie waren auch in dem Korridor, auf den sich Selindens Kämmerlein öffnete, und sie waren in Selindens Kämmerlein:

»*Bon jour, Mademoiselle! Venons – baisons! Venons – aimons! Venons à cinquante, cinq-cents!*«

Ein Faustschlag krachte nieder auf die Nase des Voltigeurs vom Regiment Navarra, der allzu zärtlich die Arme nach der Schönen ausstreckte und dabei die Rechnung ohne den jungen früheren Anbeter der Dame gemacht hatte. Bewußtlos, blutüberströmt stürzte der Marodeur zu Boden und seine Waffen klirrten über ihn. Doch auch die Waffen des übrigen Gesindels klirrten. Mit *Sacrenom* und *Sacredieu* kamen sie ihm mit Kolben und Bajonett zu Leibe, doch der Schüler griff das Lämpchen der Jungfer Fegebanck von der Kommode und löschte es im Wurf aus auf der Stirn des nächsten Feindes, der dann über den Kameraden zu Boden taumelte und im Fall seine Büchse gegen die Decke losbrannte. In die Laterne, die ein beutegierig Lagerweib von ihrem Bagagewagen zur bessern Beleuchtung ihrer Wege mit sich trug, trat der Junker Thedel mit dem Fuße. Es war im November und am frühesten Morgen; für das jetzt erfolgende Durcheinander in dem Kämmerlein der Jungfrau und in den Gängen und auf den Treppen von Amelungsborn noch vollkommen Nacht. Nur der Junker von Münchhausen wußte auch in der Dunkelheit genau Hausgelegenheit. Er verlor einen Rockschoß, der ihm durch einen Bajonettstoß an die Wand genagelt wurde, er blutete aus einer Schramme an der Stirn, er verlor eine Handvoll Haare aus seiner Frisur, er fühlte einen Augenblick höchst unbehaglich eine hagere, harte Navarreserfaust an der Gurgel, aber – er kam durch, und zwar in Begleitung von Mademoiselle Selinde. Er hatte das ebenfalls besinnungslose Mädchen von seinem Bettrande aufgezogen, er hielt es mit dem linken Arm aufrecht und warf sich mit der Last auf dem Arme auf gut Glück in den Korridor. Daß der jetzt vollkommen vollgepfropft war von Menschen, die nicht wußten, was da weiter vorn eigentlich vorging und noch weniger Hausgelegenheit im Kloster Amelungsborn kannten, trug nicht am wenigsten zu seiner Rettung, zu dem Entkommen mit seiner süßen Last bei. Dreimal um die Ecke und dann die Bodentreppe hinauf! Die Riegel vor zwei, drei vielleicht noch vor Jahrhunderten aus festem Eichenholz von Mönchsfäusten gezimmerte Türen und – fürs erste mit dem den Riesen und Drachen, den Nachzüglern der Schweizer und der Regimenter von Navarra und Boccard abgerungenen schönen Kinde in Sicherheit, unter dem Dach

und den Dächern von Amelungsborn und im Notfall auch auf ihnen! .
. . . .

»Die Kanaillen sollen mich hier die Katerstiege kennen lehren, Mademoiselle Selinde«, lachte der Junker von Münchhausen. Freilich doch ein wenig außer Atem.

Zwölftes Kapitel

Magister Buchius rüstete sich derweilen wie ein Mann, der, wenn er nicht mehr die Toga um sich zusammenziehen konnte wie der Cajus Julius unter der Bildsäule des Pompejus, doch anständig in seinen Stiefeln oder Schuhen zu sterben wünschte. So wenig er je den Respekt im Verkehr mit seinen Schülern hatte aufrecht erhalten können, so sehr war er in seiner Seele ein Mann des Anstandes und dazu, wie wir nunmehro wohl schon wissen, ein tapferer Mann.

»*Rebus angustis animosus atque fortis appare*,« sprach er mit dem Horaz, und wenn es zum äußersten gekommen wäre, würde er sicherlich auch mit dem Martial gesagt haben: *Rebus in angustis facile est, contemnere vitam.* Daß er beim Zuknöpfen von Hose, Weste und Rock unter die heidnischen Sentenzen und *nervose dicta* auch Verse aus dem Braunschweigischen Gesangbuch, gedruckt bei Johann Heinrich Meyer, mischte, wird ihm, der aus einem lutherischen Pfarrhause stammte, christliche Theologia studiert hatte und ein Erbe christlicher Schulweisheit des heiligen Bernhards von Clairvaux und seiner Cisterciensermönche war, niemand verübeln. Noch dazu, da der Lärm draußen vor seiner Zellentür, drunten im Kloster immer ärger, immer schlimmer, immer entsetzlicher wurde.

> »Es zieht, o Gott, ein Kriegeswetter
> Jetzt über unser Haupt daher.
> Bist du nicht unser Schutz und Retter,
> So ist die Plage uns zu schwer.
> Sieh, wie die Fürsten sich entzwein
> Und sich zu unterdrücken dräun!«

»Krah!« schnarrte es dazwischen, und der unvermutete, gespenstische Ton, so dicht neben ihm, entwurzelte für den ersten Moment all seine altrömische Standhaftigkeit mehr als alles Gelärm von draußen.

»Ah so, du bist es!« sprach er aber schon im nächsten Augenblick beruhigt. Der Rabe auf dem Bettpfosten war weniger von dem Kriegsgetöse als von dem Vers aus dem Braunschweigischen Gesangbuch erweckt worden und streckte erst das linke Bein und den linken Flügel und dann das rechte Bein und den rechten Flügel weit von sich, wie »ein Mensche beim Aufwachen sich dehnend«, und sagte:

»Krah!«

»Ja wohl, guten Morgen. Nun werden wir es ja wohl an unserm Leibe wie auch an unseren Habseligkeiten in genauere Erfahrung bringen, was du und die deinigen uns gestern aus der Höhe über dem Odfelde zu bestellen hatten! *Fortiter ille facit, qui miser esse potest* –

Doch findet, Herr, dein weiser Wille
Noch ferner Züchtigung uns gut;
Wohlan, wir schweigen und sind stille
Bei dem, was Deine Vorsicht tut.
Laß uns nur Deiner Plagen Not
Zur Bess'rung leiten, mächt'ger Gott.«

»*Perfer et obdura* – heißt es beim Ovidius.

Nicht zu verderben, nein mit Maßen
Treff uns dann auch dein Strafgericht.
Du kannst, Du wirst uns nicht verlassen;
Nein, Vater, nein, das tust Du nicht –

Diesmal schlagen sie alles kurz und klein! Mein Gott, dies reichet ja bis an unsern großen Schultumult in der Biersuppenaffäre, wo die Herren Primaner den Herrn Amtmann in der Speisekammer eingesperrt und belagert hielten und Feuer davor und drunter anlegen wollten. Der Musjeh Thedel war damals noch nicht dabei; er war erst einer der Haupt-Conspiratores bei der Verschwörung in unserer Wilddiebsangelegenheit vom Heidwinkel. Sie schossen auch damals scharf aufeinander, die Schule und die herrschaftliche Jägerei. Ja trommelt, trommelt, trommelt nur, ich höre die Kuhhörner unseres animosen, tapfern Cötus noch immer durch euer Getrommel und Trompeten, ihr Herren Welschen! Aber, der junge Herr? ... ämabel wär's von ihm gewesen, wenn er mich nicht so leichtlich um diesen neuen Spaß nach seinem Sinn und Herzen hier *in angustis rebus,* in der Angst und Betäubung meines Gemütes hätte sitzenlassen. Mit dir zur einzigen Gesellschaft –«

Das letzte Wort war an den geflügelten Kriegsmann von Wodans Felde gerichtet; aber der schien mit dem Krachen der Flinten drunten in den Gängen des alten Klosters das Pulver und sein Futter bis hinauf in die ablegene Zelle des weiland Bruders Philemon zu riechen. Er erhob sich flügelschlagend und hüpfte kreischend und krächzend wie im Triumph dem Magister um die Beine und im Gemach herum:

»Krieg, Krieg, Krieg!«

Magister Buchius nahm seinen Hut vom Haken und drückte ihn fest auf die Perücke. Er nahm seinen Stock aus dem Winkel. Wie ein richtiger alter Römer beim Einbruch der Gallier wollte er auf alles gerüstet und gefaßt sein.

Es war auch nur ein Unterschied in der Zeitenfolge und im Kostüm, wie er so dasaß an seinem Tische auf seinem Stuhl in seinem Museo, Wohn- und Studiergemach – aufrecht, das hispanische Rohr fest aufgestellt auf den Boden zwischen den Knien, den Hut auf dem Haupte. Wenn Kloster Amelungsborn heute im Abgrunde des Zornes des Höchsten versank, den Magister Buchius fand und empfing der Abyssus in voller Erkenntnis seiner Sündhaftigkeit vor dem Herrn; aber auch außer durch den Trost auf die Barmherzigkeit desselbigen Herrn für alles aufs wackerste gewappnet durch die tagtägliche, erfreuliche Beschäftigung mit dem Altertum! Dem klassischen nämlich.

Fast mit einem süßen Grauen wartete er darauf, daß ihn der Neugallier an der Nase in Ermangelung eines Bartes zupfe. Er hatte sein volltönend Wort dafür in Bereitschaft; aber – er hatte zu warten. Während der Lärm drunten fortdauerte und drüben von Augenblick zu Augenblick ärger wurde, ließ sich in seinem ablegenen Winkel keine Seele blicken. Er wartete auf den barbarischen Feind ebenso vergeblich wie auf seine Morgensuppe.

Es blieb ihm wahrhaftig nichts anderes übrig, als wie in ruhigeren Zeiten so auch heute zuerst »in das Wetter« zu sehen.

Er tat's, indem er sich mit einem Seufzer von seinem Stuhl erhob. Sein Stubengenoß hüpfte ihm dicht auf den Fersen nach und hob sich wie von demselben Gedanken getrieben und sprang neben ihm in die Fensterbank, gleich einem, der auch wohl in dieser Hinsicht ein Urteil abzugeben habe.

Es war nunmehr ein wenig heller geworden, wenngleich noch lange nicht Tag. Der Regen hatte aufgehört, aber ein dichter Nebel füllte nicht bloß das Hooptal, sondern bedeckte die Welt um Amelungsborn überhaupt, als habe das alte Kloster seine weiland Mönchskappe nochmals ob dem Greuel der Welt bis über die Ohren hinuntergezogen.

»Der wird sich halten,« meinte der Magister und meinte den Nebel. »Wer sich von hier wegschleichen will, wer allhier um der Menschheit Jammerschule herumgehen will, dem gibt der liebe Gott heute die Gelegenheit – falls nicht ein Wind kommt, oder zu starkes Feuern aus grobem Geschütz einfällt.«

Die letztere überlegende Bemerkung zeugte jedenfalls abermals davon, daß der Mann in seiner Zeit Bescheid wußte, sei es aus eigener Erfahrung oder aus Büchern, Briefen und Zeitungen. Übrigens aber war eigentlich durchaus keine Zeit, bloß gelassen und Gott ergeben in das Wetter zu gucken. Auch der Magister Buchius hatte sich die Frage zu stellen, ob er sein heutiges Schicksal in der Zelle des Bruders Philemon abwarten und an sich herankommen lassen wolle, oder ob es besser und würdiger sei, demselben entgegen zu gehen, das heißt, dem unbotmäßigen lieben Knaben, dem Junker Thedel von Münchhausen, nachzueilen und zu erkunden, in welche Fährlichkeit den seine Lust am Kriege aller gegen alle diesmal geführt habe. 106

»Sie hängen ihn –«

»Krah!« sagte der Rabe –

»Oder sie erschießen ihn« –

Gerade in diesem Augenblick krachten die Flintenschüsse, welche das Regiment Navarra dem Junker und seiner ohnmächtigen Angebeteten nachfeuerte, drunten aus den Korridoren des Herrn Klosteramtmanns, und – Magister Buchius erwartete nicht die Gallier auf seiner Stube, auf seinem Stuhl. Er griff noch in sein Bücherfach (mit einem letzten wehmütigen Abschiedsblick auf seine Kuriositäten und Raritäten) schob *Anicii Manlii Torquati Severini Boëtii* Buch *Consolatio philosophiae* in die hintere Rocktasche und ging ihnen (den Galliern) und ihm (seinem heutigen Tagesschicksal) entgegen, von dem einfachen klassisch-unklassischen Bedürfnis getrieben, seinen bösesten und besten Plagegeist der weiland großen Schule von Amelungsborn am Rockschoß zu fassen, und zwar mit beiden magern, harten, haarigen Schulmeisterpfoten. Bloß, um nochmal den vergeblichen Versuch zu machen, ihn vom Abgrund zurückzureißen.

Mit dem Seufzer: »Was wird es helfen?« schloß er die Tür seiner Zelle hinter sich ab und schob den Schlüssel zu dem Boëtius. Draußen noch vollständig Nacht; erst in den untern Gängen vor den Klassenzimmern erste Tagesdämmerung durch die höheren Korridorfenster – dann Lichter, Fackeln, Feuerbrände und – zwanzig Fäuste zugleich in seiner Perücke, an seinem Kragen, an Arm und Brust! Dazu Fußtritte und Kolbenstöße von allen Seiten!

»*Le voilà! le voilà!* Hier haben wir die Kanaille! *Chien! cochon!* Her mit dem Strick! Wo ist der Profoß? *Au diable le prêvot!*

Venons, saignons,
Venons, pendons,
Venons à cinquante, cinq-cents!«

Sie hatten ihn in ihren Fäusten, sie hatten ihn unter ihren Füßen, sie hatten ihn auf der Treppe, und sie hatten ihn im Hofe vor der Treppe, die zu der Tür des Klosteramtshauses führte. Sie nahmen ihn durchaus nicht für eine bemalte Puppe aus Holz und Stein, diese Gallier neuerer Geschlechtes. Sie tupften diesen Marcus Papirius wahrlich nicht bloß mit der Spitze des Zeigefingers an, um sich zu vergewissern, ob das Ding Leben in sich habe oder nicht. Unter andern Umständen würden die lustigen Franzosen selber zuerst über sich und ihn gelacht haben: sie hielten den schwarzen Alten wirklich für den schwarzen, jungen Sünder, der eben ihrem Sergeanten das Nasenbein eingeschlagen hatte und ihnen mit der Mamsell Fegebanck durchgegangen war. Im ersten Morgengrauen des Novembers und bei solchem Nebel war ihnen alles, was in gelehrtem Schwarz ging, Hose wie Jacke. Und sehr vielen unter ihnen kam's überhaupt nicht drauf an, wen sie hingen, wenn sie nur jemand hatten, den sie aufhängen konnten.

Zwei aber nahmen sie natürlich noch lieber als einen, und so hatten sie auch bereits den Herrn Klosteramtmann in den Klauen an der Vortreppe seines Amtsgebäudes unter dem Strick, den sie vom nächsten Ast der weiland alten Klosterlinde auf seinen Nacken herunterließen, während sie sein schreiend Weib und seine halbnackten Kinder auf der Treppe festhielten oder vom Fenster zusehen ließen.

»Was hat der Herr mir angerichtet?« schrie der Amtmann, nicht ohne eine Berechtigung, den Magister an. »Weiß Er mir zu sagen, was die Herren eigentlich von mir verlangen außer dem letzten Stück Brot, der letzten Kuh aus dem Stall und dem letzten Hemd vom Leibe? *Messieurs, messieurs, demandez lui!* Sackerment, so helfe der Herr Magister mir doch wenigstens mit Seinem Französisch! Ist das jetzt Zeit zum Maulaffenreißen? Meine Herren, meine Herren, noch einen Augenblick – öng Momang, öng Momang Magister Buchius, Magister Buchius, wen hat Er diese Nacht bei sich beherberget, der uns dieses zugerichtet hat? Er hat uns dieses aus Seinem Prodigium auf dem Odfelde zugetragen! *Monsieur le capitaine,* noch einen Momang – Hand weg, barmherziger Herrgott! Wen hat Er diesen Morgen in meiner Nichte, der nichtsnutzigen Gans, Schlafkammer gehabt, Magister Buchius?«

Rom sahe nimmer etwas Größeres von Mannestrotz und Männerwürde, als jetzo Amelungsborn sah, und zwar am Magister Noah Buchius. Pädagogische Entrüstung, herzliche Zuneigung und innige Bewunderung rangen in seiner braven Seele um den wackern Thedel Münchhausen; aber nur einen kürzesten Moment. Die Zeit drängte wahrlich! – schlimmer als das welsche Mord- und Raubgesindel konnte sie freilich nicht drängen.

»Er hat immer in der Konferenz alles auf sich genommen!« murmelte der alte Schulmeister. »Er hat niemals einen anderen verpetzet! er hat immer sein eigen Fell zu Markte getragen!« Und laut, so laut wie selten in seinem stillen Dasein, rief er: »Ich weiß es nicht, was passieret ist; aber ich nehme die Responsabilität von allem auf mich.«

»*Que dit-il?* was sagt er?« kreischte, brüllte es in jeder Tonart rund umher.

»Er wills g'wesi si, der mit dem Mensch durchgange isch! Nehmet 'n d'r für! Der ein ischt so guet wie der andere!« krächzte lachend ein elsässisch Lagerweib. »Dem Lump, dem Penderau, dem Kistenfeger, dem Môsieu Ribaudin, dem Cacqueteur, dem Vagabond da auf dem Stroh, dem Monsieur le Capitaine Ribaudin gönne ich schon sein Teil; aber – hänget sie beide – hänget sie alle drei:

Allons, venons,
Brûlons, pendons,
Venons à cinquante, cinq-cents!«

Sie fielen sämtlich im Chor ein – alles, was von Navarra, Salis, Boccard, Reding und so weiter dem Herrn von Rohan-Chabot gegen die Hube bei Einbeck nachzog – und wenn der Klosteramtmann und der letzte wirkliche Magister von Amelungsborn jetzt am Strick aufgezogen worden wären, so würde das unbedingt unter Polyhymnias Begleitung geschehen sein, wenn auch nicht unter Begleitung der Muse des durch Johann Heinrich Meyer gedruckten, privilegierten Braunschweigischen Kirchengesangbuchs.

Aber es kam etwas dazwischen außer dem Sträuben und Sperren der zwei Patienten und dem Schreien und Wehklagen der Familie des Amtmanns. Nämlich zuerst ein Ziegel, oder vielmehr eine »Sollinger Dachplatte« vom obersten Dachfirst des Amtsgebäudes und darauf ein ganzer Regen von dergleichen um Beruhigung ansuchenden Wurfgeschossen.

Wenn es nun aber regnet, verläuft sich der Pöbel; das ist wohl eine uralte Erfahrung, die aber nur da stichgültig ist, wo eben der Herr in der Höhe seine beruhigende Hand auftut und Wasser herunterkommen läßt. Wirft aber ein dummer Junge aus der Bodenluke mit Dachsteinen in Nebel und halbe Nacht hinein und kräht dazu wie ein Hahn und schreit: »Vivat Herzog Ferdinand! Vivat Fridericus! Vivat Mademoisell Selinde Fegebanck! Vivat der Magister Buchius! *Pereat la France!* Steigen Sie mir doch auf den Buckel, Messieurs! *Ici, ici – Thierry le Téméraire,* Thedel Unverfehrden von Münchhausen!« so – hat das eine ganz andere Wirkung.

Die, welche die einzelnen Tropfen des Steinregens auf die Köpfe bekommen hatten, hielten letztere fluchend und heulend mit beiden Fäusten, aber hatten nicht Raum, sich betäubt zu Boden zu legen. Im wütenden Gewühl wurden sie gegen das Amthaus mit gehoben, geschoben, gerissen. Ebenso der Klosteramtmann und sein letzter pädagogischer Hausgenosse. Ein halb Dutzend Schüsse wurde aufs Geratewohl zum Dach hinauf abgefeuert. Es hing itzo an einem Haar, ob ein Tisch und ein Stuhl in Kloster Amelungsborn heil, ob eine Mauer von Kloster Amelungsborn aufrecht erhalten bleibe. Was der letzte Schüler der weiland großen Schule daselbst dazu tun konnte, daß jetzt alles ruiniert wurde, das hatte er redlich besorgt. Da würde er wohl zum erstenmal in seinem Leben ins Testimonium die erste Nummer vom Prior-Rektor, dem gesamten Lehrerkonvent – den heiligen Bernhard von Clairvaux eingeschlossen – sich verdienet haben.

Aber unser Herrgott, Ihm sei Dank, läßt nicht alles in der Hand und Willkür der Unbedachtsamkeit. Er behält sich immer die oberste Hand vor und hat nicht bloß den Platzregen als einziges beruhigendes Specificum darin, wann er sie öffnet über irgendeinem Tumult, einer Wüterei der nach seinem Bilde Erschaffenen.

Um diesmal Amelungsborn aus der Hand der Kinder und der Toren zu erretten, bediente er sich einfach der Kanonen der hohen Alliierten des Königs Friedrich von Preußen, der *Artillerie de Bückebourg* und der *Artillerie de la Brigade Beckwith,* welche pünktlich zu vorgeschriebener Stunde zwischen Holzen und Wenzen ihr Feuer auf den General Chabot und den Marquis von Poyanne eröffneten, um sie dem Generalleutnant von Hardenberg in die Fänge zu treiben, wenn auch der pünktlich war.

Es kracht dort tüchtig in den Bergen, sowohl Gewitterdonner wie Kanonendonner. Für die Mord- und Raubbande auf dem Klosteramtshofe war das Gekrach vom Ith wie ein neuer Stein; aber diesmal wie ein Stein in einen Spatzenhaufen.

»*L'ennemi! l'ennemi!* Der Feind, der Feind! *Les Prussiens, les Prussiens! Les Anglais! les Anglais! Le duc Ferdinand!*«

Die wüste Menschenwelle, die sich eben gegen das Haus gewälzt hatte, und über den Magister Buchius und den Herrn Amtmann, ohne sich um ihre Knochen zu kümmern, weggegangen war, schlug jetzt zurück. Im panischen Schrecken stürzte alles Kriegsdiebsgesindel, mit sich schleppend, was es in der Morgendämmerung und Hast gegriffen hatte, aus allen Türen, und wälzte sich, wiederum über die beiden zu Boden liegenden Herren weg, gegen das Hof- und Klostertor.

Binnen fünf Minuten war Amelungsborn rein von ihm, bis auf den vom Faustschlag Thedels von Münchhausen immer noch besinnungslos auf dem Stroh liegenden Korporal oder Sergeanten Ribaudin. Also so frei von Einquartierung, als das an einem Tage wie dieser und an einer so nahe beim Schlachtfelde gelegenen Wohnstätte nur irgend der Fall sein konnte!

Neuer Trommelschlag in nicht zu weiter Ferne kündete bereits den Vor- und Vorbeimarsch anderer Truppen des Königs Ludwig des Fünfzehnten und der Frau Marquise von Pompadour an; doch der Klosteramtmann benutzte die kurze Frist seiner Alleinherrschaft in Amelungsborn so gut als möglich, wenn freilich auch so unzurechnungsfähig als möglich.

Sie hatten sich natürlich wieder aufgerappelt vom zerstampften nassen Boden, sowohl der Amtmann wie der Magister. Der erstere befand sich in den Armen von Weib und Kind, der zweite griff sich an den Hals, weniger um die Binde als um den französischen Strick, der sich so bedenklich darum zusammengezogen hatte, zu lockern. Er löste die infame Schleife und hob sie über den Kopf, um sie mit einem Dankgebet gegen den Herrn der Heerscharen so weit als möglich von sich zu schleudern, als – er plötzlich seine Hand gepackt und den heißen, zornigen, wütenden Atem seines widerwilligen *hospes* dicht vor seinem Gesichte fühlte. Der Nebel gestattete jetzo kaum noch auf zwei Schritte weit, einem Nebenmenschen Zärtlichkeit oder Grimm aus den Augen abzulesen und dem einen wie dem andern in der richtigen Weise mit dem Herzen oder der Gallenblase, mit den geöffneten Armen oder mit der Faust entgegen zu kommen.

»Herr«, schrie der seiner Zeiten Not völlig unterliegende, völlig unterlegene Klosteramtmann von Amelungsborn, aus den Armen von Weib und Kind sich losmachend, den letzten wirklichen Kollaborator der großen Schule von Amelungsborn an. »Herr, Er ist es, der mir als schwarzer Unglücksrabe auf dem Dach unter meinem Dache sitzt. Er ist's, den mir der Satan als Spuk bei Tage und bei Nacht aufgeladen hat! Was hat Herzogliche Kammer und Domänenverwaltung noch mit Ihm in Amelungsborn zu schaffen? Was muß ich mit Ihm mir meinen Tod an den Hals füttern? Was muß ich mit Ihm mir mein tagtäglich Verderbnis weiter füttern? Hinaus mit Ihm! Lüge Er es doch ab auf griechisch oder lateinisch: hat Er mir nicht etwa gestern abend diesen saubern Morgen im Taschentuch in den Hof getragen? Und mit dem giftigen schwarzen Galgenvogel, den Musjeh, den Junker von Münchhausen? Hinaus mit Ihm, Magister Buchius! Mit dem für Ihn stipulierten Mittagsbrot wird's heute wohl nichts werden können; also grabe Er draußen wieder nach Knochen, äse Er meinetwegen auf Seinem Teufelsfelde, fresse er sich voll auf dem Odfelde! Hinaus mit Ihm! wenn Sein Tisch wieder gedeckt ist in Amelungsborn, werd' ich's dem Herrn Magister und hochfürstlicher Kammer schon zu wissen tun.«

Dreizehntes Kapitel

Trotz aller Bedrängnis vorhin hatte Magister Buchius sein hispanisch Rohr nicht fahren lassen. Er hielt es auch jetzo im Nebel auf der Landstraße vor dem eingestoßenen Klostertor in der Hand, und wohl mancher andere an seiner Stelle würde wenigstens den Versuch gemacht haben, es auf dem Buckel tanzen zu lassen, auf welchen es nach eben befahrener schlechter, ungerechter und sinnloser Behandlung hingehörte. Aber danach war er leider nicht der Mann; auch seine Schüler hatten sich nimmer vor seinem Bakel zu fürchten gehabt. Von irgendwelchem Unrecht, so ihm im Leben geschah, kam ihm die genauere Empfindung erst nach genauerer Überlegung. Ja, wochenlang, mondenlang hatte er sich in solchen Fällen über die Frage abzuquälen und abzuängsten: ob das Unrecht nicht auf seiner Seite liege und er also den Lohn dafür in Geduld hinnehmen müsse?

Dieses tat dem Faktum, daß er ein tapferer Mann, ein seiner gelehrten römischen und griechischen Ahnen gar würdiger Mann war, nicht den mindesten Abbruch. Er bleibt deshalb doch diesmal unser Held – unser Heros, und wir kennen unter unseren lebenden Bekannten nicht viele, mit denen wir lieber betäubt, verwirrt, unfähig zu begreifen, uns zu fassen im Kreise taumelten und – wieder fest auf die Füße gelangten. Wir greifen mit ihm nach dem Hut, den ihm wie im äußersten Bedürfnis, nichts von ihm in seinem Hof- und Hausbezirk bei sich zu behalten, der Klosteramtmann von Amelungsborn vermittelst seines bestiefelten Fußes in der wirklichen Unzurechnungsfähigkeit aus der Tür auf die Landstraße nachschickt; und wir drücken ihn uns mit ihm auf die zerzauste Perücke und – suchen uns mit dem Magister zu fassen.

Mitten im dicksten Weser- und Weser-Berg-Nebel und im Schlachtenlärm des Herzogs Ferdinand und des Herzogs von Broglio auf der ganzen Linie von der Hube bis zum Hils und vom Hils bis zur Weser!

Die dortige Feldmark von heute ist wohl nicht mehr mit der vom Jahre 1761 zu vergleichen. Es war damals noch mehr Baum und Busch sowohl vom Solling wie vom Weserwald übrig als wie jetzt. Auch die Wege waren andere und liefen anders. Was man heute Chaussee nennt, war damals die Heerstraße des Siebenjährigen Krieges, auf der jedermann marschierte, ritt, fuhr und stecken blieb, wie die Gelegenheit es gab. So ein Weg aus jener Zeit nahm oft die zehnfache Breite des jetzigen Straßenkörpers ein. Weithin über die Felder gingen die Gleisen und Fußtapfen. Was sein Feld und was die öffentliche Heerstraße sei, das war manchem armen Bauer, adeligen Grundbesitzer und auch manch einer fürstlichen Kammer nicht unterscheidbar. Wie er ging, stolperte, taumelte, war zuerst auch dem betäubten alten Schulmeister ununterscheidbar. Er ging in ellentiefen Wagenspuren, er stolperte über abgelaufene Räder und Pferdekadaver, er fühlte Stoppelacker und Brachland unter seinen Füßen. Er geriet in Sumpf und Moor und in den Busch und tastete sich durch die gelbgraue Finsternis weiter, ohne zu wissen, warum und wohin. Und er befand sich nicht allein im Nebel. Die Gegend war so belebt, wie's nur an einem solchen Gefechtstage möglich. Spukhafte Gestalten – vereinzelt und zu Haufen überall! Wildes Geschrei, Geheul, Jauchzen bald in der Nähe, bald aus weiterer Ferne. Und dazu vom Ith her das immer heftiger werdende Kanonenfeuer Mylord Granbys und des Herrn Marquis von Poyanne.

»Was würden Herr Professor Gottsched sagen und hiezu tun?« …

Es ist eine historische Tatsache und durch die deutsche Literaturgeschichte zu jenes Mannes ewigen Ehren beglaubigt, daß Magister Buchius, der letzte Kollaborator der wirklichen großen Schule von Kloster Amelungsborn, auf die Ansichten und Meinungen des Leipziger Kollegen ein Großes mit Recht hielt.

Aber es kam keine Antwort von Leipzig. Und aus der Welt der Klassiker auch nicht. Kein Verbannter, von dem die Alten reden, war je in solcher Weise und unter solchen Umständen vor die Tür gesetzet worden, wie er – der Magister Buchius!

Er war so sehr im Kreise gedreht worden, und der Nebel war so dick, daß er, der jetzt ins Elend Getriebene, nicht einmal mehr wußte, wohin er sich zu wenden habe, um, wenn er wollte, auf Umwegen seinen Winkel unterm Dache, die Zelle des Bruders Philemon wiederzugewinnen. Er hätte sich nach dem Kanonendonner richten können; aber der brach sich eben so vielfach an den Bergwänden wie innerhalb der Wände seiner Hirnschale. Der Lärm war hinter ihm, vor ihm, über ihm und in ihm.

»Der Herr Professor würden den Herrn Amtmann wohl als einen toten Leichnam zu Ihren Füßen zurückgelassen haben«, sagte Magister Buchius, fürs erste aufs Geratewohl fürbaß schwankend. »Und zu den Füßen der Frau Amtmännin –«

In diesem Augenblick schlug eine Glocke hinter ihm. Seine Glocke! Die Turmuhr des weiland Klosters und der großen Schule Amelungsborn, die er gestern noch aufgezogen hatte, und die allein richtig ging am hiesigen Ort in diesen Zeiten der Unrichtigkeit, des Unrechts und der Ungerechtigkeit.

Sechs Uhr!

Sie alle – zwischen der Weser und der Hube – hatten den Tag noch vor sich; die nämlich, so um diese Stunde nach begonnener Bataille noch nicht ganz auf ihn verzichtet hatten, das heißt, denen noch nicht das Lebenslicht ausgeblasen worden war.

Der Magister Buchius wußte durch den Glockenschlag jetzt wenigstens wieder, wo Amelungsborn lag und nach welcher Himmelsgegend hin er auf irgend einer Hintertreppe auch seine Zelle wahrscheinlich wieder erreichen konnte. Aber er wandte sich nicht: er wendete sich nicht nach dem Südwesten zurück. Er fühlte sich in diesem Moment wahrlich nicht so der Welt gewachsen, wie der tapfere Professor Gottsched dem bösen Magister Lessing.

Er war dem Weinen nahe – der gute alte Herr, der den bösesten seiner Quintaner nicht hatte weinen sehen können. Sich im ziehenden Qualm bei währender Schlacht unter einen triefenden kahlen Dornbusch zu setzen, den greisen Kopf auf die Knie zu legen, die Arme um die Knie zu schlingen und auf alles Nacheifern hoher Exempla von menschlicher *fortitudo* Verzicht zu tun: das war's, was ihm um diese Stunde als das einzig ihm Übriggebliebene erschien.

Ach, hätte er nur eine Ahnung davon gehabt, daß um dieselbige Stunde auf den Höhen des Iths über dem Kanonenfeuer des Bückeburgers und des Colonels Beckwith der große Kriegesfürst, der zweite große blutige Feldherr des Siebenjährigen Krieges, der gute Herzog Ferdinand von Braunschweig-Lüneburg, ganz in der nämlichen Stimmung war. Nämlich in der Erwartung, daß wieder einmal alles vergeblich sei und das Feld vor ihm wieder mal umsonst sich mit Leichnamen bedecke! in der festen Voraussicht, daß mit den Pontons bei Bodenwerder ein Malheur passieret sei und Generalleutnant Hardenberg nicht zur rechten Stunde kommen werde, um den Sack um den General Rohan-Chabot, den Marquis von Poyanne und ihre zwanzigtausend Mann bei Stadtoldendorf zuzuziehen, den Herzog von Broglio auf der Hube bei Einbeck rettungslos dem Erbprinzen Karl Wilhelm Ferdinand zu überliefern und dem:

Brulons! pillons! pendons!

für diesmal hier wenigstens gründlich ein Ende zu machen.

Wie der Magister Buchius horchte der Herzog Ferdinand nach dem Südwesten; aber nicht der Kirchuhr von Amelungsborn wegen.

»Wo bleibt Hardenberg? Hardenberg? Man müßte ihn längst vernehmen, den Herrn Generalleutnant!« …

»Nun, Herr, wes soll ich mich trösten? Ich hoffe auf Dich!« seufzte der Magister mit dem Psalmisten. »Höre mein Gebet, Herr, und vernimm mein Schreien, und schweige nicht über meinen Tränen; denn ich bin beides, Dein Pilgrim und Dein Bürger, wie alle meine Väter! Ich bin hinausgetrieben, und es nützet nichts, daß ich heimkehre und mein Kämmerlein suche. Sie werden es schon ausgekehrt und den Greuel der Verwüstung darinnen angerichtet haben. Ja, ja, wie es geschrieben steht im Neununddreißigsten: sie sammeln und wissen nicht, wer es kriegen wird! *Di immortales,* sie werden alles jetzt schon als eitel Plunder geachtet und ihren Mutwillen damit getrieben haben. Sie werden auch den Knaben vom Dach gestürzet haben und über seinen Leichnam weggetreten sein. Jawohl, ein Psalm Davids und vorzusingen für Jeduthun: Mein Herz ist entbrannt in meinem Leibe, und wenn ich daran gedenke, werde ich entzündet; ich rede mit meiner Zunge.« …

»Lieber Westphalen, Hardenberg kommt nicht zu verabredeter Zeit! Die Herren von Poyanne, Chabot und Stainville werden kommode Zeit haben, über Vorwohle sich zu reployieren.«

»So werden wir doch mit Eurer Durchlaucht gnädigster Erlaubnis zum allerwenigsten der Herren Vereinigung mit dem Herrn Marschall bei Einbeck verhindern«, tröstete der getreue Begleiter.

»Ihr Weg müsse finster und schlüpfrig werden,« zitierte Magister Buchius von neuem den Psalmisten, vor einem neuen Geschrei, Geheul und Kriegsgezeter hinter ihm, im Nebel sich in einem andern Busch verwickelnd. »Der Engel des Herrn verfolge sie; denn sie haben mir ohne Ursach gestellet ihre Netze zu verderben –«

In demselbigen Augenblick glitt er auf etwas Weichlichem aus, das nicht regenfeuchter Stoppelacker, Grasnarbe oder Sumpf- und Moorgrund war. Er griff in das Gebüsch, um sich aufrecht zu erhalten, und faßte etwas, das in seiner Hand blieb. Er hielt einen toten Raben in der Faust, der, aus den Lüften niederstürzend, im Gezweig hängen geblieben war; und als er sich bückte, sah er, daß er auf einen andern entseelten Kämpfer aus der Schlacht vom gestrigen Abend getreten war.

Portentum! Portentum! So dicht der Nebel sein mochte, der an diesem fünften November Siebenzehnhunderteinundsechzig die Berge und Täler an der Weser erfüllte – der Magister Buchius wußte jetzt wieder ganz genau, wo er stand – zerzaust, zerschlagen, atemlos, ein heimatloser, freundloser alter Schulmeister. Auf seinem *Campus Odini,* seinem Wodansfelde – auf dem Odfelde stand er, während über den Quadhagen, das böse Gehäge her das Kleingewehrfeuer und der Kanonendonner von Frankreich, Großbritannien und der zu König Fritzen haltenden deutschen Völkerschaften in die graue Finsternis hinein knatterte und krachte.

»Sie werden ihm längst die Fenster eingeschlagen haben, sonst stieße er sich den Kopf ein an den Scheiben!« ächzte Magister Buchius mit dem Vogelleichnam in der Hand, selbstverständlich jetzt zuerst an seinen in seiner Zelle eingesperrten Schützling und Gastfreund aus dem gestrigen Kampfe denkend.

»*Portentum! Prodigium!* Große Farren haben mich umgeben, fette Ochsen haben mich umringet; ihren Rachen sperren sie auf wider mich, wie ein brüllender und reißender Löwe«, sagte der Magister. »Ich will's abwarten, wie alle rundum es abwarten müssen, wie's kommen soll«, sagte er. »Wir können nur erleben, was Du willst, Herr Zebaoth, Herr der Heerscharen!«

Da – jetzt – wenn er nur dem Weinen nahe gewesen war, klang jetzt – hier ein wirkliches, ernstgemeintes Weinen, mit dem auch der Herzog Ferdinand und sein Generalstab nur mittelbar zu tun hatten, an sein Ohr. Und dazu die wehklagenden Worte:

»Ach Heinrich, Heinrich, so sage doch nur noch einmal ein allereinzigstes Wort zu mir! Kannst du dich denn auf gar nichts mehr zu meinem Troste besinnen? O Jesus Christus, das ist ja schlimmer, als wenn wir beide gleich im Kloster in ihrer Gewalt zu Tode gekommen wären!« …

Der Magister hatte nur fünf oder zehn Schritte in den Nebel und Dampf hinein zu tun, um zu erkunden, wer da so jammervoll wimmere und seiner Angst und Not Luft mache. Aber er hatte das kaum nötig. Die Stimme war ihm bekannt genug; gestern abend hatte er sie noch auf seiner Stube gehört, vor dem Kreidestrich auf seinem Tische, der den Lauf der Weser zwischen den Heereshaufen der hohen Kriegführenden bedeuten sollte. Er tat die paar Schritte rasch, wobei er den Kämpfer von gestern Abend, den er bis jetzt noch immer in der Hand gehalten hatte, zu den übrigen, weithin den Boden bedeckenden glorreich gefallenen

Kameraden warf. Und er faltete die Hände über dem Stockknopf vor der kläglichen Gruppe und rief:

»O Wieschen, bist du es denn auch? Ihr beide seid's? Jawohl, jawohl, ich weiß schon! ich sehe, ich sehe schon! O Wieschen, hat er denn sein Leben für dich dran gesetzt?«

Das arme Mädchen, ein gut oder vielmehr schlimmer Teil zerzauster als Mamsell Selinde von den Griffen von Navarra, Salis, Boccard und Reding, lag da im feuchten Moor auf den Knieen, den blutigen Kopf des Knechtes Heinrich Schelze im Schoße. Beim mitleidsvollen Anruf des alten Herrn stieß sie einen Freudenschrei aus:

»Heinrich! Heinrich! der Herr Magister! Um Gott und Jesu willen, Heinrich, der Herr Magister, den uns der liebe Gott zu Hülfe schickt! So besinne dich doch noch ein einzigstes Mal auf dich und mich, Heinrich! Hier ist ja auch der Herr Magister Buchius, im Katthagen vom liebsten Herrgott in der Höhe zu uns gesendet. Herr Magister, ja, er hat mich aus der schlechten Menschen Händen gerissen, und sie haben auf uns eingeschlagen und geschossen, und er hat mich auf den Armen getragen, und ich habe ihn getragen, als er umgefallen ist auf dem Felde im Nebel, und nun kömmt er mir um in den Armen und kann sich auf nichts mehr besinnen!«

Der verwundete Knecht stöhnte schwer in den Armen seines Schatzes; aber unter dem Zuruf des Mädchens und bei der Namensnennung besann er sich doch noch einmal. Er versuchte es, sich aufzurichten, die blutigen Haare aus der Stirn streichend. Er versuchte es sogar zu grinsen:

»Sieht Er, da sind wir doch auf dem Wege zum Herzog Ferdinand, Herr Magister! Mit allen Ehren noch an uns. Aber von blutigen Platten und zerschlagenen Knochen schwanete mir gleich so was, als Er uns Sein schwarzes Untier auf den Hof trug.«

Er lachte und stöhnte wieder und verlor von neuem die Besinnung. Magister Buchius hatte das, was diesem armen Volk unter dem fremden Volk in einem anderen Teil des Klosters Amelungsborn passiert war, während man ihm selber den Strick um den Hals legte, so deutlich vor sich, als – ob er's beim Iburgischen Schloßprediger Kampf gedruckt gelesen habe.

»Ich habe ihn auf dem Buckel bis hierher geschleppt aufs Odfeld und habe selber dabei fast nichts von mir gewußt«, schluchzte das Mädchen. »Der liebe Gott hat uns in seinen Rauch wie in einen Mantel genommen. Nun wacht er, und dann weiß er wieder nichts von sich, und wir müssen nun hier doch eingehen, alle beide, er in seinem Blute und ich in meiner höchsten Not!«

»Das verhüte der Himmel!« rief der Magister, seinerseits unter den toten Streitern der Rabenschlacht auf dem Odfelde niederknieend und den Dickschädel Heinrich Schelzes zwischen seine hageren, harten und doch milden Schulmeistertatzen nehmend.

»Eine Mistgabel gegen ein Dutzend Flintenkolben, juchhe!« murmelte der Knecht. »Ein paar von den franschen Hunden sollen doch ihre Kaldaunen jetzt zu Kloster Amelungsborn zusammensuchen. Frage Er nur Wieschen, Herr Magister! Es wäre ja wohl alles gut gegangen, und wir wären schon beim guten Herzog Ferdinand, wenn's mir nicht auf einmal so schwarz vom Nebel vor den Augen geworden wäre. Nicht wahr, Wieschen?«

»Ach Gott, das ist ja nun der Krieg, Heinrich, in welchen du immer hineinwolltest aus dem Pferdestall und mich zur Staatsmadam machen. Nun haben wir's, nun hast du es; und unsere einzige Hülfe und Rettung bleibt wieder nur der Herr Magister!«

»Loisia, rede Sie nicht so,« sprach Magister Buchius.

»O Gott, Gott, nein, ich bin ja nur noch mehr ohne Besinnung als mein Heinrich, Herr Magister. Ich weiß es ja wohl, daß er nur um meinetwillen so hier liegt! O Heinrich, Heinrich, wenn du bloß davon kämest und es mich nicht entgelten lassen wolltest, was ich in meiner Dummheit rede, so wollte ich ja immer noch meinem Herrgott für seinen Schutz und Schirm danken!«

»Wenn wir ein Unterkommen für ihn hätten, so sollte dieses wenig bedeuten«, sprach Magister Buchius von seiner genauern Betastung des niedersächsischen Dickschädels vor ihm sich wieder emporrichtend und im Wesernebel nach allen Seiten sich umsehend.

Vierzehntes Kapitel

Wir haben eben hiervon erzählt wie von einem Gespräch zwischen zweien und dreien; aber dem war nicht so für die, welche damals ihren Jammer gegen einander austauschten durch Wort, Tränen und Seufzer. Der ganze große Krieg redete mit hinein und zwar von Augenblick zu Augenblick grimmiger. Daß man nicht auf sechs Schritte weit sich auf seine leiblichen Augen verlassen konnte, das machte die Sache nicht beruhigender.

Es kam eine verirrte Geschützkugel und schlug einen Ast über dem Wieschen, dem Herrn Magister Buchius und dem Knecht Heinrich von einem Eichbaum. Die Feldherren mußten es wohl wissen, wie sie ihre Truppen durch das Grau vorwärts schickten. Die hohen Alliierten und Frankreich waren auch im dicksten Nebel dicht aneinander. Wer zwischen ihnen ungefährdet durchkam, hatte wohl von noch größerm Glück zu sagen, als wer bloß aus der Rappuse in Kloster Amelungsborn sich ins freie Feld rettete. Die Kugeln, die sich verirren, können die klügsten Könige und Feldmarschälle nicht mitzählen in ihren strategischen Berechnungen.

Das zerschmetterte Gezweig prasselte nieder auf die ratlose Gruppe; die Jungfer schrie und duckte sich, dem Knecht Heinrich war's einerlei, und der Magister sah nur einen kürzesten Moment aufwärts zum Zeus, dem Wolkenversammler. Er sah sofort wieder um, der Magister Buchius. Sie waren noch nicht alle beieinander, die sich an diesem fünften November vom Kloster Amelungsborn aus auf dem Odfelde zusammenfinden sollten; doch die letzten kamen eben, und zwar spukhafter als sonst was an diesem Morgen für den Magister. Nämlich auf weißem Roß, wie aus der Apokalypse heraus im Qualm des Erduntergangs: »Jeses, dem Herrn Amtmann sein Schimmel!« rief Wieschen. »Der Junker von Münchhausen – und – Mamsell Fegebanck«, stammelte Magister Buchius, als der wilde Thedel wirklich des Klosteramtmanns letztes in den Knochen zusammenhängendes Reitpferd dicht vor den drei unter der Eiche des Odfeldes parierte und noch mit seiner Begleiterin von den abgeschlagenen Ästen und Zweigen überschüttet wurde.

Hoch vom keuchenden Gaul, vor sich auf dem Sattel die schöne, aber schwere Last fester mit dem linken Arm umfassend, deutete der tolle Junge nach der Richtung des donnernden Iths:

»Hört, oder täuschen mich beliebte Rasereien?
Nein, nein, ich hör ihn schon.
Der Heere ziehend Lärm sind seine Melodeien,
Und *Friedrich* jeder Ton!«

Der Jungfer Selinde durfte es in Wahrheit so vorkommen, als sei ihr Morgentraum noch nicht zu Ende; dessenungeachtet glitt sie, sobald das abgehetzte Tier unter ihr es gestattete, aus den Armen ihres Kavaliers und »Erretters« auf festen Boden nieder:

»Sind es der Herr Magister, so erretten Sie mich!« kreischte sie, ihrerseits jetzt den alten Schulmeister umklammernd. »Er ist ein Narr, er ist verrückt, er ist toll! Er hat mich aufgehoben und hin und her gerissen, durch den Feind Trepp ab und Treppauf bis aufs Dach und durch die Keller. Er hat mich verrückt und toll gemacht; nicht einen Augenblick zur Besinnung hat er mir gelassen. Er hat mich ohnmächtig auf den alten Hans gehoben, und hier sind wir, und die Welt geht unter! O Gott und Jesu, es wird ja immer schlimmer mit dem Spektakel! und nun sind wir erst recht mitten unter ihnen, da wir uns aus ihnen herausretten wollten! Münchhausen, den Dienst vergesse ich Ihm mein Lebtage nicht!«

»Bis in den Tod vergesse auch ich diese Fortune nicht, Allerschönste!« jauchzte der Schüler, sich gleichfalls aus dem Sattel schwingend. »Nun mag ja das Universum zusammenkrachen, Mademoiselle Selinde; ich bin im himmlischen Gewölk geschwommen und kann jeden Augenblick selig sterben, Allersüßeste.«

»Der unverschämteste Peter ist er auch jetzt gewesen! Es gibt gar keinen andern solchen! O solch ein Gelbschnabel –«

»Und letzter wirklicher Primaner der großen Wald- und Wildschule Amelungsborn!« lachte der tolle Thedel, seinem alten letzten, wirklichen Lehrer die Hand schüttelnd. »Diesmal müssen mich der Herr Magister doch auch drum loben, daß man Haus-, Hof- und Stallgelegenheit zu Kloster Amelungsborn gekannt hat. Ja, wer eben nicht Bescheid gewußt hätte mit Türen und Treppen, mit Schlössern und Riegeln, mit jedwedem Katersteig des heiligen Herrn Bernhards von Clairvaux! Nicht wahr, meine Königin, es ging um alles, was wir bei uns trugen?«

»Er ist verrückt! er ist toll! und er hat mich auch toll und verrückt gemacht, Magister Buchius. Und wo sind wir jetzo in Sicherheit mit Leib und Leben? Man sieht keine Hand vor Augen, und die Bataille ist über uns und um uns toller als zu Hause im Kloster. O Jesus, das Gepolter!«

»Auf dem Campus Odini, auf dem Odfelde sind wir, Mademoiselle, und freilich, wie es scheinet, mitten in der Schlacht des Herrn Herzogs Ferdinand und des Herrn Herzogs von Broglio; und da ist das Wieschen aus Amelungsborn, das seinen Schatz auf dem Rücken bis hieher in die jetzige Sicherheit getragen hat.«

Mademoiselle Selinde war noch viel zu sehr in ihre eigene Not versunken, als daß sie auf die anderer hätte merken können; aber Thedel von Münchhausen kniete bereits bei dem Wieschen und dem Knecht Heinrich:

»Kerl, was für Unsinn hat denn Er angestiftet?«

»Es ist wohl nicht die erste Schmarre, die wir uns in Kompagnie holen, Herr von Münchhausen«, ächzte der Knecht, sich auf dem Ellbogen emporrichtend. »Aber so wie heute doch noch niemalen früher.«

»Hat Er Seinen Rest weg, Heinrich?« fragte der Junker mit wirklicher Teilnahme und Besorgnis. »Er will mir doch nicht heute, im besten Pläsier, eine Dummheit machen?«

»Schaffen der Junker mich aufs Heu hinterm Pferdestall wie sonsten, und ich lecke mir die Blessur schon zurechte; aber heute – diesmal –«

»Na, Seinen Hirnschädel kenne ich doch wohl auch ein bißchen«, meinte der gute Kamerad aus früherer Schul- und Wilddiebszeit. »Er verträgt schon einen Puff, Heinrich.«

»Sich von seinem Mädchen auf dem Buckel durch den Tumult und durchs Dickicht schleppen lassen müssen!« ächzte der Knecht halb kläglich, halb wütend. »O verflucht, junger Herr; Sie haben es wieder besser gemacht. O verflucht! verflucht! das lächert mich doch – dies mit des Alten weißem Hans. Der wird auch hinter Ihm her wieder Augen gemacht haben, Junker, wann er Ihn mit ihm und der Jungfer hat abfahren sehen! O verflucht, verflucht, verflucht!«

»Siehst du wohl, Heinrich, bist ja noch ganz hübsch bei Besinnung; nun nimm dich aber noch ein bischen mehr zusammen. Der Herr Magister tritt von einem Fuß auf den andern, und die Damen können wir auch hier nicht im offenen Feld präsentieren zwischen Freund und Feind zum galanten Zugreifen, wenn der Nebel fällt.«

»Und er liegt auch bloß hier auf dem Odfelde wie durch Gottes gütige Vorsicht für uns!« rief Magister Buchius. »An den Ithbergen ist's klar! dort guckt schon die Homburg herüber, da der Kohlenberg! da ist der Vogler! *mons Fugleri!* Wir tappen noch im Dunkel; aber der Herzog Ferdinand muß doch schon längst wissen, wohin er sein schwer Geschütz und klein Gewehr zu dirigieren hat. Der feuert nicht ins Blinde.«

»Aber er zieht mit seinem Canon auch uns die Nebelkappe ab«, sagte Thedel. »Wir müssen fort und in den Wald, wo er am dicksten ist. Probiere Er's, Heinrich, ob Er's wieder auf Seinen Hinterhufen, ob Er's *per pedes* prästieret.«

95

»Ziehe Er mich auf, Junker. Die Hand besser in den Rücken, Wieschen! Kotz, Kreutz, Donner und Blitz! Uh, uh jeh! ... Nein, es prästiert sich noch nicht, junger Herr. Wieschen, lege den unnützen Sack wieder hin! Es muß auch mir wohl gestern abend mein Eingehen hier auf dem Odfeld von dem Rabenvieh prophezeiet sein.«

Es schien ihm von neuem schwarz vor den Augen zu werden. Einige Augenblicke standen die drei andern ganz ratlos, der Magister noch immer angsthaft von Mamsell Selinde umklammert.

Doch der Verwundete strich sich von neuem die blutverklebten Haare zurück:

»Ich hab Ihm auch schon manchen Gefallen getan, Herr von Münchhausen, nun tu' Er mir auch einen. Lasse Er mir mein Mädchen nicht hier zurück. Herr Magister, erbarme Er sich meiner, lasse Er mir mein Mädchen, mein Wieschen, nicht auch hier unter den Rabenäsern verkommen –«

»Wir bleiben alle beieinander, Schelze.«

»Nein, nein, ihr Herren! um Gott und Jesus nicht! Es liegen da drüben hinterm Pfuhl wohl noch einige unverscharrt vom Sommer her; – so lasset mich jetzt auch hier und grabt mich nachher unter, wenn Ihr mit meinem Wieschen glücklich aus dem Elend herauskommt. Es geht nichts verloren an mir; das weiß das ganze Kloster. O Herren, heben Sie beide Jungfern auf des Herrn Amtmanns Schimmel und kriechen Sie unter im Wald, im tiefsten Dickicht, und lassen Sie mich hier; ich bin keinem Menschen mehr nütze und selbst meinem herzlieben Schatz nicht.«

»O Heinrich, Heinrich, kein Mensche und kein König soll mich mit Güte oder eisernen Zangen von dir losbrechen!«

Jetzt machte sich der Magister Buchius doch aus der Umarmung von des Amtmanns Vetterstochter los. Er trat her in einer Gloria, von der er selber am wenigsten wußte.

Was er in den Gassen von Helmstedt niemals gerufen hatte, das rief er jetzo:

»Bursche heraus!«

Es kam über ihn wie ein Taumel, eine begeisterte Trunkenheit. Was er in seiner Jugend versäumt hatte, das holte er nunmehr in der Betäubung dieses wilden, greulichen Tages ganz und gar nach. So hatte er nie und nimmer sich in der Welt Trubel lebendig gefühlt, wie in dieser schlimmen, ratlosen Stunde auf Wodans Felde, dem Odfelde.

»Amelungsborn heraus! die ganze Schule! Hier Amelungsborn! Wir bleiben alle beisammen im Leben und im Sterben –

post jucundam juventutem,
post molestam senectutem,
nos habebit humus, –

hinauf auf des Herrn Amtmanns Schimmel, Wieschen. Wir heben dir deinen Heinrich nach. Halt ihn nur so fest in deiner Treue, wie der junge Mensch hier Mademoiselle in seiner Torheit gehalten hat, und wir hauen uns heraus. Faß Er zu, Thedel. *Dei providentia mundus administratur,* sagt Marcus Tullius: wer weiß, wozu Er gestern nacht nach Amelungsborn gesendet worden ist, lieber Münchhausen. Hat Er den Invaliden fest? Hoch mit ihm und – *sursum corda,* hat der Herr uns bis hieher in seinem Nebel geführt, so wird er uns auch im Lichte seines Morgens nicht verlassen. Siehst du, es ging, Wieschen. Da hast du deinen Schatz sicher im Arm. Der Herr Amtmann werden uns auch diesen Notgebrauch seines wackern Gauls verzeihen. Nehme Er den Hans am Zügel, und, Mademoiselle, Sie nehmen gütigst meinen Arm. Das nennt man in Wahrheit *vasa colligere,* lieber von Münchhausen, und itzo dieses im bitteren Ernst ein *agmen compositum.* Nun denn, signa canunt! Wir können leider keine *speculatores* voraufschicken. Gradaus! vorwärts! Vivat der Herr Herzog Ferdinand! Grad seinem Canon zu; hin unter des Löwen schützende, großmütige Tatzen. Ihr Berge fallet über uns und decket uns, daß die Heere über uns wegtreten, und wir ihren Fußtritt über uns hören, so wir uns bergen im Schoße der Erden!«

»Wer sein Testamente noch *in procinctu* machen will, der tue es«, lachte der tolle Thedel, und Magister Buchius meinte verwundert:

»Siehe, siehe, Er hat doch dann und wann in denen Lektionen besser acht gegeben, als man hat glauben dürfen.«

Sie machten nämlich dann und wann vor dem Angriff ihr Testament, die alten Römer: in procinctu, auf dem Sprunge. Mit einem Seufzer dachte der Magister an sein wunderlich Hab und Gut in der Zelle des Mönchs Philemon und mit einem Schulterzusammenziehen an die, so sich in gegenwärtiger Stunde wohl schon selber zu Erben seiner Reichtümer eingesetzt haben mochten.

Fünfzehntes Kapitel

Vom achten September Siebenzehnhunderteinundsechzig war die Verordnung des Marschalls *Duc de Broglio* datiert, durch welche »allen Behörden, Beamten, Untertanen der von den Truppen Sr. Allerchristlichsten Majestät in Besitz genommenen Hannöverschen und Braunschweigischen Lande befohlen wurde, in ihren bisherigen Aufenthaltsorten zu verbleiben und sich vor allen Dingen nicht mit ihren Pferden und Vieh in die Wälder und auf die Berge und auch nicht – unter die Erde zu flüchten.« Der Strick stand drauf, wie schon gesagt worden ist, und das Edikt war am fünften November des genannten Jahres mehr denn je in Kraft zwischen der Weser und der Hube bei Einbeck. Magister Buchius, der letzte Kollaborator von Kloster Amelungsborn, hatte aber dessenohngeachtet die feste Absicht, ihm zu trotzen, alle Konsequenzen auf sich zu nehmen und sich so tief als möglich bei den Unterirdischen zu verkriechen.

Er hatte mit seinen Begleitern wohl ebenso guten, triftigen Grund dazu wie jeder arme Bauer mit Weib und Kind und der letzten magern Kuh.

Wenn er aber den Nebel über dem Odfelde noch ausnutzen wollte, so war's die höchste Zeit. Es kam schon eine Bewegung in ihn hinein; ein Heben und Senken, ein Zerren und Zupfen. Es kam ein hartes, nasses, kaltes Wehen aus Osten, das den Dampf von dem Schlachtfelde und dem Wodansfelde gegen den Vogler trieb, und bald die Welt und ihre Kreatur, ihr wimmelnd Gewühl, ihre Blutlachen, zerfahrenen Wege, zerstampften Felder noch einmal im trüben Herbstmorgenlicht bloßlegen und – den Magister Buchius, des Herrn Klosteramtmanns Schimmel mit dem Knecht Heinrich und der Hausmagd Wieschen drauf, und Mamsell Selinde jeglichem mörderischen Zugreifen Allerchristlichster Majestät oder auch der hohen Alliierten auf offener Heide preisgeben mußte.

»Könnten wir den Roten Stein erreichen, so wären wir wohl geborgen, Thedel«, meinte der Magister.

»Wenn wir noch Platz und nicht ganz Holzen – das ganze Dorf mit Kind und Kegel drin untergekrochen fänden«, lachte der Schüler. »Denen geht's jetzt am hitzigsten über die Kappen, und sie kennen die Ortsgelegenheit und sind ihr am nächsten. Hört, wie es grade ihnen über den Köpfen gewittert! Wir treiben dort diesmal keine Schatzgräberei im Bauche der Erden, Herr Magister.«

Magister Buchius schüttelte das Haupt und wies die seltsame Erinnerung an frühere, ruhigere Zeit fast unmutig von sich. Dieses erinnerte ihn wieder nur zu sehr an sein Museum in der Zelle des Bruders Philemon. Er hatte freilich auch aus der Höhle am Roten Stein, wenn auch keine Schätze, so doch allerlei sich geholt: bronzene Lanzenspitzen, Steinhammer, Knochen von unbekannten Tieren, ja auch Menschenknochen – Knochen von armen Sündern, so auch *testes diluvii,* Zeugen der Sündflut, gewesen sein mochten. Und Mamsell Fegebanck hing ihm fast zu schwer am Arm, zumal da es nun schon bergauf und in den Wald hinein ging.

»Wir sind unterm Vogler am Kappenberg; ich weiß einen überwachsenen Erdfall an ihm«, ächzte der verwundete Knecht von des Herrn Klosteramtmanns Schimmel herunter. »Wann ich auf den Beinen wäre und noch das Leben hätte, wollte ich in einer Viertelstunde da sein, zehn Klafter tief unter dem Walde.«

»Aber wir laufen da gradaus den Bergschotten in die Messer«, rief Thedel von Münchhausen. »Horch, horch! Hört das Gequieke! Das sind ihre Dudelsäcke, so wahr ich jetzo noch das Leben habe.«

»Käme der durchlauchtigste Herr und Herzog Ferdinand diesen Morgen auf meine Stube zu Amelungsborn, so fände er dorten seinen ganzen Feldzugsplan sauber auf den Tisch gemalet. Er hat die Weser mit seiner Kreide hingezogen, Schelze; ich habe mir das übrige danach zusammengerechnet. Der große Kriegesheld schiebt seine Heeresscharen wie einen Riegel zwischen die Herzogtümer Göttingen und Grubenhagen und das Fürstentum Hildesheim und die Stadt Braunschweig. Er kann dem Broglio nicht seinen bösen Willen lassen.«

»Nun fängt auch der Regen wieder an«, jammerte Mademoiselle. »Nichts auf dem Leibe und nichts im Leibe«, stöhnte sie ganz unsentimentalisch. »Und in Dreck bis übers Knie –«

»Zieh, Schimmel, zieh!« seufzte der junge Kavalier, den Zügel des Gauls fester fassend und sich nach der klagenden Inamorata angstvoll zurückwendend. »Ja, der Reim paßt auch so ziemlich:

Morgen woll'n wir Hafer dreschen,
Den soll unser Schimmel fressen. –

O Allerschönste, das Herz frißt's mir ab, Sie so zu sehen. Mein Blut gäb' ich für ein Schälchen Koffee, so ich es präsentieren dürfte.«

»Ach rede Er mir nicht so, Er dummer Junge. In meiner Kammer hätt'
Er mich lassen sollen. Was hab' ich nun von Seinem Heldenmut und
meinem Klettern über Leitern und Dach? Währet dieses noch lange so,
so kehre ich noch allein um und gehe auf meine eigene Hand durch
Freund und Feind nach Hause, nach Amelungsborn. Sie wären wohl
nicht schlimmer mit einer Dame umgegangen, die zu parlieren weiß, als
wie es mir jetzt unter Seinen Händen oder groben Fäusten passieret ist,
Er unvernünftiger Hanswurst.«

»Ach Mamsell, so möchte ich doch nicht zu meinem armen Heinrich
hier vor mir reden«, rief Wieschen von ihrem Sitz im Sattel herunter.

»Was schnattert Sie, Sie dumme Gans?« grollte Selinde am Arm des
Magisters. »Es ist doch wohl schon übergenug, daß ich hier hinter Ihr
durch den Kot laufe, wo Sie wie im Triumph mit Ihrem Bauernflegel
einhergeführt wird. Ja, merci, Musjeh von Münchhausen. Ich danke Ihnen
auf das Höflichste, daß Sie meinethalben meinen Herrn Onkel um seinen
letzten Gaul gebracht haben.«

Magister Buchius, trotz des kalten, nassen, magenleeren, frostigen,
bellonaumdonnerten Novembermorgens, fühlte augenblicklich Mamsell
Fegebanck an seinem Arm als das Schwerste, was er zu tragen oder besser
zu schleppen hatte. Aber als eingefleischter, geborener Ireniker versuchte
er auch itzo abzulenken.

»Seinen Reim, Herr von Münchhausen, haben sie schon zu anderer,
früherer Zeit gesungen. In meiner Stube steht auf einer Fensterscheibe
eingegraben:

Fleuch, Tylli, fleuch,
Aus Untersachsen nach Halle zu,
Zum neuen Krieg kauf neue Schuh!
Fleuch, Tylli, fleuch.«

Der Knecht Heinrich Schelze hatte sich nunmehr im Arm seines
Mädchens zusammengerappelt und ermuntert, daß er auch sein Wort
in die Unterhaltung geben konnte. Mit matter Stimme sprach er aus dem
Sattel herab:

»Meine Großmutter am Rade hinterm Ofen hatte auch so'n Reim:

Zeuch, Fahler, zeuch!
Balde woll'n wir Tille dreschen,

Woll'n sie geben im Kraut zu fressen,
Zeuch, Fahler, zeuch!«

»Und da sind wir am Berg! Und da im Ost guckt der Till heraus aus dem Gewölk. Hinter ihm ist der Pikkolominigrund. Da soll der Herr Feldmarschall Tilly ja wohl auch vordem eine große Bataille gewonnen und dem Berg seinen Namen gegeben haben!« rief Thedel von Münchhausen.

»Es hat mein Vorfahrer in meiner Stube zu Amelungsborn, der Bruder Philemon, den Vers wohl nicht in die Fensterscheibe gegraben. Der letzte Mönch und Bruder Cistercienser, der ist wohl nach der Schlacht bei Breitenfeld vielleicht auch gewandert auf der Flucht, grade auf diesem Pfade der Wildnis. Der hat wohl auch das Seinige hinter sich lassen müssen, dachlos, herdlos, hauslos, wie der alte Buchius. Eine heulende Wüstenei ist auch heute wieder das arme Teutschland, und wir Kinder des Landes gehen ratlos in der Irre zwischen den blutigen Fremdlingen –«

»Ja, hört! horcht! Hört ihr den Dudelsack? Da quinkelieren sie her! Das sind der Bergschotten Dudelsäcke. O Herr Magister – Mademoiselle, jetzt wird's erst ganz lustig. Hinter uns König Louis, vor uns König George, und wir mitten drunter, Seelen-Selindchen, mitten zwischen den Kerlen mit den nackten Beinen, Seehundsbeuteln, Umschlagetüchern und Federmützen; ihre Messer, Pistolen und Flinten ganz ungerechnet. Vivat der Herzog Ferdinand von Braunschweig, Lüneburg und Bevern! wie ich aber da den Herrn Vetter und seine hannöverschen Jäger herausfinden werde, das möchte ich wissen! Hussa – *nec timor, nec pavor*; nur keine Angst und Bange! und da ist es Tag – und da haben wir die ganze Bescherung vor uns – unter uns. Den ganzen Kuchen auf der Platte!«

Dem war so. Wie ein Teppich wurde der Nebel von unsichtbaren Händen aufgerollt. Es regnete nicht stark, aber es kam doch ziemlich feucht herunter. Und die Flüchtlinge von Amelungsborn, die noch unter der schützenden Hülle, ohne ihre Schritte zu messen, fort und fort durchs Unwegsame hier hinunter, dort hinauf gewandert waren, erfuhren jetzo erst vom Waldrande aus, daß sie wohl halbwegs der Höhe der Vorhügel des Voglers sich befanden. Und sie waren alle außer Atem und der Schimmel des Herrn Klosteramtmanns mehr als sonst einer von ihnen. Sie keuchten, und er schnob und zitterte in den Knien, und der Dampf ging aus seinen Nüstern wie ein anderer Nebel.

Aber sie hatten sich alle mit den Gesichtern nach rechts gewendet und auch den Gaul herum gedreht. Bis auf den letzteren hatte keiner bei dem Schauspiel, das sich ihnen bot, Zeit, auf seine Erschöpfung zu achten. Selbst Mademoiselle Selinde vergaß ihre zerfetzten Falbeln und ihren leeren Magen und, was ihr sonst noch fehlte oder zu viel war, um den Anblick.

»Ach, barmherziger Gott! ach, Herr Magister – ach – Thedel – liebster Musjeh Thedel!« rief sie.

Sie hatten das Odfeld unter sich, den Zug der Heere um sich und die Schlacht so dicht neben sich, daß sie allesamt, den jungen Herrn von Münchhausen ausgenommen, sich zusammendrückten und duckten im Buschwerk vor ihrem Brüllen und heißen Hauchen.

Wenn der Herr Generalleutnant von Hardenberg noch zur rechten Zeit kommen wollte, so war's Zeit. Wenn er's aber noch möglich machte und kam, so zog er den Sack nicht bloß um die Herren von Rohan-Chabot, Poyanne und Stainville, sondern auch um den Magister Buchius, das Wieschen, den Knecht Heinrich, den Junker Thedel und die wunderschöne Mamsell Fegebanck zusammen.

»Es ist wie geschrieben stehet,« murmelte der Magister –

> »Krup unner, krup unner,
> De Welt is di gram!«

lachte der wilde Münchhausen.

»Alsdann, wer in Judäa ist, der fliehe auf das Gebirge; und wer mitten darinnen ist, der weiche heraus; und wer auf dem Lande ist, der komme nicht hinein«, fuhr Magister Buchius fort, ohne auf die Unterbrechung zu merken.

Sechzehntes Kapitel

»Allerschönste, Sie hören den Herrn Magister«, rief der letzte Primaner von der wirklichen Klosterschule Amelungsborn, und Mamsell ließ es sich diesmal ruhig gefallen, daß er dabei seinen Arm um sie legte. »Wer doch jetzo hier Hausgelegenheit wüßte wie – ein anderer zu Amelungsborn vor zwei Stunden.«

Das gute Mädchen war nicht mehr imstande, den braven Jungen als einen närrischen zu behandeln. Sie hing ihm an der Schulter wie eine entblätternde Pfingstrose und ächzte nur:

»O Jeses, Jeses, Jeses, Thedel, so guck Er nur, so hör Er nur! O hätt' Er mich unter mein Bett kriechen lassen, da hätten sie vielleicht nicht drunter geleuchtet und gegriffen. O je, hier aus dem Busch zerren sie uns in fünf Minuten und trampeln über uns weg, und das Gekrache dort überm Katthagen bringt mich dazu um!« ....

»Bunt genug sieht es aus, und das Gedudel, die Tanzmusik ist auch nicht übel. So'n Schützenhof! was meinst du dazu, Jungfer Wieschen?«

»Ich denke nur an meinen Heinrich und verlasse mich auf den lieben Gott und unsern Herrn Magister. Und Heinrich, liebster Heinrich, wenn wir den guten Herzog Ferdinand dazu heute wieder fänden –«

»Für's erste will der nur Eschershausen den franschen Spitzbuben abnehmen. Nicht wahr, Herr Magister? Der Herr Magister Buchius sehen auch dorten nach der Richtung und merken, wo die Hunde den Hirschen gestellt haben? Halali! Halali!«

Magister Buchius überhörte diese Frage und den laut hinausgejauchzten Weidmannsruf, wie alles andere, was eben geschwatzt worden war. Er stand auf sein spanisch Rohr gelehnt und sah auf die Schlacht hin und hinunter, wie er am gestrigen Abend zu ihr emporgeschaut hatte. Nun wimmelte das Odfeld von streifenden Reitertrupps beider kämpfenden Heere, und die Pferdehufe stampften die Leichname der schwarzen geflügelten Sieger und Überwundenen von gestern in Sumpf und Moor und den Heideboden. Den Ith entlang scholl die Trommel und der Dudelsack ununterbrochen in das Kleingewehrfeuer hinein, und über den Quadhagen und den Eschershausener Stadtberg hinaus hörte man wohl, daß General Conway und Mylord Granby den Herrn von Poyanne scharf in der Schere hielten, um dem Herrn Generalleutnant von Hardenberg so lange als möglich Zeit zu lassen, auch an ihn heranzukommen und möglicherweise das Beste zum Tage zu tun.

Man vermochte es nicht mehr, zu unterscheiden, was als Nebeldampf noch an den Bergen hing und aus den Tälern aufstieg, oder was Dampf der Schlacht war. Aber auf ruhige Zuschauer war nicht gerechnet und langes Besinnen galt nicht für Leute, die unbemerkt durchschlüpfen und ihren Leib – einerlei wo, ob über der Erde, ob unter der Erde, in Sicherheit während der Bataille zu bringen wünschten.

Wer wußte jetzt einen Unterschlupf? Sie taten die Frage und –

»*Ich*!« sagte Magister Buchius, und er hatte noch niemals in seinem an die Seite gedrückten, scheuen, schweigsamen, überschrieenen, überlächelten, überlachten Dasein den Accentus so kraftvoll auf das persönlichste aller Fürwörter gelegt wie jetzt.

Er überließ die Mamsell dem Junker von Münchhausen. Er nahm den Zügel des Schimmels des Herrn Klosteramtmanns. Er führte den Gaul 137 und die übrige Gesellschaft weiter in den überbedrängten Tag; – zum erstenmal in seinem Leben berauscht – von allem wunderlich berauscht – wie als ob er nun den ganzen wirbelnden schwarzen Vogelschwarm und Kampf von gestern abend im eigenen Hirn habe und selber als schwarzer gelehrter Kriegsmann mit flatternden Rockschößen und geschwungenem spanischen Rohr im allerdicksten Haufen sich mit im Kreise drehe und Gegner niederschlage und gewalttätige Hindernisse bewältige. Siegreich! Ein Heros! Unter den Helden des heutigen Tages, wenn auch vielleicht der sonderbarste, doch wahrlich nicht der kleinste. –

»Nach dem Roten Stein kommen wir nicht durch,« murmelte er. »Das ist dort nicht bloß Pulverrauch, das ist Brandqualm. Der von Münchhausen hat recht: was sich aus Holzen hat retten können, das hat sich im Roten Stein verkrochen, und wir finden dort keine Unterkunft mehr. Zurück und zur Linken seitwärts am Vogler hinauf können wir nicht. Auf wen wartet der Franzos eigentlich, daß er sich hier so in Haufen hält?«

Magister Buchius konnte es, ein so trefflicher Stratege er auch war, freilich nicht wissen, daß die Herren von Poyanne und von Chabot von dorther, wie der Herzog Ferdinand, den Herrn Generalleutnant von Hardenberg erwarteten und mit ihren Streifparteien gleich Fühlern im November-Morgengrauen nach ihm austasteten.

»Wären wir durch die Lenne« murmelte er weiter, »und kämen wir heil über die Heerstraße, so wüßte ich wohl durch den Eulenbruch und den düsteren Grund hinauf –«

»Ich auch«, sagte Schelze vom Gaul und aus den Armen seines Wieschens herab. »Sie nennen es da am Brauerstiegskopf – links vom Roten Stein.«

»Er kennt das auch?« fragte der Magister Buchius verwundert hinauf; und der immer mehr zum Bewußtsein kommende Knecht Heinrich 138 ächzte mit mattem, jammerhaft verlegenem Grinsen:

»Ach Gott, so wahr mir Gott in meiner Not helfe, Herr Magister; ich habe keinem, keinem Menschen davon gesagt, so wahr ich ehrlich bin, liebster, liebster Herr Magister! Wenn sie's nicht in diesem Tumult gefunden haben, kennt den Ort kein anderer, als wir zwei beide!«

»Es gibt keine Stätte für dich auf Erden, da du kannst sagen, du bist allein zu Hause«, seufzte Magister Buchius nach einer Weile; und wieder nach einer Weile fügte er hinzu: »Es ist so, und es wird also wohl das beste sein.«

»Heinrich, ich seh's dem Herrn Magister an, daß du ihm einen Verdruß gemacht hast!« rief aber jetzt Wieschen. »Sag's gleich – ich will's, sag's gleich, was es gewesen ist. Und nun noch darzu gar heute!«

»Sei nur ruhig, Wieschen. Nichts ist's!« lächelte der alte Herr zu der erschreckten, tränenvollen Magd empor. »Und grade heute, Wieschen, kommt's weniger als vorher mir drauf an, daß dein Schatz auch dort Bescheid zu wissen scheint, wo der alte Magister Buchius die thebaische Wüste ganz für sich allein zu haben vermeinte. Heute – jetzt seid ihr alle – auch Er, lieber von Münchhausen, hier willkommen, wo ich mir bei den Tieren der Wildnis als Einsiedler ein Unterkommen ausgemachet hatte, wann – mir eure Lustigkeit im Kloster ein wenig zu arg wurde, lieber Monsieur Thedel.«

»Du bist auch dabei gewesen, Heinrich!« rief Wieschen, ihren Schatz auf des Amtmanns Schimmel zwar noch fester fassend, aber ihn doch dabei ein wenig schüttelnd.

»Damals noch nicht. Halt nur Ruhe, Kind«, lächelte der alte Herr wieder.

»Herr Magister –« wollte der Exschüler der berühmten großen Wald-, Wildnis- und Wilddiebsschule zu Kloster Amelungsborn betroffen, kleinlaut, nicht mit seiner Rechtfertigung, sondern mit seiner Reue aufwarten. Doch dem winkte der letzte Kollaborator ab; zwar auch lächelnd, jedoch auf eine andere Art.

»Beruhige Er sich nur auch, von Münchhausen. Jedenfalls ist Er nicht der einzige gewesen, so weder dem Bruder Philemon in seiner Zelle, noch dem alten Buchius in der Zelle des Bruders Philemon die Ruhe und Beschaulichkeit gegönnt hat – seinerzeit – dann und wann.«

Er sah jetzt, ohne sich um den geduckten Scholaren für's erste weiter zu kümmern, den wunden Knecht auf dem Pferde an und deutete meinungsvoll vor sich hin in die Berge und zwar auf eine ganz bestimmte Stelle.

Knecht Heinrich mit weinerlich verzogenem Mundwerk nickte und sagte kläglich:

»Ich konnte ja nichts davor, daß ich's auch fand und einkroch wie Er, Herr Magister. Aber so wahr mir Gott helfe, es weiß außer mir und dem Herrn Magister kein anderer Mensche davon. Ach wären wir nur über die Straßen vor dem engelländischen Zuzug!«

»Du Dummrian!« rief Wieschen, ihren immer mehr zum Leben erwachenden Schatz von neuem fester packend und eindringlicher schüttelnd. »Du hast es ja nun, wie du es gestern abend für mich und dich haben wolltest. Bist nun mit mir und noch dazu mit dem Herrn Magister und der Mamsell und dem Herrn von Münchhausen mitten derzwischen! O Herr Magister, Herr Magister, bei Ihrem lieben Herzen, lasse Er es keinem von uns armen Sündern entgelten, was wir an ihm verböset haben! Helfe Er uns! Helfe Er uns allen heraus aus dem Krieg, und der Not, und der Angst, und dem Elend!«

»Wenn wir über die Straße wären!« murmelte der alte Herr, des Klosteramtmanns Schimmel am Zügel immer hastiger sich nachzerrend durch den Wald und das Dickicht. –

Ei ja, die Straße und die Straßen von der Weser, von dem Hauptquartier zu Ohr her, zu beiden Seiten des Iths bis zu dem neuen Hauptquartier Seiner Durchlaucht des Herzogs Ferdinand zu Wickensen, an diesem fünften November 1761!

Schon vor Tage hatten die Schotten Kapellenhagen jenseits der Berge den Franzosen nach heftigem Kampfe abgenommen und sie durch den Ith auf der Landstraße nach Scharfoldendorf hinuntergetrieben; und wenn das Dorf jenseits der Berge noch rauchte, so brannte es jetzt in Ölkassen wie in Lüerdissen, und die Herrenmühle bei Scharfoldendorf dicht vor den Flüchtigen stand auch in Flammen.

»Wir können und dürfen mit den Jungfrauen nicht hier weilen, Dieterich von Münchhausen«, rief der Magister. »Hindurch! Mein ist die Erde noch, Zeus! O, laß sie mir noch diesen Tag, diese Armen hier zu erretten vor Schmach und Schande; vor dem erbarmungslosen Feinde, vor dem zuchtlosen Freunde! Grausame Parze, tränenliebender Pluto, schonet, o schonet der Locken der Jugend! Versehre uns nicht mit Feuer, Pluto! Neptun, ich flehe dich an – Lenne, geschwollener Strom, verschwemme uns nicht den Pfad; und wenn du, der Proserpina Bote, o Hermes, diesem Zuge voranschreitest, so winke nur dem Greis seitab zum Hades! Winke mir allein mit dem Caduceo, mir dem Alten, der schon zu seinem Troste weiß, daß dein Pfad zum Port führt, einerlei – ob man von Kekrops Flur, ob man von Meroe kommt! O Schattenführer, den Jungen – diesen Kindern gönne noch ihre Hoffnung und ihren Wandel im lieben Tages-

schein!« ....

Siebenzehntes Kapitel

Es ist in der Luftlinie wohl kaum der fünfzehnte Teil eines Äquatorgrads, das heißt eine deutsche geographische Meile vom Klostertor zu Amelungsborn bis auf die Höhe des Iths, bis in den Tönniesbusch, bis zum Ithanger über dem Roten Stein. Für die Ausgestoßenen, die Flüchtlinge von Amelungsborn, im Odfeldnebel und am triefenden Vogler entlang, war's erklecklich weiter.

Aber sie hatten Glück, die *exules,* die Vogelfreien auf dem Odfelde. Sie kamen wohlbehalten durch die gefährlich rauschende Lenne und über den noch gefahrvollern Heerweg. Auf dem letztern fanden sie da, wo sie ihn überschritten, nur Tote, Sterbende und Verwundete aus allen Völkerschaften vom Löwengolf bis zum Cap Wrath, von der Bai von Biscaya bis zum Steinhuder Meer und in die Lüneburger Heide. Sie kamen um Scharfoldendorf herum auf die trümmer- und jammervolle Straße, die den Berg hinan führt, und ließen das verwüstete, geplünderte Dorf zur Rechten, um sich weiter aufwärts wieder nach rechts hin in den Eulenbruch zu schlagen. Es lag dick gesäet vor ihren Füßen, und der alte Kriegspfad um Kloster Amelungsborn war nichts gegen den eben frisch in diesem furchtbaren Kriege von Bellona zerstampften Bergweg.

Der, welcher *pour l'amour de Dieu* um *miséricorde* und nach Wasser zu dem Junker von Münchhausen schrie, war aus Perpignan in der

Grafschaft Roussillon und behauptete, er könne nichts dafür, daß er Lüerdissen mit in Brand habe setzen müssen. Und der, welcher die Arme nach dem Magister Buchius ausreckte, war aus Grussendorf im Westerbecker Moor und wußte dafür, daß er unter Mylord Granby dem Bauer in Kappelnhagen die Scheuer angesteckt habe, auch weiter keinen Entschuldigungsgrund, als daß er ohne sein Zutun in Tiddische an der kleinen Aller dem Werber des Kurfürsten von Hannover und des guten Herzogs Ferdinand in die Hände gefallen sei.

»Die Raben! Das Portentum vom gestrigen Abend!« murmelte der Magister, seinen Hut in einer Lache füllend und ihn dem Mann aus Tiddische an den fieberheißen Mund haltend.

»Sie liegen wie unsere Vögel auf dem Wodansfeld, Herr Magister«, rief der Junker von Münchhausen von dem Mann aus Perpignan her. »Da, Kamerad, sauf! ich wollte, es wäre was Besseres als Grabenwasser. Na, in einem habt Ihr's doch besser als wir. Ihr habt bloß Durst, wir haben auch Hunger ... Holla!«

Sie hatten keine Zeit zu verlieren, so mitleidige Herzen sie auch haben mochten; aber der Sprößling eines so wohl und weit berühmten Geschlechts wie der von Münchhausen bewies grade itzo, daß er ganz in die Zeit paßte und in sie hinein grad auf die Füße hin gefallen sei.

Auch die Toten, sie, die in der Nacht lebendig und gefräßig mit dem Herzog Ferdinand von der Weser aus zum Zug gen Einbeck aufgebrochen, aber hier, unterwegs aus den Reihen gefallen waren, hatten ihre Kommiß-laibe und sonstigen beim Abmarsch gefaßten Rationen noch ziemlich unangetastet bei sich; und sie lagen, wie gesagt, dick gesät auf der Straße von Scharfoldendorf bis auf die Höhe des Ith-Angers.

»Häng um, Heinrich!« rief der Junker, dem Knecht Schelze einen deutschen Brotbeutel auf den Schimmel reichend.

Er bewies bei diesem Überschreiten der Landstraßen den vollen Solda- tenblick des Siebenjährigen Krieges, und wußte nach dem Seinigen im Fluge zu greifen.

»Mein Herz blutet, Mademoiselle; aber nur einen Augenblick halte meine Prinzeß den engländischen Tornister. So geht es in der Rappuse, Herr Magister! Vivat jetzo der französische Plunder! Guck, der Schlingel hat doch noch Zeit gehabt, 'nem Hahnen den Hals umzudrehen. Den lassen wir ihm am Säbelgurt; aber den Schnappsack nehmen wir ihm ab – an uns zurück, Herr Magister. Es ist zum Heulen, aber fidel ist's doch. Und nun vorwärts, *en avant!* Da kommt's wieder ganz blau und rot und grün den Berg herunter und um Eschershausen sind sie auch noch nicht ins reine! Jetzt, wo sie sich genauer ins Gesicht sehen können, gehen sie erst ordentlich ans Werk. Halali, halali! halali!«

So war es. Dicht zu ihrer Rechten von Holsen bis Wickensen stand die Schlacht; und allen im Dorfe Holzen, die sich nicht in den Roten Stein verkrochen hatten, wie ihre Vorväter zu des Tilly und der Schweden Zeiten, denen mochte es wohl übel zu Mute sein ob dem Geschützfeuer, mit dem sich der Herr von Rohan Chabot gegen den engländischen

Mylord Granby wehrte. Sie aber, und es sind wieder die Flüchtlinge aus Amelungsborn, gaben es während der nächsten zehn Minuten auch gänzlich auf, zur Rechten und zur Linken umzuschauen.

Sie liefen und stolperten, stürzten und rafften sich wieder auf, und rannten von neuem zu, mitten durch die buntscheckige *Ordre de bataille* des Herzogs Ferdinand.

Sie sahen nur vor sich, und als sie den Wald wieder erreicht hatten, aufwärts durch die kahlen Gipfel zu den Klippen des Roten Steins, wo hinauf der alte Herr und Führer, der Magister Buchius, keuchend, ächzend, aber als ein Held bei jeglichem Weiterschieben der knackenden Kniee, immer von neuem mit der Hand, die den Zügel des Schimmels von Amelungsborn nicht hielt, vorwärts winkte.

»Wieschen, wir kommen noch einmal durch«, rief der Knecht. »Einen Büchsenschuß noch und wir sind zu Hause. Halt aus, Krakke, und nachher verrecke!«

Magister Buchius blickte sich nur einen Moment auf das letzte unbarmherzige Wort hin um; dann stieg er und schleppte sich und die anderen weiter. *Er* machte auch nicht die Menschheit anders als sie war. Aber dem dampfenden Tier strich er die triefende Mähne:

»Halt aus, Freund, wie wir anderen auch – nur noch fünf Minuten!«

Dolomit – Rautenspat, Braunbitterspat, Bitterkalk, Mineral, farblos oder gefärbt, besteht aus kohlensaurem Kalk mit kohlensaurer Magnesia; ist als Braunspat eisenhaltig und bildet als Gestein groteske Felsbildungen und ist *höhlenreich*, sagt heute die Wissenschaft oder das Konversationslexikon; und der Magister Buchius, der weder in seiner Bibliothek ein Konversationslexikon besaß, noch irgend viel von Mineralogie verstand, stand plötzlich mitten in dem wilden Wald des achtzehnten Säkulums und mitten unter den wunderlichen Steingebilden des Idistavisus still und stieß sein spanisch Rohr in den Boden. Knecht Schelze im Arm Wieschens auf des Klosteramtmanns Reittier nickte allein ortsverständig, doch dazu mit scheu und schämern aufgezogenen Schultern und winselte weinerlich:

»Herr Magister, auf Eid und Gewissen, wahrhaftigen Gottes nicht aus bösem Willen und auch nicht mal aus Neugier. Ich hab's ja immer mit der Schule gehalten und kroch nur der Schule wegen hier auch mal unter, um zum Besten unserer Herren Primaner dem Kujon, dem Grünrock von Heinrichshagen, die Fährte zu verwischen.«

Der alte Herr winkte jetzt nur melancholisch lächelnd dem armen Sünder Verzeihung und wendete sich zu seinen übrigen Schutzbefohlenen: »Nun sei es, wie es geschrieben steht: Es sollen wohl Berge weichen und Hügel einfallen; aber meine Gnade soll nicht von dir weichen.«

»Überwind haben wir hier zum wenigsten«, meinte Thedel von Münchhausen in der freilich windstillen, aber schlachtüberdonnerten Schluft im »Dolomit« und im Hochwald umguckend. »Nu, dies soll mich doch wundern. O Mademoi – Engel; sicher wie Daun bei Kolin im Felsennest! Aber diesmal kraufen wir von König Fritzens Partei unter, wann uns der Herr Magister die Tür zeigen will. Herrgott von Dassel, und die Prima von Amelungsborn hat bis itzo nicht auch hier Bescheid gewußt?! ...«

Diesmal grinste Magister Buchius beinahe völlig wie einer seiner früheren Schuljungen; dann aber klatschte er halb zärtlich, halb wehmütig dem Schimmel des Herrn Klosteramtmanns auf die magere Flanke:

»Für dich, armer Freund, hab ich leider kein Unterkommen; aber ich hoffe, du wirst, unserer Last und Qual erledigt, dir schon durchhelfen. Hebe Er Schelzen aus dem Sattel und nehme Er dem guten Tier Sattel und Zaum ab, Herr von Münchhausen.«

Der Junker faßte den Knecht in die Arme, und Wieschen unterstützte ihn dabei vom Pferd aus. So brachten sie ihn glücklich auf den Erdboden und die Füße; und gottlob vermochte er sich auf den letztern jetzt schon wieder zu halten, wenn auch ein wenig taumelnd und mit schwarzen Wolken und flimmernden Flammen vor den Augen. Mademoiselle Selinde stand wie eine Bildsäule, wenn auch nicht der Ergebung so doch der Betäubung in dem Stein- und Waldwinkel und sah sich höchstens stumpfsinnig verwundert nach dem um, was den andern so erklecklichen Trost in diesen Schrecknissen zu geben schien. Des Amtmanns Schimmel warf den Kopf auf und sah sich um nach allen vier Windrichtungen, als wisse er schon, was nun kommen werde.

»Ja, du mußt nun gehen, alter Freund. Der Himmel helfe dir wie uns und schütze dich vor Feind und Freund, vor Frankreich und England; sie würden doch nur das letzte Mark aus deinen alten Knochen wollen, wenn sie die Hand auf dich legten. Nimm dich in acht – komme gut nach Hause – ja was wirst du aber finden zu Hause in Amelungsborn, wenn du heimgekommen bist?«

»Grüße Er jedenfalls den Herrn Klosteramtmann in Amelungsborn von mir, Meister Hans!« lachte Thedel von Münchhausen. Das Tier schüttelte sich wieder, schnaufte, stand einen Augenblick überlegend und ging langsam seitab in den Wald hinein seines eigenen Weges.

»Herr Magister«, rief Knecht Heinrich, »Herr Magister, mir deucht, es gehet schlecht für unseren Herzog Ferdinand, und die Franzosen gewinnen's ihm ab.«

»Zum Henker ja«, rief Thedel. »*Monsieur Le Crapaud* und *Monsieur La Grenouille* sind wieder im Vorhupfen gegen den Idistavisus und also auch gegen uns. Ihr Canon kommt wahrhaftig näher! Hört nur! all ihr groß und klein Geschütz hat was wie vom Froschsumpf an sich: Brekkekekk, brekkekekk, Koax, Koax! O mit Jovis Donner gegen die Batrachier! *Vivat Fridericus Rex! Vivat Ferdinandus Dux!*«

Magister Buchius bog den nächsten Busch zur Seite:

»Belieben mir itzo auf den Fersen zu folgen, Mademoiselle Fegebanck. Und fürchte Sie sich nicht, liebes Kind, es gehet wohl zuerst ein wenig abschüssig ins Dunkle; ja auch ein wenig auf den Knieen, aber wer kann heute hier sagen, daß das Dach seines Hauses sicherer über ihm sei als das Gestein, so des Herrn Hand in der Wildnis zum Unterschlupf für seine gejagte Kreatur wundervoll ausgehöhlet hat?«

Jetzt im tiefsten Busch und unter einer nicht allzu hohen Felswand im Dolomitgeklipp des Iths bückte er sich und griff in einen hohen Haufen von dürrem Gestrüpp, den der Wind und Zufall hier aufgehäuft zu haben schien, und fing an, denselben zur Seite zu räumen.

»Bleibe Er ruhig, Schelze; aber Er, Thedel Münchhausen, fasse Er mit an.«

Eine unansehnliche enge Spalte im Gestein! ....

»Hier in den Keller?« ächzte Mademoiselle Selinde, die Hände ringend; doch Magister Buchius zeigte bereits fürder den Weg, das heißt er war schon verschwunden im »Bauche der Erden«. Thedel Münchhausen, den linken Arm um des Herrn Amtmanns Vetterstochter legend, breitbeinig stehend und mit hochgeschwungener Rechten zitierte, außer sich vor Vergnügen, den Kanonikus Gleim:

»Hier hört man keinen Muffel seufzen,
Hier läuft kein Kramer mit Gewichten,
Hier rast kein Menzel mit Husaren –
Hier sind wir einfach, fromm und stille!
Hier schwärmen keine schwarzen Sorgen,
Hier hört man kein Geschrei der Laster –

Hier wollen wir uns Hütten bauen!
Was fehlt der Fülle solcher Wonne?
Ach Freund, es fehlt uns noch die Liebe.
Geh, hole du dein blondes Mädchen,
Ich will die braune Doris holen –«

schieb deinen Kerl, deinen Heinrich, fürsichtig dem Magister nach, Wieschen. Ach Mamsell, Prinzessin, Engel, meine Göttin:

»Neulich sprach ich mit den Bergen,
Und sie priesen mir ihr Silber,
Und den Schatz in goldnen Adern,
Und sie wollten mir ihn schenken –«

alle Hagel und Wetter, höre einer den Chabot, wie er die Berge hinaufdrückt –

»Und die Sänger auf den Zweigen
Jagt er aus den grünen Zellen
In die Ritzen hohler Klippen –«

Kotz-Kreuz-Element, es geht nicht anders, Selinde. Ob Sie nun mag oder nicht, Jungfer Fegebanck, mit hinunter, mit hinein muß Sie jetzt, wenn Sie nicht zu blutigem Brei vertreten sein will!

Und die Mamsell auf die Knie niederdrückend und sie in den Abgrund hineinschiebend, murmelte er:

»Der alte Buchius! ... er ist ein Held, ein Heros – ein Heros! und die große Schule zu Kloster Amelungsborn war der richtige Eselstall. Vivat der alte Buchius, der Magister Buchius! Aber wundern soll's mich, was für ein Nest er sich verstohlen und heimlich, selbst hinter meinem Rücken, hier in der Wildnis ausgebaut hat? Sehe ein Mensche – nur mutig, Courage, Mamsell, Allerschönste – es geht ja ganz hübsch in die Tiefe – o ihr unsterblichen Götter, na, dies ist denn wirklich ganz riesig, ganz famos und das Kuriöseste, was mir heute passieren konnte.«

Er hatte vollkommen recht zu dem letztern Ausruf. Konnte die Holzener Höhle am Roten Stein einen ganzen Stamm vorsündflutlicher Urmenschen beherbergen, ein ganzes durch den Siebenjährigen Krieg verjagtes Dorf aufnehmen, so hatte Magister Buchius auf seinen einsamen Wegen hinterm Rücken der bösen Welt und der großen Cistercienserschule von Amelungsborn wahrlich *für sich* gleichfalls im Schoße der Erde gefunden, was er brauchte. Und – er hatte sich drin eingerichtet!

»Dem, der uns hieher nachschleicht, dem schlage ich den Hirnkasten ein«, hatte Knecht Heinrich, wehmütig den Kopf schüttelnd, geseufzt, nachdem er, von den Förstern um König Heinrichs Vogelherd gejagt, dem alten Buchius auf die Sprünge geraten war und sich *bei ihm* eingeschlichen hatte. »Dieses ist ja freilich gewiß und wahrhaftig ganz und gar wie für unseren Herrn Magister und seine Umstände unter den Herren und den Herren Schülern bei uns in Amelungsborn vom lieben Herrgott eingerichtet!« – – – – »Hier könnte man schon hausen wie der heilige Antonius, der Große, in der oberägyptischen Wüste, nur mit einem Schaffell und einem härenen Hemde bekleidet und seinen Körper niemals mit Seife reinigend«, hatte der Magister selber geseufzet, als er als der erste von seinem Rektor, seinen Kollegen und seinen Schülern gepeinigte und gehetzte Schulmeister zum erstenmal den Unterschlupf betrat, oder vielmehr in ihn einkroch.

»Wenn ich nur wüßte, wo ich bin, und wie ich hieher gekommen bin, und, oh, bis auf die Knochen naß!« jammerte Mamsell Selinde. »O Gitte, Gitte, Gitte, und so dunkel!«

Achtzehntes Kapitel

Bis das Auge sich gewöhnt hatte, war's freilich ein bißchen dunkel, wie dies alle Höhlen so an sich haben, einerlei, ob sie dem frommen Aeneas und der schönen Frau Dido oder ob sie dem Magister Buchius und seiner Amelungsborner Klostergesellschaft sich zum Zufluchtsort im Regensturm oder im Kriegessturm anbieten. Auch ging es nicht gradaus und auf teppichbelegter Treppen in die Tiefe; und wer auf den Ruf des Führers: »Hier mit Vorsicht bücken, oder lieber auf die Knie!« hörte und ihm Folge leistete, der tat wohl und bewahrte sich vor Brauschen und Schrunden an Stirn und Hinterkopf und behielt auch sein Nasenbein heil.

»So lasse Er doch das dumme Zeug, Thedel!« hatte aber Mamsell Selinde selbst auch hier zu flüstern. »Kann Er denn auch hier in solchen Schrecknissen und Nöten Seine Albernheiten nicht unterwegens lassen, Herr von Münchhausen?«

113

»Aber mein Gott, muß Er denn selbst bei diesem Donner Gottes über dem Haupte der ewige Jokulator sein, Münchhausen?« rief der Magister zurück. »Fasse Er doch lieber jetzt mit an und helfe Er mir Schelzen in die Sicherheit zu bringen! Nur ruhig, Wieschen – hier sind wir fürs erste zu Hause. Nun danket dem Herrn, denn seine Hand war über uns bis jetzt; stehet oder sitzet und gewöhnet eure Augen an die Finsternis. Sitzet still und horchet! Die Berge und Felsgesteine sind wahrlich auf uns gefallen, bedecken uns und geben uns Schutz. Horche Er, Thedel von 151 Münchhausen, lieber Sohn, wie der Könige Zorn und Hader von ferne uns zu Häupten toset bis zu den Ohren des Abgrundes, und treibe Er wenigstens jetzo keine Allotria, bester Münchhausen.«

»Sie denken nichts Arges von mir«, sagte der Schüler weinerlich-kicherlich, und nun suchten sie wirklich allgemach ihre Augen an die Dunkelheit ihres Zufluchtsortes zu gewöhnen, während Magister Buchius, der den Raum doch schon genau kannte, in seiner Tiefe auch noch einige Zeit vergeblich tastete und suchte. –

Wie schade, daß der eifrigste Forscher auf den Spuren dieser wahrhaftigen Historia zwischen Fels und Wald am Ith ganz vergeblich nach der Klause des alten Herrn tasten und suchen wird. Der Mutter Natur ewige Arbeit auch im Erdinnern ist ihr nicht so gnädig gewesen, wie jener andern prähistorischen Spalte, mehr gegen Dorf Holzen zu, am Roten Stein. Ist der »Dolomit« zusammengerückt – haben die Wasser ihr Spiel getrieben und die Höhlung seit des alten Fritzen Kriegen mit Schlamm ausgefüllt; wir können es nicht sagen. Und des Nachgrabens lohnt es sich nicht. Die Schätze, die aus der Schluft zu holen waren, die hatte der Magister schon nach Amelungsborn in der Tasche heimgetragen, und das, was er und seine Begleiter am fünften November Siebenzehnhunderteinundsechzig drin zurückließen, das könnte von historischem Wert nur für den Historiographen dieser Begebenheiten sein, und der verzichtet drauf in seinem Namen und dem seiner Leser und – Leserinnen.

Der »eifrigste Forscher« soll dessenungeachtet dort mit Axt, Spitzhacke und Spaten unter Genehmigung der hohen Forstbehörden im kultivierten Walde tun können, was er will – alles zu Ehren der großen Wald- und Wildnisschule Kloster Amelungsborn und ihres trefflichsten Kollaborators M. Noah Buchius Seligen.

Und wie schade, daß es nicht heißer Hochsommer draußen war und 152 sie damals nicht auf einer Vergnügungsfahrt kamen, diese gehetzten Erdenbewohner, die eben ihre Augen an das Licht in der Finsternis gewöhnten! Der Troglodyt, Ureinwohner oder Einwanderer, der vor Jahrtausenden diese Junggesellenwohnung gefunden und für sich in Beschlag genommen hatte, der hatte nicht nur Glück, sondern auch Geschmack gehabt. Die jetzt noch vorhandene allgemeine Stammhöhle am Roten Stein war ein unheimlicher, naßkalter, ganz dunkler Hordenunterschlupf, ein Stall, ein Greuel gegen des Magister Buchius letzten Zufluchtsort im Lebens-, Schul- und Kriegsdrangsal.

»Es fällt, weiß Gott, auch noch Licht von oben herein«, rief Thedel Münchhausen. »O, nur noch einen Moment länger, Mamsell Selinde, in den Sack geguckt; nachher weiß Kater und Katze hier ebensogut Hausgelegenheit, wie – anderswo in der Welt!«

Es fiel wirklich hier und da durch die übereinander geschichteten Blöcke ein Glimmer vom grauen Morgen in die wenn auch kühle, so doch jedenfalls behaglich trockene Höhle. Und was das Licht anbetraf, so sollte es damit noch viel besser kommen. Es klang in der Tiefe Stahl auf Stein, die Funken spritzten, es fingen Zunder und Schwefelsticken und nun:

»Salvete, hospites!«

sprach Magister Buchius, mit einer kleinen Blechlaterne, der allerechtesten *lucerna Epicteti, seine* Gäste und Schützlinge in seinem bis zu diesem heutigen Schreckensmorgen und furchtbaren Schlachtentage des guten Herzogs Ferdinand ihm unbestrittenen letzten Erdenasyl beleuchtend und ihnen auch es – zur Verfügung stellend.

»O Herr, Herr Magister, und ich habe Sie, mit den anderen habe ich den Herrn Magister zum Narren haben wollen!« stotterte jetzo in Wirklichkeit und Wahrhaftigkeit weinerlich Junker Thedel von Münchhausen. *»O vivat, vivat* Amelungsborn! *In saecula saeculorum* die große Wald- und Wildnisschule von Amelungsborn!«

»*Vigeat! floreat!*« rief Magister Buchius, sich ganz in die Stimmung der alten wilden und gelehrten Herrlichkeit und des dummen Jungen, des letzten echten und gerechten Waldklosterschülers, versetzend; aber leider nur für einen kurzen, kürzesten Augenblick.

»Was schwatzet Er, was jubilieret Er vom alten Amelungsborn, lieber Münchhausen? *Transite ad inferos.* Das sind wir! Zu den Unterirdischen sind wir gegangen. Helfe Er dem armen Schelze zu einer guten Unterkunft, solange der Lichtstumpen in der Laterne reicht«, sagte er, mit dem

Schein, der von ihm ausging, rundum Hausgelegenheit im Bauche des Idistavisus zeigend.

Der Troglodyt, der vor ungezählten Jahrtausenden den heimeligen Ort für sich eingerichtet hatte, abseits von der Kommune, der großen Welt und der kleinen in dem großen Gemeinwesen nach Holzen zu im Berge, und der Vorgänger in der Zelle des letzten Kollaborators von Amelungsborn, der letzte katholische Mönch, Bruder Philemon, sie waren beide für den Magister Buchius in mancher trübseligen Stunde wie lebende gute teilnehmende Stubengenossen gewesen in den Ithklippen wie im Kloster. Jetzt machte der erstere, mehr denn je als Vertrauter, mit dem Magister die *honneurs* des Ortes.

»Helfet dem Schelze zu einem Sitz dort auf der Steinbank«, sagte der Magister. »Der arme Sünder und *diluvii testis,* der Sündflut Zeuge, hat dort auch sein Lager sich zubereitet in seinem betrübten finsteren Leben. Nun, die Gnade Gottes wird ihn itzo wohl auch in ein klares Licht erhoben und zu besserer Einsicht verholfen haben. Ich habe seinen Kochtopf zu Hause in meinem Museo, wenn der nicht –« kopfschüttelnd und seufzend brach er ab in der Überlegung darob, wie es augenblicklich wohl in seinem »Museo« aussehen möge. Und er fuhr erst nach wiedererrungenem philosophischen Gleichmut fort: »Wir könnten ihn, den Topf meine ich, doch nicht heute hier von neuem gebrauchen, des Rauches vom Küchenherd wegen, der durch die Steinritzen dem Feind von unserm Dasein hier unten Kunde geben möchte. Liegt Er jetzo gut, Schelze?«

Knecht Heinrich faßte winselnd nach der Hand des Alten:

»O Herre, Herre, Herre! ohne den Herrn Magister und mein Wieschen, wo läge ich jetzt?!«

»Vergiß des Herrn Amtmanns Schimmel nicht, Kamerad«, meinte der Junker. »Und Mademoiselle Selinde hat dir ihren Sitz im Sattel auch aus ihrem himmlischen Herzen abgetreten, ohne Querelen. O, was meinet Sie, schönste Mademoiselle? wir kommen doch noch heil aus dem Jammer! Ei, wissen der Herr Magister wohl noch, wie Sie mir privatim den Propheten Jeremias auslegten nach der Bataille bei Kolin: Ach, daß ich Wasser genug hätte in meinem Haupte, zu beweinen die Erschlagenen in meinem Volk?! Der Herr Magister hatten mir bei Sonnenuntergang wieder mal den Karzer auf des Herrn Rektoris Ordre aufschließen lassen und mich mit auf Ihre Stube genommen, mir nochmals ins Gewissen zu reden. Ich war eben noch ganz grün in Kloster Amelungsborn, aber Er war auch schon bei der Affaire mit den Golmbachern, Schelze, wo sie unsere Tertia auf ihrer Feldmark beim Krebsen im Bremekenbach gepfändet hatten und sie bei den Zöpfen nach ihrer Pferdeschwemme zum Untertauchen ziehen wollten.«

»Dem Regiment Bevern ist's in der Unglücksbataille in Böhmen nicht schlimmer ergangen als wie uns vom Kloster damals!« rief der Knecht Heinrich ganz lebendig in der vergnügten Erinnerung vom Kanapee des Urhöhlenbewohners her. »Damals ging's aber auch von unserer Seite mit über Bevern her; denn es war Lobacher und Bevernscher Zuzug unter den Golmbachern. Die Lümmel –«

»O je, Heinrich, der Herr Magister Buchius und der junge Herre gehören ja auch zu ihnen, die sind ja auch aus Bevern!« rief Wieschen, die gottlob jetzt schon wieder den Arm ihres Liebsten um sich fühlte, während sie bis vor kurzem in ihren Armen den armen Kerl hatte aufrecht halten müssen.

»Mamsell Fegebanck, allerwerteste Jungfer«, sprach aber jetzo Magister Buchius mit ausgesuchter Höflichkeit und Sensibilité die Schönste im kleinen Haufen an, »wir wollen jetzt Kolin Kolin und Bevern Bevern sein lassen. Liebes Kind, wir sind in Angst, und der Feind hat uns die Kleider zerrissen; wir sind durch Stock und Dorn gehetzet, und der Regen hat uns durchnässet bis auf die Knochen; wir sind geschüttelt vom Hunger und vom Frost, und vor Freund und vor Feind haben wir uns im Eingeweide der Erde verkriechen müssen; aber rufen müssen wir doch mit dankerfülltem Gemüte *Sursum corda* ...«

»Ach, was habe ich von Seinem ewigen Sumsumkrahkrah und andern Rabengekrächze?« ächzte die Schöne bissig. »Wenn der Herr Magister mir eine wirkliche Kompläsance erweisen wollten, so sollten Sie lieber, so lange das Licht in der Laterne reicht, in den aufgegriffenen Schnappsäcken nachsehen, was die Rappsäcke aus aller Herren Ländern an Proviant mit sich hatten. Das war die einzige Vernunft, die der Musjeh Münchhausen bewiesen hat heute, daß er von dem toten Volk da oben auf der Straße mitnahm in den Berg, was es zu seinem Leben doch nicht mehr gebrauchen konnte.«

»Das ist eine haarige Idee!« rief Thedel von Münchhausen, zum erstenmal in seinem jungen Dasein sich aus dem Knieen vor dem Ideal seiner Schultage mit ausgebreiteten Armen und Händen erhebend und sich mit ganzer Seele und leerem Magen der einfachen und aufrichtigen Mutter Natur in die Arme stürzend.

Kein Priester des Bel zu Babel oder des Drachen zu Babel konnte je zu Füßen seines Idols sich eines gesundern Appetits erfreut haben, als wie der arme gute Junge ihn itzo, auf das vernünftige Wort seiner Göttin hin, bei der Durchsuchung der aufgerafften Brotbeutel der hohen kriegführenden Parteien betätigte.

Sie trugen die drei Knappsäcke auf einen Steinblock um die Lucerne des Magisters Buchius zusammen. Schon durchwühlte Mamsell die schottische Seehundstasche und leerte ihren Inhalt auf die Tischplatte des Troglodyten; Thedel von Münchhausen schüttelte den Inhalt des französischen Tornisters dazu, der alte Schulmeister zögerte am längsten mit dem blutbespritzten, regennassen Nachlaß des Landsmanns aus der Lüneburger Heide in den Händen.

Er war auch der einzige, der zu dem Sackausschütteln auch den Kopf schüttelte:

»Welch ein Leben! welch eine Zeit!«

»*O tempora! o mores!*« rief der Junker. »Nu, guck einer den welschen Spitzbuben an. Sind das deine Schuhschnallen, von denen du uns so oft lamentiert hast, Wieschen?«

»I, zeige Er doch, Herr von Münchhausen. Ne, meine sind es nicht. Die hat der Rischelljöh selber an sich genommen, meine ich.«

»Aber ich meine, diese nimmst du dafür an dich nach Kriegsgebrauch und -Recht, Wieschen. Was meinen der Herr Magister? Da hast du auch das Putzpulver dazu, Wieschen. Da, drei Paar Manschetten und ein halbes Hemde – hatte denn der Kerl nichts an Proviant bei sich als den Bauerhahnen am Säbelgurt? Noch einen silbernen Kinderlöffel – ein fein Frauenzimmersacktuch – Teufel, das Blut! Haben der Herr Magister nichts von Eßbarem gefunden?«

»Alles blutig! alles voll Blut!« murmelte der alte Herr schaudernd, einen Knorren angenagten, schauerlich feuchten schwarzen Roggenbrotes hinüber zeigend, den er mit zitternder Hand herausgeholt hatte aus dem Bündel wollener Socken, Hemden, Fußlappen, welches aus dem Knappsack des Kurfürsten von Hannover gefallen war.

»Eine Paternosterschnur aus Bernsteinkugeln mit einem silbernen Kreuz –«

»Hat der Schlingel auch nicht bei seinen Heidschnucken gefunden. Hat er von drüben her aus Westfalen zum Andenken sich mitgebracht«, meinte der Junker und fügte kläglichst hinzu: »O je, o je, o Herrgott, vergib mir meine Sünden und mein freches Maul im Coenacul, wenn die Amelungsborner schwarze Suppe versalzen oder angebrannt war, und wir Sparter Panier aufwarfen gegen Küche, Koch, Rektor und Amtmann!«

»Sieht Er dies jetzo ein, lieber Münchhausen?« fragte Magister Buchius plötzlich ganz als Schulmeister – zum erstenmal an diesem Tage. »Habe ich Ihm diesen Seinen Seufzer nicht hundertmal prophezeiet? Er war einer von den Schlimmsten jederzeit und hat mir freilich durch Seine lose Zunge manch Unbehagen zubereitet, und ich habe es Ihm mit Kummer nicht verhehlen können, daß Zeiten kommen könnten, da –«

»Mademoiselle!« rief der Schüler plötzlich in einem Ton, der gar nicht zu dem seines Lehrers paßte. »Mamsell Selinde, Göttin, Amalthea, Sie hat wieder den Schlüssel zur Speisekammer. Ja, diese verdammten Englischen! sie haben immer das Horn des Überflusses mit sich. Jeses, nun seh' einer, was Mademoiselles Kriegsfortuna ihr in die Schwanenhände gelegt hat – Vivat Ferdinand, jetzt halten wir schon eine Belagerung aus!«

Man konnte nicht sagen, daß es ein zauberisches Lächeln war, was nun zum erstenmal an diesem wilden Tage das Gesicht der Schönsten von Kloster Amelungsborn verklärte; aber lächeln tat sie und wies ein beneidenswert gesundes Gebiß dabei von einem Ohre zum andern über ihren Schätzen.

A *flitch of bacon* – ein gut Stück wenigstens von einer west- oder ostfälischen Speckseite! Deutsche Bauernwurst, deutsches Bauernbrot! Der unbehosete Tartanträger, der wackere Alliierte aus dem hohen Norden hatte es grade so gut wie der arme Teufel vom *Golfe du lion* verstanden, auf seinem Marsche zum Ith unterwegens zuzugreifen; und keiner aus der kleinen hungrigen Flüchtlingsschar in der Ithhöhle nahm ihm das in diesem Moment, unter »sotanen Umständen«, wie Magister Buchius sich doch entschuldigte, übel. »Sondern im Gegenteil!« sprach Thedel von Münchhausen sozusagen mit einer gewissen Andacht.

Von den drei Feldflaschen, die auf der Gefechtsstelle bei Scharfoldendorf den toten Kriegsleuten von den Kindern des Landes im Vorbeieilen mit abgerissen worden waren, enthielten zwei auch noch einige Tropfen Branntweins: »zu einem erwärmenden Anlecken für *mesdames* und zu einem gottlob beinahe überflüssigen ›Bäuschgen‹ an den ›hanebüchnen Dickschädel des Esels Heinrich‹,« wie Junker Thedel von Münchhausen gleichfalls bemerkte.

Nach fünf Minuten saß die ganze Gesellschaft stumm kauend bei dem Schein des Lichtstümpfchens in der Laterne des Magisters Buchius, und jeder horchte für sich aus der Tiefe des Berges, wie der Zwist der Könige ihnen zu Häupten dumpf forttosete und auch hier zu ihnen hinunterdrang –

»'s ist wie lebendig begraben! Lange halte ich das nicht aus«, wimmerte Mamsell.

»Ich auch nicht«, rief Thedel Münchhausen, und dann erlosch das Licht in der Laterne, und Magister Buchius ergriff das Wort. Er – er – er versuchte es wenigstens, die Angst der gejagten Menschenkreatur im Finstren zu beschwichtigen; er, der so oft in seinem kümmerlichen Dasein, im dunkeln Winkel verkrochen, vor dem lustigen Leben der Welt den Vogel Strauß hatte agieren müssen.

»Liebe Freunde, liebe Kinder«, sagte er und riet er, »einen Augenblick, nur eine kurze Weile die Augen zumachen! nachher scheinen die Sterne wieder in den Brunnen, oder, ich sage es besser, wir sehen noch ferner das angenehme Licht auch dieses schlimmen Tages.«

Wie die Kinder taten sie, was ihnen geraten wurde, und saßen eine geraume Weile still, auf die Schlacht draußen horchend, auf diesen Donner, der nur wie ein ununterbrochenes leises Murren durch die Felsenspalten zu ihnen in die Tiefe hinabdrang.

Als sie wiederum aufblickten, merkten sie, daß der schwache Schimmer des Tageslichtes, welcher durch dieselben Steinritzen in ihren Zufluchtsort einsickerte, genügte, sie »lebendig im Grabe« bei Besinnung zu erhalten.

Nach fünf weiteren Minuten seufzte Thedel wahrhaft kläglich vor sich hin:

»Und das hat Er, Er, Er herausgefunden?! ... Er! Und wir haben gemeint, der Wald und der Berg vier Stunden um Amelungsborn sei nur für uns in die Welt hingestellt worden! Jetzt steckt er uns alle in die Tasche, und der Bauerochse Schelze kann ihm nur verstohlen auf der Fährte folgen. Es ist eine Blamage für die ganze Schule, und es war die allerhöchste Zeit, daß sie aus der lichtgrünen Waldgloria nach Holzminden zu den Schustern, Schneidern und Leinewebern verlegt wurde.«

Laut rief er, – im rand- und bandlos hervorbrechenden Enthusiasmo schrie er:

»Vivat der Herr Magister Buchius! Der Herzog Ferdinand und die Kanaillen, der Poyanne und der Chabot müssen sich am Ith treffen, daß der letzte vom richtigen Amelungsborner Cötus nun, da es zu spät ist, seinen besten, liebsten, tapfersten, klügsten Herrn Magister ganz kennen lerne.«

»Schreie Er wenigstens, da es dazu wahrlich zu spät ist, nicht jetzo allzu laut, daß Er uns nicht doch die Marodeurs aus aller Herren Volk auch hier noch auf den Hals locke«, riet Magister Buchius. Das Behagen, welches der letzte wirkliche Kollaborator der wirklichen großen Schule von Amelungsborn jetzt an dem schlimmsten letzten Schüler derselbigen nahm, seinen Triumph, welchen er über den besten wirklichen Scholaren der großen Wald- und Wildnisschule feierte, trug er kopfschüttelnd lächelnd aus unruhvollen Tagen der Vergangenheit am unruhvollsten eben vorhandenen Tage heraus, auch wie ein Marodebruder, der unterwegens was aufgreift und mitnimmt, uneingedenk der nächsten Kugel und ihres durch Ursache und Wirkung bestimmten Ziels – – – – – – –

Neunzehntes Kapitel

Sie saßen ja wohl nunmehr in verhältnismäßiger Sicherheit. Wie lange aber der Jüngste unter ihnen, der wahrlich nicht hierum in vergangener Nacht von Holzminden herübergelaufen war, es in solcher Sicherheit aushält, das werden wir wohl auch erfahren. Zuerst gefiel es ihm in diesem dunkeln Loch nur allzu gut, wenn auch aus einem Grunde, den Magister Buchius wenig oder gar nicht billigen konnte.

Er, Junker Thedel von Münchhausen, hatte es wahrlich auch soweit im Virgilius gebracht auf der großen Schule zu Amelungsborn, daß er grinsend in dem saubern unterirdischen Kachot das Wort des in solchen Sachen ganz erfahrenen Vaters Zeus, nein, seiner tugendsamen Gattin, der auf Sitte, Zucht und Anstand sehr haltenden Frau Juno, zitieren konnte:

>»Weil die geschäftigen Rotten die Tal' umstellen mit Fanggarn,
>Schütt' ich hinab und errege mit hallendem Donner den Himmel
>–
>Dann zur selbigen Kluft gehn Dido und der Gebieter
>Trojas ein.« ....

»Jeses, man kriegt so schon keine Luft vor Angst und in der Pechrabenschwärze, – dichter braucht Er mir nicht auf den Leib zu rücken, Thedel. So lasse Er doch das Drängeln, Herr von Münchhausen!« klang

121

es plötzlich aus einem Winkel der *Spelunca,* weinerlich, verdrießlich, abwehrend.

»Münchhausen!« erscholl es von der anderen Seite her, vermahnend, abmahnend; »aber lieber Münchhausen, wenn Er da drüben keinen Platz findet, so krieche Er hier herüber zu mir her und belästige Er nicht Mademoiselle unnötigerweise. Hier ist des Raumes zur Genüge für Ihn und mich.« 162

»Mademoiselle Selinde, o mein Licht im Dunkel«, flüsterte es drüben, während Magister Buchius vergeblich auf Antwort und Folgsamkeit wartete. »Mein Wiesenstern, mein Rosenstrauch, mein Schönheitsspiegel, je tiefer der Abgrund, desto höher meine Seligkeit; je finsterer die Hölle, desto heller meine Sonne; je kälter der Keller, desto heißer meine Amour! ...«

»Er ist ein ganz dummer Kerl, Herr von Münchhausen, und wenn mir nicht alle Glieder vor Nässe, Frost und Ängsten beberten, so sollte Er schon – jetzt aber lasse Er ab – ist das ein Ort und eine Stunde für dumme Flattusen und Dummejungens-Kindereien? So höre Er doch auf Seinen alten verrückten Schulmeister, Thedel!« flüsterte es zurück.

»Lieber Münchhausen, es ist Heldenart, in großen Drangsalen sich von den Schrecknissen und Molesten der Gegenwärtigkeit frei zu machen und zu tun, als ob sie nicht wären. Wir haben die Exempla berühmter Kriegsleute und weiser Männer dafür. Plutarchos gibt uns Beispiele von den erstern. Was die zweite Art angehet, so haben wir vor allen Platons zwei Bücher, den Phädon und den Kriton – Er höret mich doch, Münchhausen?«

»Wie die, welche am Ohrenklingen leiden, das ganze Gehör voll Pauken, Flöten und Trompeten haben, Herr Magister«, brummte der Ex-scholar von Amelungsborn, ohne die geringste Ahnung davon zu haben, daß er jetzt wirklich das Buch Kriton am Schluß ziemlich wörtlich zitiere. »Der Herr Magister brauchen nur zu befehlen, wovon wir hier im Erden-bauch diskurrieren sollen, während uns der Kuckuck und sein Küster über den Köpfen aufspielen, tanzen und den Tanzboden eintreten –«

»Herr Magister«, seufzte aus seiner Ecke in der Erdhöhle Knecht Heinrich. »Herr Magister, ich meine, ich bin halbwegs wieder bei Beinen. 163 Den Kellerhals kenn ich ja leider Gottes gegen des Herrn Magisters Vorwissen, und auf die Gefahr käm's mir nicht an, den Kopf vorzustecken und zuzusehen, wie's draußen steht.«

»Du bleibst hier, du bleibst bei mir, du bleibst, wo du bist, und rührst dich nicht von der Stelle«, kreischte Wieschen. »Wer einzig und allein hier zu sagen und zu befehlen hat, und den Kopf vorzustecken und draußen zu spionieren hat, das ist einzig und allein unser einzigster Trost und Helfer in dieser Angst und diesem Elend, der Herr Magister, der Herr Magister Buchius!«

Magister Buchius, unterbrochen in seinem ersten Anlauf, sich und seiner ungebärdigen Genossenschaft die Zeit im Dunkeln bis zur möglichen Erlösung heroenhaft und wissenschaftlich zu vertreiben, sprach:

»Herzenstochter, du hättest wohl recht: es sollte ganz eigentlich am hiesigen Orte kein anderer als wie ich als erster neuer Possessor nach unserer Vorfahren, der Cherusker Auszug, die Verfügung über Tor und Tür, Eingang und Ausgang haben. So werde ich denn wirklich auch der erste von uns allhier sein, der fürsichtig nach dem Wetter draußen siehet, wenn es mir Zeit dünkt, guter Freund Heinrich. Von Ihm aber, Münchhausen, wünsche, verhoffe und glaube ich, daß Er mich auch in dieser Finsternis oder Dämmerung darauf hin ansehen werde, wie ich unseren vornehmen Altvordern, den erlauchten Herren des Landes, des Grunds und Bodens, einen solchen gemeinen, beschwerlichen, unbequemen Aufenthalt in Höhlen und Schluften des Waldes und Gebirges anweisen dürfe –«

»Thedel, ich sage es Ihm zum allerletzten Male!« zischelte es in der unbequemen, beschwerlichen, cheruskischen Höhlen- und Schluftdunkelheit.

»Ich sehe den Herrn Magister ganz genau darauf an – sitze Sie nur stille, o Mademoiselle – Mamsell Selinde!«

»Sieht Er, das freut mich! Und so weise ich Ihn denn gern auf den Dio Cassius hin, in welchem Er bei gemächlichern Umständen nachschlagen mag: *Chariomerus autem rex Cheruscorum a Chattis imperio suo ejectus.*«

»Uh Jeses, Heinrich, hörst du das und gruselt's dir da nicht noch mehr?«

»Es sollte eigentlich griechisch sein, Wieschen, ist aber bloß lateinisch. Und auf deutsch ist's auch nicht so schlimm, als es sich anhört«, lachte Thedel von Mamsells zärtlicher Seite her. »Da bedeutet's nur, daß der Härzer König Hariomer von den blinden Hessen auch seinerzeit aus Haus, Hof, Bett und Stall herausgeschmissen wurde und allhier, wie wir heute, in Wald und Schluft sich verkriechen und vielleicht grade in dieser selbigen Spelunka unterkriechen mußte.«

»Ach du liebster Gott, auch der vornehme Herre?« seufzte Wieschen mitleidig.

»Sie sagen, König Fritze hätte manchmal viel darum gegeben, wenn er nur solchen sichern Ort zum Unterkriechen gehabt hätte«, meinte Heinrich Schelze.

»Dieses ist so, Schelze«, sprach der Magister Buchius melancholisch. »Das Geschick ducket die Könige und die Bettler gleicherweise nieder, wenn es ihm beliebet. Von Ihm aber, Herr von Münchhausen, freuet es mich, daß Er nicht dem Herrn Pastor Dünnhaupt bei Seiner Derivation des Namens unserer hochberühmtesten cheruskischen Altvordern folgt. Es scheinet mir doch zum mindesten ein wenig zu weit hergeholet, wenn der Herr Pastor behauptet, daß diese Nation von ihrer Arbeitsamkeit und unverdrossenem Fleiße Gar ut sin benannt worden wäre, welches dann die Lateiner Cherusci ausgesprochen hätten.«

»Gar ut is et friilich balle mit ösch«, murmelte Mamsell Selinde, aber: »Vivat der Herr Pastor, der Herr Pastor Dünnhaupt!« klang es seltsamerweise aus demselben Winkel der vorsündflutlich-cheruskisch-kattischen Felsenhöhle. »Dies hätte ich schon wissen sollen, wann uns auf unsern Bänken in Amelungsborn die Herren vom Katheder aus cheruskische Bärenhäuter benamseten. Faule Stricke, grobe träge Flegel, landeingeborene Schweinpelze, und – *per eminentiam* – cheruskische Bärenhäuter uns betitulierten! ... Hört Sie es nun wohl, Mademoiselle? Seit Uranfang sind wir belobt wegen Arbeitsamkeit und von wegen unverdrossenem Fleiße! Und es ist alles stinkende Verleumdung gewesen, was man uns an übelm Geruch und Ruf aufgeladen hat seit tausend Jahren.«

»Wenn Er mir jetzo eins von den warmen Bärenfellen, auf denen sich Seine Herren Vorfahren gerekelt haben, schaffen könnte, so wollte ich mich zum erstenmal heute bei Ihm bedanken, Thedel. Wie es aber ist, bleibe Er mir auf tausend Schritte vom Leibe, Er ist nässer und kälter als wir alle mit Seinen Zutunlichkeiten.«

»Herr Pastor Dünnhaupt will Behausungen unserer Vorfahren, wie wir sie heute, jetzt durch Gottes Güte, Hülfe und gnädigen Beistand einnehmen dürfen, noch an dem Elm bei dem Gute Langeleben angetroffen haben«, sprach Magister Buchius. »Ich für mein Teil glaube außer diesen auch noch drüben am Vogler bei Hohlenberg auf solche gestoßen zu sein, an der großen und an der kleinen Hohle, gegen den Butzberg zu. Was die Hohle Burg bei Stadtoldendorf anbetrifft –«

»Herre«, unterbrach hier, wahrscheinlich hastig sich aus den Armen seines Wieschens aufrichtend, der Knecht Heinrich Schelze. »Herre, Herr Magister, die Unterkommen und Höhlungen da im Stein stammen nicht von den alten, lange verstorbenen Bärenhäutern! Man soll eigentlich lieber nicht davon sprechen. Sie haben's nicht gerne; aber die darin gewohnt haben, die wohnen heute noch darin. Ich habe selber einen von ihnen am hellen heißen Mittage sitzen sehen – am hellen lichten Mittage, um Johanni, so um die Siebenschläfer und Peter und Paul herum, mitten im Sommer, mitten am Mittage.«

»Jeses, Heinrich!« rief Wieschen; – »Ich bin nicht dabei gewesen, Mademoiselle Selinde«, lachte Thedel von Münchhausen, der Magister Buchius aber fragte ernsthaftiglich:

»Was – wen hat Er sitzen sehen, Schelze?«

»Einen von ihnen – den Kleinen, Herre! Auf der hohlen Burg unter der Homburg! Er saß bei seinem Loch und ließ die Beine baumeln. Wie ein dreijährig Kind mit einem alten, alten Kopf und langem rotgriesen Bart und einer Kappe halb über die Augen. Und es war wohl mein Glück, daß er um die Zeit auch halb im Schlaf war und saß und mit dem Kopfe nickte. Ich hatte meine Barte bei mir, aber Gott der Herr hat mich davor bewahrt, daß ich sie nach dem Spuk warf. Als ich wieder hinsah, ist er weg gewesen.«

»Nun guck einer den dummen Kerl«, rief der Junker von Münchhausen. »Mademoiselle Selinde, wäre ich dabei gewesen, als Kavalier und irrender Ritter, ich hätte meiner Allerschönsten, meiner Allerliebsten und königlichen Prinzeß den Zwerg von der hohlen Burg an Händen und Füßen gebunden, über den Rücken gehängt, mitgebracht nach dem Kloster und zu ihren Füßen gelegt. Er ist doch nur ein Rindvieh, Schelze, so gute Freunde wir auch sonsten sind, Heinrich.«

»Das sagt Er wohl, Herr von Münchhausen«, sagte Heinrich Schelze; doch Magister Buchius sprach, in seiner finstern Ecke wissenschaftlich melancholisch den Kopf schüttelnd: »Es ist wohl nur eine Phantasie, eine Phantasmagoria, eine Einbildung und Täuschung der Sinne gewesen, lieber Heinrich; aber, lieber Thedel, die Welt ist doch voll der Mirakel und Mysterien, und der Mensch, wie er in der Schwebe hänget zwischen Himmel und Erde, ja, zwischen Himmel und Hölle, so hänget er auch zwischen dem, was er begreift, und dem, was er nicht begreift um sich her und in sich selber. Der Mensch sitzt in der finstern, schaudervollen Nacht in Heiterkeit und bei hellem Verstande und bedienet sich seiner Vernunft fröhlich bei seinem Studio oder in Überlegung seiner zeitlichen Umstände. Und derselbige Mensch traut am hellen Mittage bei leuchtender Sonne unter Gottes blauem Himmel nicht seinen fünf Sinnen! Ja, er stehet vor den beiden großen Grundsätzen aller unserer Erkenntnisse, dem Satz des Widerspruches, nämlich, daß es unmöglich ist, daß etwas zugleich sei und zugleich nicht sei; und dem Satz des zureichenden Grundes, nämlich, daß alles, was ist, einen zureichenden Grund haben muß – er stehet, sage ich, wie die Kuh vor dem verschlossenen Tor. Was die schlimmsten, die ärgsten Zweifler oder Skeptici nicht leugnen, das schwanket in seiner Seele. Er siehet am hellen Mittage Dinge, die dem schnurstracks widersprechen, was, abgesehen vom *Principio rationis sufficientis,* die Alten schon das *Principium exclusi medii inter duo contradictoria* nannten.«

»Jeses, Jeses, Jeses!« wimmerte das Wieschen; doch der Magister fuhr mit erhobener Stimme fort:

»Ja, der Mensch glaubt am hellen Mittage an ein Drittes zwischen zwei Widersprüchen. Auch ich habe in diesen Gegenden am lichten Sommertage, wann die Sonne am heißesten aufs Gestein und die Waldblöße brannte, Dinge gesehen, – Dinge gesehen, sage ich, die mich an mir selber und dem Satze, daß etwas entweder sein oder nicht sein muß, zum herzbebenden Zweifeln brachten.«

»Davon sollten der Herr Magister grade jetzo der Beruhigung wegen das Genauere erzählen«, meinte Thedel; doch Magister Buchius sprach schon ohne diese Aufmunterung weiter:

»Ihr kennet alle auf dem Küchenbrinke unser uraltes Klostergebäude, so heute noch der Stein genannt wird. Es stehet über dem alten Sundern, an dessen Ende gen Westen sich noch Rudera einer Kapelle finden, so die Klus von uns genannt wird. Da hab' ich ihn gesehen um elf Uhr gegen Mittage, grade als die Klosterglocke schlug, am zwölften Julii des Jahres Siebenzehnhundertsiebenundvierzig.«

»Wen? Wen? Wen?« rief atemlos, trotz der Schlacht des Herzogs Ferdinand und des Marschalls von Broglio am fünften November Siebenzehnhunderteinundsechzig, die Gesellschaft in der Ithhöhle.

»Den ersten ureigenen Herrn und Eigentümer der heiligen Stätte vor unserm Einsiedler, dem Waldbruder Amelung! Er saß mit einem blutigen Messer auf den Ruderibus der Klus, mit langem greisen Bart und einem

Eichenkranz, doch das Haupt gesenket wie in tiefsten Gedanken. Er kümmerte sich nicht um mich. Er sah nicht nach mir. Woher ich es wußte, weiß ich nicht; aber ich wußte es, er war den Küchenbrink herabgekommen vom Steine; er war herausgekommen aus der Pforte nach Mitternacht, wo man heute noch das *Agnus Dei* mit der Fahne eingehauen siehet, von dem Orte, wo sein Stein gestanden hat, sein Altar und Opferstein, allwo man die Römer und die Soldaten Caroli Magni abgeschlachtet hat, ehe und bevor Graf Siegfried von der Bomeneburg, was wir heute die Homburg heißen, unser Kloster anlegte und es mit dem Hedfeld, dem Heidenfelde dotierte.«

»Und dann, Herr Magister?« fragte jetzt selbst Mamsell Selinde Fegebanck.

»Dann, meine liebste Mademoiselle, lösete sich dieses, so für den tagtäglichen Menschenverstand ganz und gar außerhalb des *Principii rationis sufficientis,* will sagen, des Satzes vom zureichenden Grunde lag, auf im Flimmern der heißen Sonne über dem Trümmergestein und dem jungen Tannenwuchs, und nach einer Weile mußte ich nach Hause, dieweil nun doch bald die Glocke den Cötus von Amelungsborn zu Tische läutete.«

»*Nihil est sine ratione sufficiente,* Mamsell Selinde«, rief jetzt Thedel von Münchhausen. »Alles was ist, muß seinen zureichenden Grund haben, die Amour und der Haß! Auch die Wut, die der alte Barde auf unsern seligen, alten Waldbruder Amelung gehabt haben muß. Herr Klopstock hätte von ihm nicht verlangen können, daß er unter seinem erbeigentümlichen Herd und Küchenbrinke anstimme: Sing, unsterbliche Seele, der sündigen Menschen Erlösung! Aber nun lassen die Herren auch mich mal heran. Auch unsereiner hat wohl seine Spukgeschichten erlebt bei Tage und bei Nacht in dem alten Spükekasten Amelungsborn und draußen. Es ist bis unters Deckbett nicht immer geheuer, Mademoiselle, und wenn Herr Lessing seinen Alten reden läßt:

O Jüngling, sei so ruchlos nicht,
Und leugne die Gespenster,
Ich selbst sah eins beim Mondenlicht
Aus meinem Kammerfenster!

so spreche ich mit dem Jüngling:

Ich wende nichts dawider ein
Es müssen wohl Gespenster sein.

Hat nicht der Herr Amtmann einmal in der Nacht vor Kreuzeserhö-
hung auf eines aus seinem Fenster geschossen, wo freilich Herr Magister
Lessing *seinen* Alten wieder singen läßt:

Auch weiß ich nicht, was manche Nacht
In meiner Tochter Kammer
Sein Wesen hat, bald seufzt, bald lacht;
Oft bringt's mir Angst und Jammer.
Ich weiß, das Mädchen schläft allein;
Drum müssen es Gespenster sein.

Nichts ohne seinen zureichenden Grund, *nihil sine ratione sufficiente*
hätte der Jüngling in diesem Falle mehr als in einem andern *logice* antworten dürfen; doch ich lasse es dahingestellt, und rede auch nur von
dem, was mir persönlich passiert ist und auch wie dem Herrn Magister
Buchius und dem Knecht Heinrich außerhalb von Kloster Amelungsborn.
Der Heinen Grasgrabe kennt wohl jeder von uns?«

»Ei wohl«, sprach Magister Buchius, »das Feld vor dem Kloster zwischen der Heerstraße und dem gleich einer Zunge aus dem Vogler vor-
gehenden Berge, westlich vom Odfelde, *Campus Odini*, nordwärts unter
dem mit Holz bewachsenen Berge, so –«

»Der Bütze- oder Butzeberg heißt. Da bin Ich für mein Teil dem
Butzemann begegnet –«

»Permittiere Er einen Moment, lieber Münchhausen«, rief aus seinem
dunkeln Dolomitwinkel Magister Buchius, »was Er uns auch zu berichten
die Absicht haben mag, Er ist diesmal damit auf dem richtigen, durch
die Historie begründeten Boden. Dorten war der geheiligte Hain, das
Fanum Odini, der finstere und heimliche Wald, worin die Gottheit unseren Ahnen gegenwärtig war. Ohnstreitig entstand Böse von Butz; und
die Christen haben zur Abschreckung den Ort den Butzberg genannt,
und manche Mutter und Kindsfrau schrecket noch jetzo unschicklicher
Weise die Kinder mit dem heidnischen Butzmann oder Bussemann –«

»Und ich habe dort den Hohlenbergern, einerlei ob aus der großen
oder der kleinen Hohle, am hellen lichten Mittage den Glauben an den
Butzemann beigebracht, daß sie heute noch ihren Kindern hinterm Ofen

damit bange machen und Kinder und Kindeskinder noch nach hundert Jahren davon erzählen werden. Nämlich sie waren zu funfzig mal wieder über Heinrichen her. Sie hatten meinen besten Waldkameraden Heinrich Schelzen mal wieder unter ihren groben Bauerfäusten zu Boden –«

»Herr du mein Leben, i Blitz nochmal, ist denn das die Möglichkeit?« rief jetzt hiezwischen der gute Knecht Heinrich Schelze aus dem tiefsten Heiden- und Spukekeller mit vollständig gesundeter, starker Stimme in höchster Verwunderung. »I, Donnerwetter, Blitz und Hagel, Herr von Münchhausen, waren denn das der Herr Junker, der uns Klosterleuten da aus dem Busch als unser Vorfahr und wilder Mann zu Hülfe und den Bärenhäutern und verfluchten Bauern über die Lauseköpfe kamen?«

»Schlechtweg und zufällig, Heinrich; – *simpliciter et per accidens*, Herr Magister«, lachte der Thedel von Münchhausen. »Ich kam aus dem Froschpfuhl auf dem Odfeld. Wo alle Cherusker, Katten und Sachsen bis zu Karl dem Großen ihr Opfervieh und ihre Priesterinnen gebadet haben, Herr Magister. Es war uns von schulwegen verboten, das heidnische Liegen im Wasser; aber wer es tun wollte, der heißen Tage wegen, der tat es doch, *contra leges*. Ich will's jetzt nur gestehen, und der Herr Magister haben selber wohl dann und wann ein Auge zugedrückt im Walde. So kam ich diesmal, mit Erlaubnis der Damen, nackigt wie der wilde Mann auf den Harzgulden, über die Hohlenberger und gottlob auch mit einem jungen Tannenbaum in der Faust.«

»Hierüber kann man alles vergessen, Bataille, Franzosen und Engländer!« rief Knecht Heinrich in allerhöchster Verblüffung. »Nun sind der Herr Junker von Münchhausen auch diese Erscheinung gewesen? Und vor jeder Kuh- und Pferdekrippe, in jeder Spinnstube geht es im Sommer und im Winter bei Tage wie bei Nacht um: der wilde Mann vom Harze habe sich auch hier bei uns an der Heinen Grasgrabe sehen und spüren lassen!«

»Sehen und spüren lassen!« lachte Thedel von Münchhausen. »Ein paar blutige Köpfe und blau und grüne Buckelstriemen setzte es wohl ab. Diesmal ließ das Spukeding einige handgreifliche Beweise von seiner Erscheinung zurück; ehe und bevor auch es sich wieder in die blaue Luft auflöste.«

»Und der Herr Junker hat es über sich vermocht, hierüber den Mund zu halten und nur in der Stille Sein Gaudium an – uns allen in und rund um Kloster Amelungsborn zu haben?« rief Heinrich in voller Bewunderung einer Verschweigsamkeit, deren er sich nimmer nach einem solchen

129

Streiche für fähig achtete. »Was sagen denn der Herr Magister jetzt hierzu?«

Magister Buchius sagte gar nichts. Er ließ nur ein undeutlich Gebrumm 172 vernehmen und nicht ohne *rationes sufficientes,* nicht ohne zureichende Gründe.

Er hatte seinerzeit nämlich durchaus nicht gewußt, was er von dieser kuriosen Apparition des wilden Manns, des Butzemanns vom Harze unterm Butzeberg am Vogler und auf dem Odfelde, auf dem alten Geschichts-, Geister- und Zauberboden zu halten habe. Wie er sich zu verhalten habe gegen die Meinungen und Ansichten, die jedermann um ihn her, spöttisch, bedenklich, angsthaft-gläubig oder kopfschüttelnd kundgegeben hatte.

Er hatte seinerzeit, alles in allem in Erwägung ziehend, nur:

»Hm! hm!«

gesagt; und jetzo, in der Tiefe seiner wunderlich ausstaffierten Gelehrtenseele und ganz heraus aus dem Geist, Wissen und Glauben der weiland großen Wald-, Wildnis- und Klosterschule von Amelungsborn, sagte er wiederum nur:

»Hm! … hm, hm, hm, hm! Ahm!«

»Diese dummen Geschichten machen einen nur immer nur noch kälter und verklommener, und die letzte auch noch nasser in der Einbildung«, meinte aber jetzt weinerlich-verdrießlich Mademoiselle Selinde. »Und heller wird's auch nicht davon hier im Mordkeller. Man sieht jetzo wohl seine Hand vor Augen, aber auch weiter nichts; und wenn ich einmal sterben muß, so will ich's doch lieber draußen im Lichte. Man vernimmt auch von draußen her gar nichts mehr von der dummen Bataille. Das Grummeln und Brummeln hat ja gänzlich aufgehört, und wenn's nach mir ginge, hätten sich nun alle die Hälse einer nach dem andern abgeschnitten, daß man ruhig wieder nach Hause könnte. Jetzt bleibe Er von mir, Thedel; oder ich spiele Ihm den Butzemann, oder wilden Mann vom Harz und tachtele Ihm eine Maulschelle hin, daß Er Sein Lebetage bis zum Kopfwackeln hin an Seine dumme Prinzeß von Kloster Amelungsborn in Wirklichkeit und Wahrhaftigkeit zu denken haben soll!«

»Herr Magister«, rief Junker Thedel von Münchhausen, »Herr Magister, 173 Mamsell hat recht, so wahr ich lebe! Hier hocken wir, Hans und Hannchen im Keller, und erzählen einander dumme Spukgeschichten, und draußen bringen sie die Welthistorie zum Austrag, ohne daß einer von uns drauf acht gibt. Sie haben, der Teufel hole mich, ihr Pulver beiderseits verschossen, oder der eine hat den andern unter. Vivat Herzog Ferdinand und die hohen Aliierten! Mamsell hat auch darin recht, der Satan hält uns hier im Tartaro eingespundet. Sehe Sie zu, wie Sie gut nach Hause kommt, Mademoiselle Fegebanck. Ich krieche vor aus dem Loch und sehe nach, wie es draußen steht –«

»*Caute, caute!* Mit Vorsicht, Münchhausen. Lasse Er mich erst Seinen Rockschoß fassen, lieber Münchhausen!« rief Magister Buchius, mit zitternder Stimme, aber im vollen Bewußtsein, daß man sich in dieser Itthöhle wohl ein wenig zu lebhaft von *alten* Spukgeschichten unterhalten habe.

Zwanzigstes Kapitel

»*Merde!*« sagte Junker Thedel von Münchhausen in der freien Luft, im Licht des Tages vor der Ithhöhle seinen linken blutrünstigen Backen reibend, und das Wort kam mit herzlichstem Nachdruck aus seiner Brust. Er war nicht, ein umgekehrter junger Curtius, aus dem Schlunde aufwärts in die Schrecken der Erdoberfläche gekrochen, ohne ein letztes, aber auch unvergeßliches Zeichen von Mamsell Selindens Zärtlichkeit mit ins Tageslicht empor zu nehmen. Die Schöne drunten in Nacht und Dunkel hatte diesmal nicht nur zugeschlagen, sondern auch vier von ihren fünf Fingernägeln ihm in die Wange eingesetzt und vier blutige Striemen dem zärtlichen Knaben vom linken Ohr hinunter bis zum Kinn gezogen: »So karessiere *Ich*, Musjeh Thedel, Herr Junker von Münchhausen! .....«

»I so 'ne Katze! so 'ne Wildkatze!« ächzte Thedel, seine vom Zufühlen blutgerötete innere Handfläche betrachtend. »Dafür Kavalier und Ehrenretter bis zum Tode durch Strick und Gewehrkolben? O Venus, o Cypria, Paphia und wie du sonst geheißen wirst, Kanaille! Eine schöne Narbe bringe ich für mein Teil aus der glorreichen Bataille heute. Ja, rufe der Herr Magister da unten nur aus seiner Caverna! An meinen Rockschoß will er sich hängen? *Merci – merde!* Vivat der Tod fürs Vaterland! *produce – pro rege.* Zum Teufel mit allem Frauenzimmer. *Dulce et decorum est.* – So 'ne Wildkatze! ausgestopft im Glaskasten möchte ich sie jetzo haben und nimmer anders! Da kriecht der alte Herr richtig zu Tage und mein Mädchen, *ma belle, ma Princesse* ihm nach. Du mein Gott, kann sich der Welt allerhöchste Schönheit und Lieblichkeit so in einen wütigen

Satan verwandeln? Für solch Konfekt danke ich in alle Ewigkeit. Kochen Sie sich Jungfer Nichte sauer, Herr Klosteramtmann von Amelungsborn!«

Es war ihm einerlei, was ihm in den Hals kam; aber singen – brüllen mußte er; und da war der Halberstädter Grenadier immer wieder der rechte Mann:

>»Zu rächen jeden Tropfen Blut,
>Der unter *Bevern* floß,
>War alles Feuer, schäumte Wut,
>Schnob Rache Mann und Roß!«

Aber im Begriff, sich in das Lennetal und den heutigen Schlachttumult des guten Herzogs Ferdinand von Bevern hinunter zu stürzen, spürte er plötzlich nicht die Hand des Magisters Buchius an seinem Rockschoß, sondern wahrlich eine gröbere Faust an seinem Rockkragen.

»*Stop, laddie! Lal de daudle, lal de daudle ... What, toddling hame?*«

Und sich wütend umsehend, fand er sich wehrlos im Griff und in der Gewalt eines baumlangen, nacktbeinigen Schottländers mit Mütze, Schurz, Flinte und Messer – letzteres beides ganz und gar zu seinem Dienste parat. Daß ein zweiter Gäle sich eben bückte und den deutschen Magister und letzten Kollaborator von Amelungsborn gleich einem schwarzen Riesenmaulwurf aus der Felsenspalte empor zog und daß noch ein halb Dutzend von derselben Art auswärtiger hoher Verbündeter des Königs Friedrich in Preußen mit Spannung Acht hatte auf das, was der germanische Wald und Erdboden noch zu Tage fördern könne: das sah er auch – wie man solches unter solchen Umständen eben sieht und sehen kann.

Es unterlag keinem Zweifel, dies Volk wußte aus seiner Heimat her Bescheid in Wald, Berg und Fels und wußte die Jagdbeute nötigenfalls auch unter die Erde zu verfolgen. Ei, diese Herren verstanden es, den Dachs zu graben und den Fuchs im Notfall auszuräuchern. Den schwarzen »Domine« hatten sie draußen, lachend den Überraschten, im Tageslicht Blinzelnden, unter sich im Kreise drehend und sassenisch wie keltisch auf ihn einredend. Daß er in fremden Zungen nur hebräisch, griechisch, lateinisch und mit »*Mon dieu, messieurs, mais – nous sommes des amis!*« zu antworten wußte, war unter den gegebenen Umständen mißlich genug. Für sein verdächtiges Französisch schlug man ihm nur den Hut auf die Nase hinab und versetzte ihm einige Püffe und Rippenstöße mehr.

Aber schon lag einer dieser fremdländischen Schlingel lang vor dem Loche und griff mit langem Arme hinunter in die Felsenspalte des Idistavisus, während zwei Kameraden ihre Flintenmündungen ebenfalls auf den Ausgang von des Magister Buchius letztem, sicherstem Zufluchtsort im Wirbel der Zeiten richteten.

»Uiih!« pfiff er gellend, der Kelte oder Gäle nämlich! Mit einem wahrscheinlich scheußlichen Fluch in seiner Muttersprache fuhr er mit der Hand an den Mund wie ein von der Katze gekratztes Kind. Die vier blutigen Striemen, die sie dem Junker Thedel von Münchhausen über die Wange gezogen hatte, hatte Mademoiselle dem unvorsichtigen Macmahon, Macpherson, Macaulay oder Macintosh über die beutegierige rechte Faust gerissen.

Er sog auch wie ein Kind an seiner schmerzenden Pfote, der wilde Kaledonier; aber nur einen Augenblick. Im nächsten Moment griff er von neuem zu und in die Tiefe und hielt fest, was er gefaßt, ohne sich an das Gekreisch unter ihm, im Erdinnern, zu kümmern.

»Flegel!« keuchte Mamsell Selinde Fegebanck, ihrerseits im Tageslicht wieder festen Fuß fassend und unter den schottischen Wilden, trotz Adlerfedern, Messern und Flintenläufen nach rechts, nach links hin eine Ohrfeige um die andere verteilend.

»Ihr unpolierten Lümmel, hat euch König Fritze dazu hergerufen?« schrillte sie. »So'n verzotteltes, hosenloses, rothaariges Lumpenvolk? Da – da – da! Wart, ich werde euch kuranzen, ihr Kannibalen! Ihr wollt unsere Alliierten, unsere liebsten besten Freunde sein? Ich danke für euch und lobe mir meine Franzosen zu Pferde und zu Fuße. Selber die Lucknerschen sind mir noch lieber als ihr Waldteufel, ihr Uriane, ihr Grobiane, ihr indianisches, dudelsackrattenfängerisches Taterngesindel!«

Die überseeischen Wilden lachten ziemlich gutmütig über die erboste, die wutentbrannte Schöne; und das Abenteuer fing dann erst an eine schlimmere Wendung zu nehmen, als man auch das Wieschen und den Knecht Heinrich Schelze aus dem Berge hervorgeholt hatte.

Die schottischen Gebirgsleute wußten es, wie man Felsenhöhlen auszusuchen habe. Sie schlugen Feuer und schickten ihre Schmächtigsten mit den Messern zwischen den Zähnen und einem dürren, harzigen, in Flammen gesetzten Tannenast in die Tiefe und Dunkelheit zu genauerer Nachforschung nach Kriegsbeute oder auch nur notdürftigem weiterem Marschproviant: *Deil tak the hindmost! Guid speed the wark!* ...

Es flog des Magisters Laterne ans Tageslicht, der französische Tornister und der deutsche Ranzen. Sie fanden aber leider auch die geleerte Tasche des toten Kameraden von der Heerstraße bei Scharfoldendorf, und stiegen aufwärts mit ihr aus dem Dolomit des Iths und hielten sie dem Magister Buchius, dem Knecht Heinrich und dem Junker Thedel von Münchhausen zugleich mit den Fäusten, Messern und Büchsen vor die Nasen und baten jetzt um Auskunft in ihrer wirklichen Muttersprache. Sie fragten mit Ossian, Fingal und Duchomar auf der Heide, wie die Seehundstasche des Kriegsgenossen in die Ithhöhle und wie das Blut an die Tasche komme? Wer von den Landeseingeborenen das Wort nicht verstand, dem war die Gebärde deutlich genug. Die Fremden aus dem Norden sprachen jetzt, gegen zehn Uhr morgens, unter dem »Roten Stein« zwischen Scharfoldendorf und Eschershausen nicht weniger verständlich mit den Kindern des Landes, als wie vorhin die Fremdlinge aus dem Süden, gegen Tagesanbruch, auf dem Amelungsborner Klosterhofe. Wenn der Historiograph keltisch verstünde, würde er mit Vergnügen seinen wahrheitsgetreuen Bericht auch durch dieses Idiom verzieren und zu Papier bringen, wie es auf schottisch, gälisch, irisch und so weiter lautet, das gute deutsche Wort:

»Mord und Tod, hängt sie! Schlagt ihnen die Schädel ein! Zieht den Kerlen die Messer durch die Gurgeln und nehmt die Weibsbilder mit, wenn es der Beschwerde wert ist!« ......

Zu der nämlichen Stunde, wie gesagt, so gegen zehn Uhr morgens seufzte der gute Herzog Ferdinand, mit seinem bunten Generalstabe, unter seinen deutschen und englischen Herren auf einer Anhöhe haltend zwischen Scharfoldendorf und Eschershausen:

»*Mon dieu, mon dieu,* lieber Westphalen, *quelle guerre!* Wieder ein vergeblicher Bluttag. Granby hält die Stellung, aber Monsieur de Poyanne ist unverhindert auf dem Rückzuge nach Göttingen. Leider, leider! – Westphalen, was ist das mit Hardenberg gewesen? Ich bitte Sie um des Himmels willen, wo blieb Hardenberg? Dort drüben jenseit Stadtoldendorfs sollte er seit Stunden stehen, der Herr Generalleutnant von Hardenberg. *Quelle fumée épaisse là-bas?* Welch ein schwarzer Qualm! Das ist nicht mehr die Artillerie. Man sitzt ja hier jetzo wie in der Kirche in der Stille. Auch Mylord Granby hat sein Feuer eingestellt.«

»Der Herr Marquis wünschet sich eben den Rücken von uns frei zu halten, Durchlaucht. Er hat es herausgefunden, was man mit ihm im Sinne hatte, und den Herrn Generalleutnant verspürt er vielleicht früher als wir hier im Anmarsch. So salviert er sich, da es noch Zeit ist. Er wird sein Lager bei Stadtoldendorf in Brand gesteckt haben, um uns die hohlen Wege durch Feuer und Qualm zu sperren. Durchlaucht werden leider gottes auch heute noch nicht dem dritten Schlesischen Kriege wenigstens hier an der Weser ein Ende machen. Durchlaucht werden heute mittag nur Ihr Hauptquartier in Wickensen nehmen können.«

Der Herzog hob sich im Sattel und zu seinem militärischen Gefolge sich wendend rief er:

»Ordre an Lord Granby, mit allen Truppen, die er vom General Conway an sich ziehen kann, über Vorwohle und Wenzen dem Erbprinzen unter der Hube zum Soutien weiter zu gehen. Wir stecken wieder nur die Winterquartiere ab für dies Jahr und nehmen, was wir kriegen können von unserm Grund und Boden. Zurück mit dem Herrn Herzog von Broglio und den übrigen Herren Franzosen – wenigstens zurück über den Solling! Gentlemen, wir rücken auf Einbeck, wo wir leider heute unserem Herrn Neffen, dem Prinzen Karl Wilhelm Ferdinand, nicht die verabredete Unterstützung bieten konnten. Wir werden nach geordneten Umständen im nächsten Monat unser Hauptquartier in Hildesheim nehmen und wieder nicht in Frankfurt am Main.«

Dann in seinem Sattel wieder zusammensinkend murmelte er von neuem:

»*Quelle guerre!* welch ein Krieg! welch ein Krieg, welch eine Schlächterei ohne Ende!«

Ach, er hatte wohl recht; es sah um ihn und sein freundliches Herz her nur zu sehr aus wie in einem riesenhaften Schlächterhause. Die Toten und Sterbenden aus Deutschland, England, Schottland und Frankreich lagen dicht gesäet rundum. Kein Baum an der zerwühlten Heerstraße den Ith entlang, unter welchem nicht Verwundete vor den Rädern und den Hufen der Pferde Schutz gesucht und in der Nässe und im scharfen Herbstwinde sich zusammengekauert hatten!

Der Regen hatte um diese Zeit wohl aufgehört, aber der Wind war bissiger und bissiger geworden und trieb fort und fort dunkles zerrissenes Gewölk vom Hils gegen die Weser und den Brandqualm vom Lager des Herr Marquis von Poyanne und aus den Defilés bei Stadtoldendorf dem Herrn Generalleutnant von Hardenberg grade ins Gesicht – wenn der noch im Anmarsch sein sollte. Der Herzog sah immer noch nach derselben Richtung und griff nur von Zeit von Zeit mechanisch an den Hut, wenn ihn die im ununterbrochenen Zuge an ihm vorbei gegen den

Hils marschierenden einheimischen und fremdländischen Truppen durch wilde Zurufe grüßten. Westphalen, der treue Mann, blickte mit immer größerer Sorge auf seinen Herrn. Er sah ihn unter den Nachwirkungen des bösen Fiebers von Ohr frösteln, ach, und er kannte nur zu gut den Charakterunterschied zwischen seinem großen Feldherrn, dem kriegsgewaltigen Schützer des deutschen Westens, und jenem im Osten, der eben vielleicht wieder einmal auf einem seiner Schlachtfelder mit erhobenem Krückstock grollte:

»Wollen die Racker denn ewig leben?« …!

Ganz vergeblich wendete sich Westphalen auf seinem Sattel und sah sich nach einem Trost und einer Aufrichtung unter den engländischen, schottischen, bückeburgischen, hannöverschen, hessischen, braunschweigischen, preußischen Herren des Generalstabes um für seinen Gönner.

»Vom Herrn Generalleutnant von Hardenberg, Durchlaucht! – Leutnant von Münchhausen von den hannöverschen Jägern unter Obristleutnant Friederichs, herzogliche Durchlaucht«, sagte in diesem Augenblick, militärisch grüßend, dicht neben dem Schimmel des Feldherrn ein Individuum, das dem Kostüm nach nichts vom Soldaten an sich trug, aber von allem heutigen Wasser- und Erdbrei zwischen der Weser und dem Flecken Eschershausen von der Pudelmütze bis zu den Bauernschuhen die ausgiebigsten Spuren. Und daß es durch Busch und Dorn gekrochen war, Felsabhänge hinaufgeklettert und hinabgerutscht war, sah man ihm auch an.

Aber dem Herzog Ferdinand von Braunschweig sah man in dem nämlichen Moment von Müdigkeit und Melancholie nicht das geringste mehr an. Und wer von seinem gütigen Herzen, seiner Politesse gegen jedermann das allerbeste hatte rühmen hören, und ihn jetzo vernahm, der mochte sich wohl betroffen hinter dem Ohre krauen und sich vorsichtig beiseite drücken. Der gute Herzog Ferdinand, sich wieder im Sattel bewegend, zeigte dem Boten des Herrn Generalleutnants von Hardenberg auf das kräftigste, wie grob das Haus Braunschweig bei vorkommenden Gelegenheiten sein und wie grimmig es Gottes Ebenbilder im Drange der Geschäfte dieser Erde anschnauzen könne.

»Hardenberg?! Herr, der Satan soll Ihm und Seinem Herrn von Hardenberg auf die Köpfe fahren. *Messieurs, messieurs,* wo steckt ihr, wo bleibt ihr? Wir würgen uns seit der Nacht nach *ordre de bataille* und *disposition de marche* durch die Berge und den Feind; aber Seiner Exzellenz dem Herrn Generalleutnant pressiert's beileibe nicht. Er reibet sich wohl noch in Bodenwerder den Schlaf aus den Augen unter seiner Nachtmütze? Muß man denn überall sein, um die Herren an ihren Zöpfen aus dem Sumpfe zu ziehen? Seit vier Stunden sollte der Mann drüben zwischen dem Solling und uns stehen mit den Herren von Poyanne, Chabot und Guerchy zwischen uns im Sack. Sperr' Er das Maul auf, rede Er, Leutnant von Münchhausen: was hat Hardenberg mir zu sagen?«

»*Monseigneur,* Seine Exzellenz werden erst am Nachmittag vor Stadt-oldendorf sein können«, sprach der Mann im zerzausten Bauernkittel, und der Herzog, sich rückwärts wendend, meinte, jetzt wieder mit etwas gelassenerer Stimme:

»Lieber Westphalen, wollen Sie sich das fürs erste für unsern Bericht an Mylord Bute in London merken. Ich bitte auch die englischen Herren, näher heran zu reiten. Wollen Sie weiter erzählen, Herr Leutnant von Münchhausen. *Traduisez,* Westphalen. Dolmetschen Sie's nach Möglich-keit genau den Herren, was uns der Herr Generalleutnant sagen lassen.«

»Exzellenz lassen untertänigst vermelden, daß Sie wohl selber zu rich-tiger Stunde, wie befohlen, bei Bodenwerder angelanget sind, aber mit dem allerbesten Willen die schweren Pontons auf den schlechten Wegen nicht an den Fluß haben bringen können. Sie haben daher vors erste uns Jäger durch die Weser schwimmen lassen, und hat man auch die feindli-chen Posten den Heinser Wald entlang bis Polle und Forst delogiert, während dem Brückenschlag. Herr Obristleutnant Friederichs –«

»Lasse Er mich mit Seinem Obristleutnant Friederichs in Ruhe, Herr!« schnauzte der Herzog. »Wann Hardenberg mit seiner Brücke fertig ge-worden ist, möchte ich erfahren. Aber *exactement,* Herr Leutnant von Münchhausen. Keine *écarts,* bitte ich, *point de visions,* keine *entortille-ments,* keine Verkleisterungen; kurz, die Wahrheit, Herr! wann beliebte es Seiner Exzellenz mit seiner Brücke fertig zu werden?«

»Halten Durchlaucht zu Gnaden, ein Freiherr von Münchhausen spricht nur die Wahrheit«, sagte der Leutnant bei den hannöverschen Jägern, Freiherr von Münchhausen, ebenso ruhig wie sein größerer Stammesver-wandter in russischen, osmanischen und andern Diensten. »Um sieben Uhr, leider erst bei Tage, haben die Truppen den Fluß passieren können, und so melden Exzellenz allergehorsamst, daß Sie, nachdem Sie drei Bataillons und vier Eskadrons zwischen Rühle und dem Vogler zur Deckung der Defilés vorgeschoben haben, nunmehr auf dem Wege nach Stadtoldendorf sind –«

»Um den Herrn von Guerchy nach Holzminden und den Herrn von Poyanne bequem nach Dassel entwischen zu sehen. Ich bitte die engli-
schen Herren, noch ein wenig näher heran zu reiten. Da Sie die Wege selber kennengelernt haben, würde es mir lieb sein, *Messieurs,* Sie für den Herrn Generalleutnant von Hardenberg und mich um Ihre Meinung angehen zu können, wenn im Parlament die Rede auf den heutigen Morgen kommen sollte. Westphalen, seien Sie so exakt als möglich bei Aufstellung unseres Verbrauchs an Menschen, Geld und Kriegsmaterial. Gentlemen, das Hauptquartier ist in Wickensen, wo wir Hardenberg zu erwarten haben! *C'est à Scharfoldendorf, où messieurs, les généraux anglais se trouveront en quartier.* Wollen Sie die Dispositionen treffen, Westphalen, und im Auge behalten, daß der Marsch, wo möglich ohne Stockung, jetzt auf Einbeck geht.«

»Mylord Granby und Generalleutnant Conway sind bereits über Vorwohle hinaus, wie sie melden lassen, Durchlaucht.«

»So wollen wir ihnen denn sachte nach Wickensen nachreiten«, seufzte der gute Herzog Ferdinand. »Meine Herren, wir werden unser Winterquartier leider nicht in Frankfurt am Main nehmen. Das werden wir wieder, der Pontons des armen Hardenberg wegen, dem Herrn Herzog von Broglio überlassen müssen. Ja, die Witterung wird schlecht, es geht in den Winter; wir müssen nun in Einbeck Halt machen, da es nicht anders sein kann. Auch Hildesheim ist ja eine angenehme Stadt. Wir werden unser Hauptquartier in Hildesheim nehmen: was sagen Sie dazu, Westphalen?«

»Ich bin ganz Eurer Durchlaucht Meinung«, sagte Westphalen; und Herzog Ferdinand von Braunschweig, mehr und mehr auf seinem müden, dampfenden, schnaufenden Gaul ins Nachdenken über seine ferneren Dispositionen versinkend, murmelte: »Ja, ja, so wird's gehen müssen; Luckner bleibt nach uns in Einbeck und übernimmt hier die Postierungskette. Unter ihm Generalmajor von Veltheim in Holzminden, Generalmajor von Mansberg in Osterode.«

»Die königlich großbritannischen Völker werden Eure herzogliche Durchlaucht wieder zurück über die Weser, ins Westfälische legen?« fragte Westphalen.

»Wir werden das mit Lord Granby arrangieren müssen, *mon cher!* ... Sind Sie von den Bodenwerderschen Münchhausens, Herr Leutnant von Münchhausen; oder von den Bevernschen?«

»Von den Bodenwerderschen, zu Eurer Durchlaucht Befehl.«

183

184

138

»Haben oder hatten Sie nicht einen Vetter oder Oheim, jedenfalls einen Stammes- oder Namensverwandten, in russischen Diensten?«

»Durchlaucht untertänigst zu dienen, der Herr Rittmeister stammt von der Bodenwerderschen Linie.«

»Das soll ein feiner Kopf sein, und gute Historien soll er erzählen können. Er hat mir aber auch eine saubere Geschichte berichtet, Leutnant von Münchhausen, von den Pontons des Herrn von Hardenberg. Eine leider wahre, wahre, wahre Geschichte! Ich wollte, sie stammte auch –«

Er unterbrach sich, oder er wurde vielmehr unterbrochen; denn in diesem Augenblick überschrillte eine jammernde Weiberstimme den ganzen Lärm seines ziehenden Heeres:

»Herr Prinz, Herr Herzog! Herr Herzog Ferdinand! liebster Herr Herzog von Braunschweig, sie haben den Junker von Münchhausen totgeschlagen und wollen den Herrn Magister an den Baum hängen und meinem Heinrich die Hosen abziehen und ihn als wilden Engländer mit ins Feld nehmen. Und ich bin ja sein Wieschen vom Wege nach Lübbeke, und hier ist sein Rockknopf, lieber Herr Herzog Ferdinand, und ich will ja in Seinem Mosthause in Braunschweig gar nichts mehr von Ihm, wenn Er allbarmherzig uns nur jetzo heraushilft! Helfe Er uns bloß nach Eschershausen vor das Gericht, unsere Unschuld an diesem Kriege und Unbilden zu erweisen, liebster, allerbarmherzigster Herr Herzog Ferdinand!«

Einundzwanzigstes Kapitel

Er ist insolvent gestorben, der Sieger von Crefeld und Minden, der mildherzige Gutsherr von Vechelde, der gute Herzog Ferdinand von Braunschweig. Nun liegt er schon lange im Dome zu Braunschweig in der Gruft, über welcher geschrieben steht: *Hic finis invidiae, persecutionis et querelae,* und er liegt da in einem Hemde, das von Rechts wegen nicht ihm, sondern seinen Gläubigern gehörte. Er hat im Laufe seines Lebens nicht bloß die silbernen Knöpfe von seinem Uniformsrocke weggegeben; er hat auch wohl den Rock selber verschenkt, wenn er »ein Elend nicht länger ansehen« konnte. Er hat nach und nach alles weggeschenkt, was er an irdischem Eigentum besaß; denn es ist ihm viel Elend auf seinem Wege durchs Leben begegnet; im Kriege wie im Frieden, auf seinen

185

139

Schlachtfeldern wie auf den Roggen- und Weizenfeldern um Haus und Dorf Vechelde.

Der alte Fritz hat ihm seinerzeit auch den Stuhl vor die Tür gestellt, nach dem Siebenjährigen Kriege natürlich, und hat ihn höchstens für einen *fou généreux* erklärt; und der Neffe Karl Wilhelm Ferdinand hat ihn wohl häufig kurz *le vieux fou de Vechelde* genannt; aber –

Vivat Ferdinandus dux! ... *Vive Monseigneur, le bon duc Ferdinand!* ... *Three cheers for prince Ferdinand, good prince Ferdinand!* ... Es lebe Ferdinand der Gute, der gute Herzog Ferdinand von Braunschweig und von Vechelde!

Und er lebt und wird leben, der große Feldherr und Mensch mit dem mitleidigen und fröhlichen Herzen, er der Menschlichste seines dickköpfigen, starrnackigen, aus dem Groben zugehauenen Stammes. Und es ist noch lange nicht das Ärgste, als zahlungsunfähiger Gutsherr von Vechelde und als Ehrenpräsident des Großen Klubs zu Braunschweig zu sterben! Man darf bei Berichten, wie dieser vorliegende, ja nicht zu weit um sich fassen und zu tief eingreifen in seiner Helden Daseinsverlauf. Man kommt da auf wunderliche Dinge und nachher auf sonderbare Gedanken und Betrachtungen.

Zum Exempel, der Herzog Viktor Franz von Broglio hat noch Schulter an Schulter mit dem Herzog Karl Wilhelm Ferdinand gegen seine eigenen Landsleute im Felde gestanden, hat noch den König Ludwig den Sechzehnten köpfen und den Napoleon Bonaparte auf seinen Kaiserstuhl steigen sehen müssen. Und gar der Generalleutnant Luckner ist dänischer Graf und französischer Marschall geworden; aber auch selber geköpft – unter die neue Erfindung, die Guillotine, gelegt worden – zu Paris im Jahre 1794 als ein alter Herr, der sich als preußischer General und Freikorpsführer dieses auch nicht vermutet hatte.

Eben treiben sie die Helden von Amelungsborn, wie sie die aus den Schluften, Klüften und Höhlen des Iths herausgeholt haben, dem guten Herzog Ferdinand in den Kriegspfad; und daran und an den heutigen Tag allein wollen wir uns halten und nicht zu weit in die Zukunft sehen wollen. Sie hatten aber nicht nur den Magister Buchius und seine Gesellschaft aus ihrem Unterschlupf vor dem schlimmen Zeitenwetter herausgegraben, sondern sie hatten auch das halbe Dorf Holzen aus der größern unterirdischen Kommodität im Drange der Zeit, aus der auch heute noch vorhandenen berüchtigteren und berühmteren Höhle am »Roten Stein« hervorgezerrt.

Viktoria! Trotz alles strategischen Zukurz- und Zuspätkommens hatte ja doch der Feind den Kürzern gezogen und der Freund die Oberhand behalten. Dafür, daß das letztere für den Gelehrten aus Amelungsborn und seine Gesellschaft, für die Alten, die Weiber, die Kranken, die Kinder aus Holzen im besagten »Drange der Zeiten« ganz einerlei war, was die Behandlung anbetraf, dafür konnte keiner, unsern Herrgott abgerechnet. Auch den hohen Aliierten war es so wenig recht wie den Schelmen-Franzosen, wann sich die eingeborene Bevölkerung auf dem Kriegstheater mit ihrem Vieh und ihren beweglichsten Habseligkeiten und vor allem mit ihren Lebensmitteln in Wald und Fels lieber verkroch, als daß sie gutwillig mit den besten Freunden geteilt hätte.

Das Herz des Herzogs Ferdinand mochte sich wohl bewegen, wie es sich jetzt vom Ith herunter, vom Roten Stein her, auf der Landstraße zwischen Scharfoldendorf und Eschershausen ihm unter seinen ziehenden Truppen andrängte, groß und Klein, Mann und Weib, in Lumpen und Tränen:

»Lieber Herre, nach Ihm haben wir ja immer ausgeguckt! ... Herr Herzog, Herr Herzog, ich bin ja auch aus Bevern! ... Liebster Herr Prinz Ferdinand, ich bin so ein alter Mann, ich habe bei Seiner Frau Mutter in Antoinettenruhe im Garten gegraben! ... Und ich habe bei Seines Herrn Vaters Tod die Glocke im Kirchturm geläutet. Helfe Er mir aus dem Elend, Herre Durchlaucht, ich bin auch des Herrn Bruders Landeskind und hier zu Hause und habe noch einen Jungen unterm Herrn Erbprinzen, und zwei liegen schon begraben, einer in Böhmen unterm König Fritzen und einer unter Ihm selber bei Minden!« ...

»Und ich habe Seinen Rockknopf, Durchlaucht Herr Herzog, zum Zeichen, daß Er mir helfen will; und das ist der Herr Magister Buchius, und da bringt mein Heinrich auch mit blutigem Kopfe den Herrn Junker von Münchhausen, und dies ist Mamsell Fegebanck, des Herrn Klosteramtmanns vornehme Jungfer Nichte, der sie auch die Falten aus dem Rock gerissen haben. Und meinen Heinrich wollen sie jetzt mit Gewalt unters Volk nehmen, nachdem ich's ihm mit Jammer und Not ausgeredet habe gestern abend, als er gutwillig drunter wollte, weil ihn der Herr Amtmann in der Zornwut mit dem spanischen Rohr über die Faust geschlagen hatte! ...«

Mit zerfetzten Kleidern die Weiber; die Männer auch, aber dazu mit blutigen Köpfen, mit Beulen von Kolbenstößen und mit blauen blutrünstigen Striemen von der flachen Klinge! Alle zerzaust, halb verhungert, triefend vom Regen, zitternd im Novemberwind, im Schlamm der Heerstraße versinkend –

»Westphalen, Westphalen, sehen Sie, was zu tun – sehen Sie, wie den Leuten zu helfen ist! Kinder, reißt mich vom Gaul, zerteilt mich unter euch; aber kommt mir jetzt nicht in den Weg. Ja, du Kind, armes Kind, dir bin ich schon einmal begegnet auf eben solchem schlimmen Wege. Das ist mein Wahrzeichen, mein Rockknopf. In Braunschweig solltest du damit zu mir kommen. Bist du auch aus Bevern?«

»Nein, Herr Durchlaucht Ferdinand. Nur aus dem Halberstädtschen; aber mein Heinrich ist aus Lenne und der Herr Klosteramtmann –«

»Das geht da vorn gar nicht voran! Lord Frederic Cavendish, ich bitte Sie! ... *the welsh fusiliers* schärfer nach in die Berge! Nicht vor die Füße sehen! Das geht ja wie auf dem bloßen Strumpf über Glasscherben. Vorwärts und durch! Kann Bibow mit den braunschweigischen Karabiniers nicht um den Lagerbrand herum dem Herrn Marquis von Poyanne mit mehr *vigueur* auf den Hacken bleiben? ... Ja, Kinder, Kinder, es wird noch alles gut werden! Ihr seid da aus dem Dorfe, Leute? aus Holzen? Nun, das steht ja gottlob noch, und ihr sollt jetzt die Dächer überm Kopfe behalten, was ich dazu tun kann. Man hat's uns unverbrannt gelassen, und wir marschieren heute noch weiter und molestieren euch nicht mehr! So geht nach Hause, ruhig nach Hause, mit Gott nach Hause; es wird ja alles wieder gut werden – nur Geduld, Geduld. O Geduld, Kinder; wer muß mehr Geduld an diesem Tage und grade hier haben als Ferdinand von Braunschweig-Bevern?«

Sie hatten den Junker von Münchhausen vom Bevernschen Ast des berühmten Geschlechts doch gottlob noch nicht ganz totgeschlagen, wie Wieschen meinte. Er hatte sein Teil von den Schotten nicht einmal so schlimm gekriegt, wie sein guter Kamerad Heinrich Schelze das seinige am Morgen von den Franzosen. Er war doch noch einmal, trotz seines schlimmsten festesten Vornehmens, für Mamsell Selinde Fegebanck eingetreten, und dabei hatte er's selbstverständlich ebenfalls über den Schädel und die Nase bekommen, und es war ihm mit dem Kolben gelaust worden.

Aber er war noch ziemlich auf den Beinen und vermochte es, sich durchzudrängen und den Reiterstiefel des Herzogs zu umfassen:

»Durchlaucht, ich weiß noch besser Bescheid in der Gegend wie mein Herr Vetter da! Ich bin der Letzte von der wirklichen Wald- und Wildschule Amelungsborn und bringe Reiterei und Geschütz am Pfeffelsberge und Scheelehufsberge her über den Katthagen an die Hunde, wenn Sie mich mit zu Pferde und nach der Front nehmen! Monseigneur, der Herr Magister Buchius weiß, daß ich die Gegend kenne und mir darin zu trauen ist!«

Der Leutnant unter den hannöverschen Jägern, der Herr von Münchhausen von der Bodenwerderschen Linie, stand und faßte den Verwandten erst am Zopfe, nachdem er sich mühsam in seiner Verwunderung gefaßt hatte:

»Kerl, reitet Ihn der Teufel? Vor Blut und Kot erkennt man sein eigen Blut nicht. Wie kommt Er hierher, Thedel? Hat man Ihn denn nicht an sieben Ketten zu Holzminden gelegt?«

»Zu Ihnen, *mon cousin*, Herr Vetter, wollte ich«, rief der Wildschützenschüler außer sich. »Jetzt einen Gaul auf der Franzosenfährte, nachher eine Büchse unter dem Herrn Vetter. Ein Sponton, ein Portepee unter dem Herrn Herzog Ferdinand! Vivat Fridericus! vivat Ferdinandus! Den letzten Blutstropfen für den König Fritzen und den Herrn Herzog Ferdinand!«

Der gute Herzog Ferdinand schüttelte nur den Kopf und seufzte, aber voll Unruhe und Ungeduld nach den Bergen im Süden ausschauend; dann rief er doch: »Er ist auch ein Münchhausen und will uns helfen, noch einmal die Reiterei an den Feind zu bringen? Junger Mensch, kann man Ihm trauen?«

»*Parole de Münchhausen, Monseigneur!*«

»Man helfe beiden Herren von Münchhausen zu Pferde. Was haben wir noch von unserer Kavallerie hier bei Eschershausen zur Disposition, Westphalen?«

»Die beiden Schwadronen von den Elliots, Durchlaucht; die Greys, Ancram, Moystin, Bauer und Riedesel stecken leider Gottes schon vor Stadtoldendorf in den Wäldern und hohlen Wegen fest.«

»Wollen die Herren von Münchhausen mit den Elliots reiten und denselben die Wege zeigen um die linke Flanke des Feindes.«

»Magister Buchius, jetzt holt sich auch Amelungsborn seine Ehren auf Wodans Felde!« jauchzte Thedel von Münchhausen schon aus dem Sattel eines englischen Reiterpferdes. »So bin ich hundertmal im Traum über Sein Odfeld geritten, Magister Buchius! Es lebe die große Schule von Amelungsborn, und komme Sie gut nach Hause und grüße Sie den Herrn Oncle, Mamsell Selinde. Vivat Ferdinand! den letzten Blutstropfen für Bevern und den Herzog Ferdinand! Hussasa, Vetter von Bodenwerder!«

»*Messieurs, comme c'est dit,* das Hauptquartier heute ist in Wickensen – morgen in Einbeck und dann in Hildesheim. Wir stecken eben nur wieder die Winterquartiere ab, meine Herren«, seufzte der Herzog den abschwenkenden Reitern nachblickend. »Wo ist das Kind mit meinem Rockknopf?«

»Hier, allerhöchster Herre«, schluchzte Wieschen. »Und dies ist mein Heinrich, und wenn Sie ihn mir nur lassen wollten, so wollte ich Sie ja auch gar nicht mehr in Braunschweig mit mir molestieren. Und wenn Sie es nur dem Herrn Amtmann von Amelungsborn mit einem einzigen guten Worte für uns sagen wollten! Hier ist der Herr Magister, der kann es uns bezeugen, daß es kein Mensche besser in der schlimmen Zeit mit Kloster Amelungsborn meint, als wie mein Heinrich. Und wenn er gestern abend noch mit unter das Volk wollte, jetzo will er's gewiß und wahrhaftig nicht mehr. Also bitte ich um Gott und Jesus, lasse Er ihn los, Durchlaucht Herzog Ferdinand, lasse Er uns los. Der Herr Magister kann es uns allen bezeugen, daß wir nur arme schlechte Leute sind und beinahe zuviel ausstehen müssen, weil es der liebe Herrgott so will.«

Der Sieger von Crefeld und Minden sah nun zum erstenmal im Gedränge des heutigen Tages genauer auf den Magister, und der Magister Buchius stand mit der Mamsell Fegebanck an seinem Arm und dem Hut in der Hand wie ein Verzückter, wie als wenn es kein Gedränge des Tages und des Lebens gäbe, und sah seinen Heros im Felde und im Leben, sah zum erstenmal seinen guten, seinen großen, seinen guten Herzog Ferdinand vom Bevernschen Aste, und – er war auch aus Bevern und es war ihm kein Zweifel, daß sie beide aus einem Neste waren und sich an den Federn erkennen mußten, wenn – sie bloß Zeit dazu hatten.

Leider hatte der Feldherr, der im Westen des römischen Reichs deutscher Nation den Siebenjährigen Krieg auf den Schultern trug, keine Zeit, und der Magister Buchius wußte das.

»Bitte den Herrn, sich zu bedecken«, sagte er, der Herzog, gleichfalls den Hut höflich lüftend. »Kann ich dem Herrn dienen? Oder kann mir der Herr selber raten, wie diesen armen Leuten hier zu helfen ist?«

Wir haben es schon gesagt, daß der alte Schulmeister gleich einem Verzückten stand; doch wir müssen es noch einmal sagen.

»Durchlaucht – *Monseigneur* – größester Held«, stammelte er, immer den Helden- und Biedermann auf dem Schimmel glänzenden Auges betrachtend und alles übrige um sich her vergessend. »Durchlauchtigster Herr – mächtiger Kriegesfürst, ach, daß doch Euer Durchlaucht unter so unruhigen Umständen in unserer und Hochdero Heimatgegend arrivieren müssen. Durchlauchtigster –«

»Ich bitte doch ein wenig kürzer«, lächelte der gute Herzog trotz seiner Eile mit vollem Wohlwollen und Verständnis; aber wie hätte Magister Buchius sich kurz, ja nur kürzer fassen können?

»Durchlauchtiger Herr und Herzog von Braunschweig, Lüneburg und Bevern, ich bin auch aus Bevern. Mein Name ist Buchius – dies ist hier die Mademoiselle Fegebanck, des Herrn Klosteramtmanns von Amelungsborn Nichte und Vetterstochter, und ich bin der letzte wirkliche Kollaborator der weiland berühmten großen Schule zu Kloster Amelungsborn, und was hätte ich für mich wohl zu erbitten, da ich augenblicklich meines höchsten Wunsches Erfüllung teilhaftig werde? Der liebe Gott segne Sie auf Ihren schweren, blutigen Wegen, gnädigster lieber Herzog Ferdinand, *und reiten Sie nur ruhig weiter!* Wir werden ja auch schon sehen, wie wir mit Gottes Hülfe durchkommen. Wir werden durchkommen gut oder schlecht, Durchlaucht; aber der alte Magister Buchius von Amelungsborn, der Sie mit seinen Unbequemlichkeiten auf Ihrem schwersten Wege unnötig aufhielte und molestierte, der würde sich darob die bittersten Vorwürfe und Reprochen machen. Reiten Sie ruhig zu, Euer Durchlaucht, und kümmern sich nur ja nicht um was anderes als sich selber: das ist das beste für uns alle! Der allerhöchste Gott segne und erhalte den Herrn Herzog auf seinem schweren, schweren Wege!«

»Herr?!« … sagte und fragte der Herzog, nie in seinem Leben so wie jetzo verwundert über einen Menschen, dessen Bekanntschaft er machte. Er sah sich auch fragend im Kreise seiner Begleiter um und blickte vor allem jetzt wie um genauere Auskunft auf seinen Freund Westphalen.

Darauf aber zog er den Handschuh von seiner Rechten und reichte sie vom Pferde herab dem größten Kollaborator von Amelungsborn, dem Magister Noah Buchius, und schüttelte die festgefaßte, verständnisvoll festgehaltene hagere, nasse, verklammte Schulmeister- und Freundeshand:

»Mein lieber Herr Magister, ich danke Ihnen recht höflich. *Vraiment,* ich danke von ganzem Herzen; denn so wie der Herr jetzt hat noch keiner dem zerplagten Ferdinand von Braunschweig-Lüneburg auf seinen schlimmen Wegen ein braves Wort gesagt! Und ich hatte es nötig – hatte es nötig, heute mehr als sonsten. Magister Buchius von Amelungsborn, wenn ich recht verstanden habe? Ja, ja, mein lieber Herr Magister, Sie wären mir auch willkommen in Braunschweig im Bevernschen Schloß – im Frieden – wie das arme Mädchen hier. Kind, leider ist noch immer nicht die Zeit gekommen, wo ich mich mit dir hinter den Ofen setzen könnte, um von den Tagen, die uns beiden nicht gefallen konnten, das Genauere zu hören und zu erzählen. Und der junge Mensch, dieser zweite junge von Münchhausen, gehörte auch zu dem Herrn Magister? Lieber Westphalen – ja, aber auch Sie haben keine Zeit – Herr Magister Buchius! das Hauptquartier ist heute in Wickensen; ich kann Sie mit Ihrer Gesellschaft nicht dorthin invitieren; aber wenn es mir möglich ist, werde ich in Amelungsborn nach Ihnen nachfragen lassen. Ah, Monsieur – Herr Hauptmann von Meding, wollen Sie dafür sorgen, daß die Leute von Amelungsborn und der Herr Magister wenigstens augenblicklich aus dem Gedränge kommen. *Au revoir* also, mein lieber Herr Magister Bu- 194 chius. Wie gesagt, Sie haben in Wahrheit ein wackeres Wort zu mir gesprochen, und es ist in Wahrheit mein Wunsch, daß auch wir uns bei besserer Gelegenheit und in mehrerer Ruhe noch einmal wieder begegnen mögen.«

Herzog Ferdinand von Braunschweig-Lüneburg und Bevern hob noch einmal freundlich den Hut vom Kopfe und ritt langsam weiter mit seinem buntscheckigen Gefolge von deutschen und englischen Herren. Magister Buchius stand immer noch mit der Mamsell Fegebanck am Arm und Heinrich und Wieschen von Amelungsborn zur Seite und sah dem großen Feldherrn nach, vollständig entrückt nicht nur dem augenblicklichen Gedränge, sondern allem und jeglichem Erdentumult, Drangsal und Wirrsal. Auch er hatte seinen Trost bekommen am heutigen bösesten Tage. Er hatte ihn abgelesen von dem klugen, guten, zornvoll-kummervollen Gesicht des braven Mannes, den sie damals als den Zweitgrößesten in den Schlachten ihrer Zeit rechneten und der diesmal wiederum nichts weiter vermochte, als im Vorbeireiten ein herzlich bedauerndes und freundlich tröstendes Wort vom Gaul in den ihn umdrängenden Jammer hinein zu sprechen. Oft hatte der Magister in seinem Leben mit dem Lächeln der Entrückung, und natürlich dazu mit halboffenem Munde, gestanden im Strudel dessen, was man die Menschheit nennt; aber nie so wie jetzt. Er sah den Heros in das an diesem fünften November auch sehr ungemütliche und von Freund und Feind nach Bedürfnis zugerichtete Eschershausen hineinreiten. Erst nachdem der letzte Zipfel seines Gefolges im Ortseingange verschwunden war, und die marschierenden Truppen wieder rücksichtsloser zudrängten, fand er ein Wort zwischen den Ellenbogenstößen, Fußtritten, den Hufen und Rädern für die Höflichkeiten des Herrn von Meding.

Dem Herrn Hauptmann von Meding erschien sein empfangener Auftrag zum mindesten sonderbar an einem Tage wie der heutige. Verdrießlich schnarrte er:

»Herr Kantor, wenn Er mir nun rasch sagen will, wie grade *ich* Ihm und Seiner Kompagnie bequem nach Hause helfen kann, so soll's mir lieb sein. Aber zum Teufel, beeile Er sich nach Möglichkeit. Er sieht, wie es uns auf den Nägeln brennt.«

Magister Buchius verrichtete, selbst zwischen den Gamaschenschuhen, den Ellenbogen, Rädern und Pferdehufen, seine Kourtoisie gegen den Herrn Kapitän mit merklich klarerer Besinnlichkeit als wie gegen Seine Durchlaucht den Herzog Ferdinand den Guten. Er machte sein untadelhaft Kompliment, indem er sprach:

»Euer Gnaden sollen sich doch nicht bei uns aufhalten. Wenn der Herr Kapitän die große Gütigkeit haben werden, uns aus dem Heereszug der hohen Aliierten –«

»Herr, halte Er mich nicht durch langes Gesalbader auf. Sage Er brewemang, in welchem warmen Ofenwinkel ich Ihn mit Seiner – Seiner Weibsbagage abzusetzen habe. Amelungsborn! Was ist das? Kloster Amelungsborn? Nun, Seine Durchlaucht haben befohlen – he, Kerl, Er da, Korporal Baars, gehe Er doch mal mit den Leuten so weit es nötig ist – bis an die nächste Ecke. Weise Er ihnen, wo der Satan den bequemsten Weg nach dem – dem Amelungsborn offengehalten hat, wenn Er's weiß.«

»Zu Befehl, Herr Hauptmann«, sprach der Korporal, und der Hauptmann von Meding, den Hut berührend, sagte mürrisch-eilig:

»Also, *bon voyage*, Herr Küster. Madam oder Mamsell, ich empfehle mich«, und so ritt er, so rasch das Gedränge zuließ, seinem Feldherrn nach, auch hinein nach Eschershausen, um seinen Platz im Stabe und sein besseres Unterkommen im Hauptquartier ja nicht zu lange aus den Augen zu verlieren. Verdenken konnte man es ihm nicht.

»Kotz Mohrenelement«, schnauzte aber jetzo, nachdem der Vorgesetzte aus Hörweite war, Korporal Baars mit dem Gewehrkolben aufstoßend, »das heiße ich auf die Taternjagd kommandiert werden! Na meinetwegen. Hier, mal zwei Kerls mit'm Herrn Pastor und seiner Kumpanei aus'm Wege. Ihr habt gehört, was der Herr Hauptmann befohlen haben, und das gluhe Donnerwetter euch über die Köpfe, wenn ihr mir nachher beim Appell fehlt. Himmel, Hölle, der Satan und seine Großmutter, läuft einem auch noch so was zwischen die Beine, wo man schon genug über

Leben und Tod und durch den Schmaratz bei Tage und bei Nachte wegzusteigen hat! Angeschlossen, ihr anderen – sackerment, könnt's ja sonsten nicht weich genug kriegen, nu ist euch der Boden wohl wieder zu weich. Na, Gnade Gott, wer mir mit seinen Pontons stecken bleibt, wie uns der Herr Generalleutnant von Hardenberg heute. Fühlung, Kerls, Fühlung; meint ja nicht, weil ihr den guten Herrn Herzog Ferdinand Durchlaucht über euch habt, daß ihr nicht auch noch den lieben Korporal Baars über euch hättet.«

Zweiundzwanzigstes Kapitel

Die zwei »Kerls«, an welche der Korporal Baars den Auftrag des Herzogs Ferdinand weitergegeben hatte, hatten merkwürdigerweise diesmal nicht Lust, die gute Gelegenheit zum Desertieren auszunützen.

Der eine sagte nur: »Na, Krischan, wat seggst'e denn nu?« und der andere sagte etwas viel, viel – viel Schlimmeres. Sodann aber packten beide zu. Der eine nahm den einen Schutzbefohlenen, den Magister Buchius, an der Schulter; der andere griff nach dem Kamisol des Knechts Heinrich: »Na denn, alert! marsch aus der Kolonne! Nach Hause mit den Weibsen! Was hat sich das hier in der Front herumzutreiben und die Leute aufzuhalten?«

Das Gedränge wurde grade jetzt auch schlimmer denn je. Es kam schweres Geschütz, ebenso sehr geschoben und gehoben wie gezogen, die Straße unterm Ith her. Artillerie mit allen Finessen des großen Grafen Wilhelm von Bückeburg versehen, aber an diesem Tage, bei diesem Wetter, auf solchem Wege wahrlich ein *impedimentum,* wie der Herr Magister Buchius in der Zelle des Bruders Philemon sich ausgedrückt haben würde: eine schwere Belastung des Heereszuges.

»Bis an die nächste Ecke«, hatte der Herr Hauptmann von Meding gesagt, und die nächste Ecke war auch in diesem Falle wirklich nichts weiter als die nächste Ecke, bis zu welcher der Mensch, der Eile hat, dem Menschen das Geleit gibt; – wenn er *große* Eile hat, so selbst seinem besten Freund und nächsten Verwandten.

Rechtsab, wenn man von Scharfoldendorf kommt, führt dicht vor Eschershausen der Pfad zurück aufs Odfeld unter dem Wemmelsberge her, und nicht einmal bis an den Wemmelsberg geleiteten die beiden Musketiere ihre Schutzbefohlenen. Es sucht auch dort einer von den vielen namenlosen Bächen der Gegend seinen Weg der hochberühmten Lenne zu. Die Elliots hatten ihn aber unter der Führung der Gevettern von Münchhausen durchtrabt und ihn in den Weg hineingestampft, und Menschen und Vieh von beiden Parteien, Roß und Reiter lagen auch hier gefallen und halb im ekeln Schlamme versunken, vom ersten Zusammenstoß der Heere im frühesten Morgengrauen her.

»Zu Hause ist's am schönsten, Herr Pastor. Ein Kumpelment an die Frau Pastorsche, Herr Pastor, vom Herrn Herzog Ferdinand und alle uns allerhöchste Alliierte, und künftighin möchte sie doch ein bißchen besser auf Ihm passen und nicht so bei so eiligen Zeiten mit die Jungfern am Arm alleine laufen lassen!«..

Noch einmal verspürte der Magister Buchius in diesem laufenden Siebenjährigen Kriege was wie einen der schweren Flintenkolben des Säkulums unterhalb seines Rückgrats und fand sich mit seinen Begleitern gottlob wieder allein im Sumpf und auf sich selber und den Trost des Knechtes Schelze und die Gefühle Wieschens und Mamsell Selindens angewiesen.

»Wir wissen nun, was vor und wer hinter uns ist«, meinte der treue Heinrich, der auch mit der Hand im Rücken die Stelle rieb, welche der deutsche Landsmann und Salvegardist aus der Korporalschaft des Korporals Baars eben freundschaftlich und scherzhaft zum Abschied mit der nägelbeschlagenen Schuhsohle gedrückt hatte. »Herr Magister, linksab in den Katthagen! Auf Gott und Menschen und hohe Herren ist kein Verlaß an einem solchen Tage! so haben wir gesehen! Alles Ein Elend! Da vorne kommen wir noch nicht durch; es steigt noch zuviel Dampf und Pulverqualm aus den Büschen zwischen Amelungsborn und uns hier. Linkswärts in den Katthagen; das Unterholz ist dorten so dick, daß bei der Eile, die heute alles hat, keiner da noch seine eigenen letzten Lumpen unsertwegen an den Dornen hängen läßt! Die Franzosen hält uns unser Herr Junker Thedel ja da vorn nach seinem höchsten Wunsch mit vom Leibe, und wir sind hier ja eigentlich jetzo bloß unter den besten Freunden.«

Magister Buchius sagte nur:

»Er hat recht, Heinrich; und kein göttlicher Held und mildester Heros kann hieran viel verändern! Lovisia, halte aber doch deinen Knopf fest. Es ist ein köstliches, herrliches Angedenken!«

149

»Liebster Gott, Herr Magister, meinen Rockknopf hat mir ja der liebe Herr in der Hand behalten, als er in seiner Zerstreuung weiter reisen mußte!« ...

Eine Kontroverse darüber, ob man »Katthagen« oder »Quadhagen« zu sprechen und zu schreiben habe, würde jeder Gelehrte auf die nächste bessere Gelegenheit verschoben haben, wenn ihm die Frage unter obwaltenden Umständen vorgelegt sein würde. Im Quad- oder Katthagen kurzweg suchten die Gejagten noch einmal notdürftiges Unterkommen vor Freund und Feind:

»Ein Mensch ist wie der andere an so 'nem Bataillentage, und kein Unterschied ist zwischen unserm Herrn Klosteramtmann und unserm Herrn Herzog Ferdinand Durchlaucht, Herr Magister«, meinte Knecht Schelze, immer noch ein bißchen schwummerig im Sinn sich weiterschleppend. »Jeder hat mit sich selber zu tun und keine Zeit für Höflichkeit und gute Freundschaft und alte Bekanntschaft. Es ist auch ganz einerlei, ob man's mit den Franzosen oder den Engländern zu tun kriegt, und unsere Braunschweigschen und die aus'm Hannöverschen und die Bückeburger und die Hessen, na, es ist, als würde Ein Sack voll Flegel ausgeschüttelt, so viel hat jedermann an seinen eigenen Molesten zu schleppen. Mamsell Fegebanck, was ist Ihre Meinung, Mamsell, wenn ich mit Höflichkeit fragen mag?«

»Es ist mir alles einerlei; ob ich lebe oder tot bin. Und der Junge war noch mein einziger Trost. Nun ist auch unser Thedel hin, Magister Buchius. Mein Lebtage vergesse ich ihm diesen Tag nicht. Aber es ist einerlei und Ein Morast. Ich wehre mich gegen gar nichts mehr und strecke nicht mal mehr eine Hand aus dem Dreck zu unserm Herrgott auf wie der da!«

Sie wies auf eine krampfhaft zerkrümmte Menschenhand, die aus dem Sumpf zur Seite aufragte und der man es nicht einmal mehr am Ärmelaufschlag abmerken konnte, daß hier wieder ein früherer Bekannter und feiner Kavalier von den Dragonern Seiner allerchristlichsten Majestät durch die Reiterei der hohen Alliierten in den deutschen Grund und Boden mit hineingestampft worden war.

»O Heinrich, wenn wir nur mit dem Leben davon kommen. Alles andere ist ja einerlei!« schluchzte oder, wie man dort in der Gegend sich ausdrückt, schnuckte Wieschen, und die war die einzige von ihnen allen, die damit ein verständiges Wort in das Elend hineingab. »Ach, wenn doch unser Herrgott endlich ein Einsehen haben wollte, und du und der

Herr Klosteramtmann auch! Ich will mir ja auf dem Hofe und von euch alles gefallen lassen!«

Was den Herrgott anbetraf, so hatte der wirklich »ein Einsehen«. Er hielt wenigstens an dieser Stelle zwischen der Weser und der Hube seine gütige Hand über die gejagte Kreatur. Der Katthagen oder der böse Hagen war besser als sein Ruf in der Gegend. Sein Gestrüpp wenigstens dicht genug und genugsam voll Dornen, um jetzo, wo die Bataille doch schon entschieden war, die eiligen »Völker« vom zu scharfen Durchstöbern des Waldes abzuhalten.

Im dichtesten Dickicht des Katthagens warteten, auf einem gefällten Baumstamm aneinandergedrückt kauernd wie die Krähen auf dem Dachfirst, die schöne Mamsell Selinde Fegebanck, der Magister Buchius, das Wieschen und Knecht Heinrich Schelze es ab, bis sich das Gewitter über Wickensen und Vorwohle nach Einbeck zu und gegen den Solling hin, bis sich der Kriegssturm mehr und mehr verzog und bis es, wie Knecht Heinrich meinte: »jetzt nur noch hinter dem Holzberge her leise grummelte«.

Es gab in der aufgereiheten Gesellschaft auf dem Eichenstamm im Katthagen keinen, der nicht die Ellbogen auf die Kniee gestemmt und den Kopf in beiden Händen liegen hatte, keinen, dem noch ein überflüssig Wort für den Nachbar oder die Nachbarin übriggeblieben war.

Nur Knecht Heinrich meinte noch:

»Hat er nur halbwegs das über den Kopf und den Buckel gekriegt, was mein Teil heute gewesen ist, so will ich von nun an wohl in Frieden mit ihm auskommen, Wieschen.«

Es war der Herr Klosteramtmann oder Drost von Amelungsborn, den sein treuer Dienstmann bei dem Seufzer im Sinne hatte, und mit welchem er in Gedanken ein Abkommen traf für ein besseres Verhältnis zwischen ihnen beiden, wenn sie in ihrem Leben noch einmal zusammen kommen sollten.

Der alte Herr, der alte Magister Buchius aus Kloster Amelungsborn, ja dem sank der Kopf zwischen den hagern Fäusten tiefer und tiefer. Er saß im Halbschlaf und fiel nach und nach in einen wirklichen tiefen Schlaf, aus dem er anfangs auch noch von Zeit zu Zeit erschreckt auffuhr und verwundert um sich sah, bis ihn die Ermattung gänzlich überwältigte. Da fing er an, im Traum zu reden, und zwar von seinem Schlimmsten und Liebsten und Jüngsten im Drangsal dieses fünften Novembers Anno

Siebenzehnhunderteinundsechszig, von dem Junker Thedel von Münch-hausen.

»Um Gottes willen, ihr Herren! ... Lieber Thedel, mit Vorsicht! will Er denn mit aller Gewalt Arm und Beine brechen? ... Den Hals stürzt Er sich noch ab an der Klostermauer –«

Nun murmelte der Alte mehr aus dem gegenwärtigen Tage heraus:

»*Alariae cohortes – ala equitum* – ganz recht, die Reuterei der Aliierten auf die Flügel. Münchhausen, ist Er denn wieder von Gott verlassen? Zu Pferde unterm engländischen Hülfsvolk? Herr Vetter, Herr Vetter, Herr Leutnant von Münchhausen, der junge Mensch kennt zwar die Gegend; aber – Mamsell Selinde, Sie wissen ja, was für ein Kind er noch ist. Nicht in den Qualm, nicht in den Brand, Thedel! Der ganze Wald um die Homburg geht im Feuer auf. Durchlaucht, da sind sie aneinander vor Stadtoldendorf – England, Frankreich und die große Schule von Amelungsborn! Sie kommen nur in Fetzen nach Dassel, die Welschen, die Franschen, die landfremden Landschädiger. Vivat Fridericus! Vivat Ferdinandus! *Dulce et decorum est pro patria mori!* Ach Gott, Durchlaucht, Herr Herzog – Herr Herzog Ferdinand, ich bin nur der Magister Buchius aus Amelungsborn und weiß, daß der Herr Herzog keine Zeit heute für uns haben können; und dies ist der Junker von Münchhausen aus Bevern, und er kennt die Gegend. Münchhausen! Thedel! Ist Er denn ganz ver-rückt geworden? ... Herr Gott, die Raben! Herr Gott, die Raben über dem *Campus Odini!* Herr Gott, Herr Gott, die Raben über dem Odfelde!«
...

Dreiundzwanzigstes Kapitel

Nach drei Uhr nachmittags wurde es ganz still. So still, daß es fast zu einem neuen Schrecken wurde. Nur die Rauchwolke vom brennenden französischen Lager bei Stadtoldendorf stieg noch immer auf, und man roch den Krieg nur noch; man hörte ihn nicht mehr. Der Feind war, wenn auch arg zerkratzt, ausgewichen nach Osten und Süden; Hardenberg war bei Stadtoldendorf angelangt und hatte Stellung daselbst genommen und den Herzog Ferdinand in seinem Hauptquartier Wickensen auch schon persönlich gesprochen: viel Angenehmes hatte er wahrscheinlich nicht zu hören gekriegt, der Herr Generalleutnant; und die beste Rechtfertigung hilft nur zu häufig nur dazu, den Verdruß noch größer zu machen.

Bald nachdem der Geschützdonner schwieg, machte der Wind sich stärker auf. Es war Herbst, und es wollte Winter werden und augenblicklich auch noch Abend dazu: »Hoho«, sagte der kalte Novemberwind im Katthagen, »was sollte nun der Lärm? Ich bin auch noch da und pfeife auf euer Gepolter und blase in euern Qualm. Hui, hui, es ist mir ein Spiel mit euern Fahnen und Standarten und mit dem Grase im nächsten Jahre über Roß und Reiter; – mir ist es einerlei, sehet selber, womit ihr euch behaglicher abfindet, ob mit eurem Gelärme oder mit meinem Geschäft und Werk in der Welt. Hui, Kameraden, hinein in den Katthagen und Busch und Baum in die Frisur und dem alten Kollaborator von Amelungsborn, dem Magister Buchius bis in die Knochen. Endlich wieder nach Hause mit dem alten närrischen Kauz und seiner närrischen Gesellschaft!«

»Ich gehe jetzt nach Hause, und wenn keiner mitwill, allein!« sagte Mamsell Selinde, von dem Baumstamm aufstehend. »Wer mit will, kann kommen.«

»Was meinst du, Wieschen?« fragte Knecht Schelze. »Knuff und Puff haben wir genug von Freund und Feind gekriegt. Den Herrn Herzog Ferdinand haben wir zu Gesichte bekommen, aber helfen hat er uns auch nicht können. Er hat für heute wieder selber noch nichts und kann sich selber kaum helfen. Unter die Engländer mag ich nicht, die Bückeburger, Hannoverschen, Preußen, Hessen und Braunschweiger magst du auch nicht, die Franzosen sind wieder über den Solling. Sag dein Wort, Wieschen; haben sie Amelungsborn niedergebrannt, können wir uns zum wenigsten noch mal an seinen Kohlen wärmen.«

»Ich habe es dir ja schon gesagt. Wir wollen nach Hause wie es ist! Lieber auch tot als so lebendig hier im Busch und draußen unter den toten Menschen!«

»Denn vorwärts«, seufzte der tapfere Knecht Heinrich Schelze mit kläglich-verzogenem Mundwerk. »Wer nicht mit schießen und schlagen kann, der soll's nehmen, wie's ihm in das Maul gestopft wird, und sich dran abwürgen. Na, schicke mir nur der liebe Gott den Korporal Baars mit 'n Stelzfuß auf unsern Amelungsbornschen Klosterhof! Heda, holla, Herr Magister, wir wollen nach Hause, nach Kloster Amelungsborn. Wir haben's genug beraten und wollen uns ducken in die Zeiten, weil wir müssen. Die Mamsell spaziert schon voran. Wenn der Herr Magister mit wollen, – oder immer noch was besseres wissen, so sollen Sie uns mit dem einen wie dem andern willkommen sein.«

Der alte Mann erhob sich als der letzte von dem Baumstamm. Er kam nur gar mühsam wieder in die Höhe, unterstützt von dem Wieschen.

Er sah sich um:

»Wa – was? Schon die Schulglocke? Ganz richtig, ganz richtig! Habe sie gestern erst wieder gestellt, die Uhr! Was ist denn das? Wer hat die Subsellien verrückt und über einander geworfen? Herr von Münchhausen, wer hat denn die Fenster eingeschlagen und die Tür? wer hat die Tafel und das Katheder niedergerissen? Wer hat diese Wirtschaft zu Amelungsborn getrieben?«

»Herr Magister, lieber Herr Magister,« schluchzte das gute Wieschen. »So besinne Er sich doch nur, lieber Herr Magister, lieber, lieber Herr Magister! Wir sind ja hier nicht im Kloster Amelungsborn auf der seligen großen Schule; wir sind hier im schlimmen Katthagen am Odfelde, und sie haben sich den ganzen Tag über die Köpfe eingeschlagen, und Er selber hat uns ja in Seiner Güte beschirmet und uns gar unter die Erde geführet! Und der Herr Herzog Ferdinand hat auch noch heute keinen Rat für mich gehabt, und hat seinen gnädigen Rockknopf wieder mit sich genommen, und jetzt wollen wir mit Gottes Hülfe wieder nach Hause, nach Amelungsborn, und wenigstens wissen, wie es da aussieht, und wie es mit dem Herrn Amtmann und mit der Frau Amtmann und mit den Kindern ergangen und ob sie noch mehr Leben in sich haben als wir hier auf freiem Felde nach der Bataille. So besinne Er sich doch noch einmal, lieber, lieber Herr Magister.«

Und Magister Buchius besann sich wirklich noch einmal, kam noch einmal fest auf die Füße zu stehen und zu einem klaren Überblick über die unruhvolle Erde und sein gegenwärtiges Verhältnis zu ihr.

Er klopfte das guten Mädchen zärtlich auf den stützenden Arm:

»Ja, ja, Kind, wo war ich denn nur? Hast recht, hast recht. Aber der Tag war freilich ein bißchen mühselig und voll Unbequemlichkeit, selbst für einen alten Schulmeister. Ei freilich, der große Herzog Ferdinand und der Herr Marschall von Broglio haben sich nur wieder eine Bataille geliefert: was hat mir denn eben Wunderliches von der großen Schule zu Amelungsborn geträumet? Ei, ei, ja, es war ein unruhiger Tag über und unter der Erde, und es ist recht kalt und ein schneidender Wind. Hast recht, Kind, wir wollen nach Hause, da das Canon und die Musketerie schweigt. Wir wollen uns schicken in die Zeit und wollen sehen, wie sie sich zu Hause – in Amelungsborn darein geschickt haben. Ei, ei, wie wunderlich hat mir doch eben von unserm guten Junker, unserm Münchhausen, unserm Thedel von Münchhausen unter den umgeworfenen Schulbänken und Tischen geträumet!«

Er schüttelte den Frost und die Ermüdung wie die Betäubung von sich, der alte zähe Schulmeister von Amelungsborn, der Männerfürst und Magister omnium artium Buchius. Sie zwängten sich noch einmal durch das dichte, verwachsene Unterholz des Katthagens, das ihnen den letzten Schutz während der Schlacht am Ith gewährt hatte, und traten von neuem hinaus auf des Magister Buchii Wodans Feld, auf das Odfeld. Vorsichtig, scheu, steckten sie zuerst nur die Köpfe vor aus dem verworrenen Busch – ausgenommen den alten Buchius trauten sie dem alten Göttervater in Walhall wenig, und heute auf seinem – dem nach ihm benannten Felde – gar nicht mehr.

»Es lebt nichts weiter, als nur was liegt und nur noch beißen, spucken und kratzen kann,« sagte Knecht Heinrich. »Die Gesunden sind alle schon mit den beiden Herren von Münchhausen über den Stadtoldendorfschen Galgenbrink weg. Was hier noch lebt, das liegt und das haut nicht mehr mit der scharfen oder flachen Klinge vom Gaul auf unsereinen herunter. Guck einer, sie sind unter unserem Junker Thedel wirklich vor Feierabend nochmal bitter aneinander gewesen, die Roten und die Weißen. Da liegt es dick genug übereinander, Roß und Reiter; wie die Tische und Schulbänke in Kloster Amelungsborn, Herr Magister. Es hat den Franschen ihr Lagerbrand doch nicht ganz aus der Falle geholfen, Herr Magister. Vivat unser Thedel, unser Thedel von Münchhausen!«

Es war so. Die letzten Strahlen der Novembernachmittagssonne fielen jetzo durch das schwere, zerrissene Gewölk, das hastig über das Odfeld hingejagt wurde, und es war deutlich genug, daß auch die Elliots über das Odfeld hingejagt und noch einmal an den Feind geraten waren. Um den Katthagen herum hatten die Gevettern von Münchhausen, der aus Bevern und der aus Bodenwerder, die engelländischen Reiter dem Herrn von Rohan-Chabot in die Flanke geführt. Ja, noch einmal auch heute hatte, trotz allem, der gute Herzog Ferdinand den Franzosen scharf in die Nackenhaare gegriffen, und man sah es auf dem Odfelde, welch ein Gezause und Gezerre da gewesen war.

Sie lagen, weithin zerstreut auf dem alten Götter- und Opferfelde, übereinander gestürzt Frankreich und England und – Deutschland dazwischen; Rot und Blau, Grün, Gelb und Weiß, silberne Litzen und goldene,

Bajonette und Reitersäbel durcheinander geworfen: vieles dermaleinst des Ausgrabens und Aufbewahrens in Provinzialmuseen wert.

»Großer Gott!« stammelte augenblicklich der Sammler und Inhaber der Raritäten in der Zelle des weiland Bruders Philemon zu Kloster Amelungsborn; aber Knecht Heinrich hatte recht: die Toten taten keinen Schaden mehr, und die Wunden riefen höchstens selber um Barmherzigkeit.

»Gott sei Lob und gedankt«, rief Mademoiselle nach Süden deutend, »den Kirchturm haben sie stehenlassen, und die Dächer sind auch noch heil und ganz. Wer weiß, um wieviel besser sie es in Amelungsborn gehabt haben als wie wir. Euern lieben Musjeh Thedel soll ich nur wieder zu Gesichte kriegen, wenn es so ist. Alle zehn Gebote ziehe ich ihm nochmal, und diesmal mit den zehn Fingernägeln durch die Visage, wenn ich ihn nachher nochmals zu Gesichte kriege.«

Und zwischen den jammervollen Zeichen des großen Krieges aller gegen alle in Europa und Amerika stieß sie einen leisen verdrießlichen Schrei aus:

»Jeses und Gott und auch noch die Vögel von gestern abend und heute morgen! Uh, Sein garstiges Vieh, Magister Buchius!«

Und es war seltsam; auch der gelehrte Mann, der Magister fuhr zusammen und entsetzte sich ob dem Faktum, daß sie wieder auch unter den Leichnamen der geflügelten Streiter vom gestrigen Abend und nicht mehr bloß unter den heute gefallenen Kämpfern von Deutschland, England und Frankreich standen.

»*Praesagium – prodigium – portentum –,*« murmelte der Magister, und nun dachte er zum erstenmal seit dem Morgen auch wieder an den Gast, den er in seiner Verwirrung bei Tagesanbruch in seiner Zelle eingeschlossen zurückgelassen hatte.

Und, wieder wunderlicherweise, kam ihm jetzo zum erstenmal in ihrer ganzen Grimmigkeit die Vorstellung vor die Seele, zu welchem Greuel der Verwüstung er auch innerhalb seiner armen vier Wände nach Kloster Amelungsborn heimkehren werde.

Es bedurfte aller Schrecken, die der Tag geboten hatte, um ihn umzurufen auf dem Wege in die Desperation, und ihm wenigstens ein Stück seiner aus Christen- und Heidentum gezogenen Philosophia, seines pädagogischen Stoizismus, dem persönlichen Elend gegenüber zurückzugeben. Ja, er faßte sich auch jetzt. Es gelang ihm, mit dem Handbuch der stoischen Moral des Epiktetos, mit dem Seneca, mit dem philosophischen Trostbüchlein des Anicius Manlius Torquatus Severinus Boëtius und mit dem Alten und Neuen Testament die toten Raben aus der Rabenschlacht seiner Elendsbegleitung der schönen Mamsell Fegebanck, dem zitternden Wieschen und dem kopfschüttelnden Heinrich Schelze aus dem Wege zu schieben:

»Unser Herrgott treibet nimmer Narrenpossen. Wir wollen auch über diese seine Zeichen wieder ruhig nach Hause gehen. Und wir wollen uns mehr denn je vorhalten, daß wir uns immerdar in seinen heiligen Willen schicken und nicht bloß in den unserer mit uns gepeinigten Brüder und Schwestern im Jammer, in der Not und in der Hitze, Kälte und Nässe dieser Erden.«

Aber nicht weit von dem Ort, wo sie wieder auf den ersten Gefallenen aus der Rabenschlacht auf dem Odfelde gestoßen waren, stieß auch der Magister Buchius einen Schrei aus, jammervoller als der der schönen Mademoiselle Selinde, und wahrlich mit größerer Berechtigung als sie dazu. Und mit ihm schrieen die beiden Mädchen kreischend auf, und Knecht Heinrich stürzte mit einem heulenden Klagelaut und einem Fluche vorwärts auf die Knie zwischen die herbstlichen Ginsterbüsche, die Binsen und das Heidekraut des Odfeldes:

»Unser Junker! Unser Junker! Herr Magister, Herr Magister, unser Thedel, unser liebster junger Herr! Herr Magister, ist's denn die Möglichkeit, daß so der Teufel die Oberhand unter unseres Herrgotts Regimente behält? Es ist unser Junker von Münchhausen; – greift alle mit an, daß wir den Gaul von ihm wegheben.«

Ja, sie mußten alle mit zugreifen: der alte Schulmeister mit seinen hagern zitternden Händen, die wunderschöne Mamsell Selinde Fegebanck und das gute Wieschen. Er, der Junker Thedel von Münchhausen lag mit einem letzten im Tode erstarrten lustigen Lachen auf dem Knabengesicht unter dem schweren engländischen Reiterpferd. Man sah es ihm an, daß er noch sein fröhlich Teil an der Franzosenjagd genommen hatte und weggenommen war von der Erde im vollsten Triumphe, die Elliots gut geführt und sie nach bestem Wissen und Kräften und zur Zufriedenheit Seiner Durchlaucht des Herzogs Ferdinand heute noch einmal an den Feind gebracht zu haben. Aber der Magister Buchius kniete wortlos unter den Leichnamen von Menschen und Vieh auf dem Odfelde und hielt das Haupt seines bösesten und besten Schülers, seines liebsten, liebsten Schülers in den Armen; und mit einem Male fing er an, bitterlich zu weinen, als ob alles, was er an Kummer und Verdruß in seinem langen

157

Leben und am heutigen kurzen Tage still hintergeschluckt hatte, in Einem Strom sich Bahn breche aus seiner tiefsten Seele heraus.

Dadurch brachte er natürlich auch die zwei Mädchen zu hellem Geschrei und vorzüglich die zärtliche Mamsell Selinde, die da stand und untröstlich die Hände rang, wie sie sie gleicherweise untröstlich im stillen gerungen hatte, als man den schönen, höflichen, lustigen Leutnant Seraphin von den silberweißen Dragonern auf den Gewehrläufen in das Tor von Kloster Amelungsborn trug. Ihn, der auch »wie ein Engel« gegen sie gewesen war in den Wochen vor dem Gefecht bei Erichsburg, als er beim Herrn Onkel im Quartier lag.

»O Gott, o Gott, so jung und so ein guter Junge und um solch eine Dummheit, die ihn doch gar nichts anging! und so ein lieber, lieber Junge!« …

Knecht Heinrich Schelze stand auf und faßte sein Wieschen am Oberarm und brummte gröblich: »Schrei doch nicht so!«, und dann legte er grimmig und voll zarten Mitgefühls zum erstenmal in seinem Leben dem Herrn Magister Buchius – seinem liebsten Herrn Magister die Hand auf die Schulter: »Herr, Herre, lieber Herre, Schlimmeres hätte auch mir heute nicht passieren können, ausgenommen wenn ich nicht mein Mädchen bei Leben, gesunden Gliedern und bei Ehren hätte behalten können. So reden der Herr Magister doch nur ein Wort! Ach Gott, so ein junger Herr und Menschensohn! Was ist es uns für ein Trost, daß es ihm doch noch besser zu Teil geworden ist als tausend andern heute? Guck, da richtet sich wieder einer im Röhricht auf und jammert nach uns herüber auf engelländisch, ohne daß wir ihm nach Hause helfen können.«

»Nach Hause!« murmelte Magister Buchius.

»Ja, nach Hause!« rief Knecht Heinrich, seine Pudelmütze zwischen den harten Fäusten zerknüllend. »Ein schönes Nach-Hause für alles, was heute hier um den Ith herum gern nach Hause möchte aus Frankreich, England, Bückeburg und dem Hessischen, Braunschweig und allem, was sonst zu uns ortsangeborenem deutschen Volke gehört. Herr Magister, lieber Herr Magister, da haben der Herr Junker doch wieder ihren Willen gekriegt. Die wollten immerdar nur von Hause weg – von Schulen und von Hause weg – und sie haben einen sanften Tod gehabt, liebster bester Herr Magister, und brauchen sich nicht mehr zu sorgen wie wir andern, was ihnen zu Hause für den Abend aufgehoben ist, liebster, bester Herr Magister. Ach, lasse Er mich Ihm wieder aufhelfen, lieber Herre!«

»Ach Gott ja, es hilft ja nun weiter nichts; lasse Er uns doch nur Ihm wieder aufhelfen, liebster Herr Magister«, schluchzte auch das Wieschen.

Magister Buchius ließ das Haupt Thedels von Münchhausen sanft aus seinem Schoße in das triefende Gras und Kraut des Odfeldes niedersinken:

»Du bist freilich jetzt zu Hause, mein wilder, guter Sohn, und brauchst nicht mehr auf der Welt Schulbänke auf und ab zu rücken. Dir ist es wahrlich einerlei, ob die Katheder von Kloster Amelungsborn noch stehen oder ob sie übereinander gestürzt worden sind.«

Vierundzwanzigstes Kapitel

Der Novemberwind pfiff schärfer und schneidender über das zerzauste, zerstampfte Götter-, Geister- und Blutfeld. Die Sonne, die nur einen kurzen Moment über dem Butzeberge durch das Gewölk geblickt und »Wasser gezogen« hatte, war jetzt schon hinter den Berg hinabgesunken. Es neigte sich der Tag wieder dem Abend zu.

»Herr«, sagte Knecht Heinrich, »wenn wir's wüßten, wie wir's zu Hause in Amelungsborn finden werden, so trügen wir ihn wohl mit nach Hause zwischen uns. Auch die Jungfern faßten wohl mit an bei den Füßen; aber –«

»Aber wir haben vielleicht nicht, wo wir ihn niederlegen könnten«, sprach trostlos der alte Mann. »Wir finden keine Stätte, wo er besser ruhete als wie hier, Heinrich, wo –«

»Wo er sich selber nach seinem tollen Sinn den Platz ausgesucht hat!« jammerte Mademoiselle. »O Thedel, mein Thedel, mein lieber Junge, vergebe Er mir, Junker von Münchhausen, um alter Zeiten im grünen Frühjahr und Blumensommer und um seines jetzigen blutigen Todes willen, was ich Ihm heute je in Verdruß und Elend mal gesagt und angetan habe! Wer hätte denn dies auch denken können, Herr Magister, daß ich auch ihm das kühle Grab in seiner jüngsten Jugend mit Rosmarin bestecken müßte? Und wieder um solch eine ungeforderte Dummheit und lieben Mutwillen, liebster Herr Magister!«

Für Magister Buchius sprach die tränenüberströmte Schöne vollkommen in den Wind. Er vernahm und verstand kein Wort von dem, was sie wimmerte. Er sagte zu des Toten guten Amelungsbornschen Wald- und Feldkameraden:

»Wir finden wohl heute abend keine Stätte in Amelungsborn, wo er besser ruhte als wie hier, wo er sie sich selber gesucht hat als ein junger deutscher Edelmann und Kriegsmann. Der Herr Vetter ist über ihn hingestoben mit den Reitern und hat ihn auch liegen lassen müssen. Nun wollen wir ihn ein wenig zurecht legen in seiner Glorie aus dem Krieg um das deutsche Vaterland – hier auf dem Odfelde bei unseren Vorfahren seit Anbeginn. Und wir selber wollen zusehen, was wir selber für eine Stätte zu Amelungsborn finden und wie uns bereitet ist, wo wir unser Haupt im Leben für diese Nacht niederlegen. Kommet still und nehmet euer Bett ein, wie der allmächtige Gott es bereitet hat.«

Sie taten so. Sie legten auch Thedeln von Münchhausen christlich-sarggerecht zurecht auf Wodans Felde, auf dem Odfelde, unter den Gefallenen aus der Rabenschlacht und der Schlacht des guten Herzogs Ferdinand von Braunschweig und der Herren von Broglio, Poyanne und Rohan-Chabot. Sie zogen auch noch dem nächsten Nachbar im Elend, dem Reitersmann von den Elliots das Bein unter dem Gaul hervor und deckten dem Sterbenden den Mantel über »*Good night, Mary*«, murmelte er, und sie gingen und ließen Odins Kriegs-, Jagd- und Opferfeld dem Abend und der Nacht: freilich im schweren Zweifel, ob sie es zu Hause besser finden würden als wie sie hier draußen es hatten, zwischen dem Quadhagen, dem Weiersberge und dem Butzeberge.

Der Weg war nicht mehr allzu weit, wie jedermann, der bis hierhin gelesen hat, nun schon weiß. Der Kriegssturm hatte sich nach Osten und Süden hin verzogen, die Flüchtlinge erreichten ungefährdet, schleppenden Schrittes die alten mönchischen Umfassungsmauern und das zertrümmerte Tor von Kloster Amelungsborn. Der alte Schulmeister, schwer sich auf den Arm des guten Heinrichs stützend, die zwei Mädchen aneinander geklammert, alle ohne noch ein Wort zu sagen. Wenn sich Heinrich von Zeit zu Zeit mit dem Jackenärmel über die Augen wischte, so murmelte er gewöhnlich dazu ein Wort, das mehr Fluch als Segen war; aber auch ihm wurde die Sünde nicht zugerechnet.

Sie kamen auf den Hof, und Bruder Philemon vom Orden des heiligen Bernhards von Clairvaux und Herr Theodorus Berkelmann, Abt von Amelungsborn im Wort und Glauben Doktor Martin Luthers, hätten aus ihrem Frieden dreist aufstehen und um sich deuten können: »Sehet, so sahen wir es auch. So spürten wir es auf der Haut und bis in das Mark der Gebeine und sprachen: ›Herr, zähle meine Flucht, fasse meine Tränen in deinen Sack.‹«

Die erste, die sich aber faßte, war Mamsell Selinde, des Herrn Amtmanns Vetterstochter, und die rief:

»Jeses, da sitzt ja noch mein Schlingel von Franzose von heute Morgen! Der, dem mein – unser junger Liebling, unser Herr von Münchhausen um meinetwillen die Nase eingeschlagen hat! Da sitzt er an der Wand auf dem Stroh und hat sein schlechtes Leben behalten, und unser Thedel hat seines hergeben müssen. Und guck, das sind ja wohl wieder welche von unsern, die bei ihm auf dem Stroh liegen wie Kamerad bei Kameraden. Da hört es doch auf!«

Es konnte von Mademoiselle nicht verlangt werden, daß sie *alle* Uniformen der kriegführenden Heere kenne. Es waren jetzt Nachzügler von dem Korps des Herrn Generalleutnants von Hardenberg, welches jetzt endlich bei Stadtoldendorf Posto gefaßt hatte, Fußlahme oder sonst Marode des Herrn von Hardenberg, die im Klosterhof von Amelungsborn ihre Gewehre an die Mauer gelehnt und sich auf den Boden geworfen hatten. Aber es war kaum noch ein halb Dutzend von ihnen und sie sahen kaum auf, wenn einer über sie weg trat, weil sie ihm im Wege lagen.

»Jeses, auch unser Schimmel«, rief Wieschen. »Da steht er und kaut dem Franzos das Stroh unterm Leibe weg, und keiner kümmert sich um ihn. Auch der Herr Amtmann nicht.«

Es sah niemand mehr viel nach dem andern in Kloster Amelungsborn: auch der Herr Amtmann nicht. Es konnte jeder stehen, sitzen und liegen wie er wollte; sie hatten alle wieder die Faust des Krieges auf der Stirn gespürt und diesmal gröber denn je. Sie gingen, standen, saßen und lagen alle in stumpfsinniger Betäubung: Freund und Feind, Knecht, Magd und Vieh, Herr und Diener – »ach Gott, und die Frau Amtmännin und die Kinder auch!« rief das gute Wieschen, den Arm Mademoiselles von sich stoßend und über den verwüsteten Hof auf die Treppe des Amtshauses zulaufend. »Wo sind unsere Kinder? guten Abend, Frau Amtmann! Kinder, lebt ihr denn noch? ach Gott, Frau Amtmann, unser Junker, unser junger Herr von Münchhausen liegt draußen ja tot auf dem Odfelde unter den Franzosen und Engländern und dem Herrn Magister seinem Vorspuk und Rabenvolk!«

»Schelze«, sagte der Amtmann, »Heinrich, der Schimmel, der da in den Hof gekommen ist – gehört er – zu den Engländern oder zu den Franzosen? – was tut das Vieh, als ob's hier zu Hause wäre? Guck doch mal hin nach ihm, Heinrich; manchmal kommt's mir vor, als hätten wir ihn im Stall gehabt; – o der Herr Magister Buchius! Sie auch noch?

Nehmen der Herr Magister die Unkourtoisie nur nicht übel, daß ich nicht aufstehe vom Stuhl. Wir haben heute einen fast zu schweren Tag gehabt in Amelungsborn.«

»Wir auch, mein Herr Amtmann – draußen auf dem Odfelde und im Eingeweide der Erde, in der Erdhöhle im Ith. Der junge Herr von Münchhausen liegt tot auf dem Odfelde; aber Mademoiselle Nichte habe ich glücklich und in Ehren wieder nach Amelungsborn geführet.«

Den Klosteramtmann bewegten beide Benachrichtigungen wenig in seinem Stupor, die letzte aber am wenigsten.

»Hat er sich zuletzt den Hals gebrochen? ... Sieh, sieh, Sie Linienfliegersche ist nicht in die weite Welt gegangen mit den Husaren, Dragonern und Kürassern, mit Preußen und Franzosen, Jungfer Allewelt? ... Nu, Schelze, wie ist es mit dem Schimmel?«

»Es ist unserer. Dem Herrn Amtmann Seiner ist's.«

»Er kam mit dem Herrn Generalleutnant von Hardenberg ins Tor. Also der Satansjunge, der Münchhausen ist auch hinüber? Nehmen der Herr Magister es nicht für ungut, aber mir ist so konfuse, daß mir alles vor dem Auge schwimmt, daß ich von Gott und Welt nichts mehr weiß und mich auf Weib und Kind erst besinnen muß. Das ist mein erster Trost jetzt, daß unser Magister Buchius heute nicht auch für ewig verloren gegangen ist. Da hat man doch wieder einen Menschen in Amelungsborn, der einem ein vernünftig Wort sagen und an den man sich halten kann!«

Magister Buchius, vor dem an Leib und Seele zerbrochenen Manne stehend, schüttelte nur seufzend den Kopf und dachte sich das Seinige, nicht seines Ausganges aus Kloster Amelungsborn am heutigen Morgen, sondern wehmütig getröstet, seines Eingangs und langen Aufenthalts in Kloster Amelungsborn gedenkend.

»Gehe Sie zu meiner Frau, Jungfer Nichte, und frage, ob sie noch eine Ihr anständige Beschäftigung für Sie weiß. Also es ist mein eigener, Schelze? Ich kann mich nicht aus dem Stuhl rühren; sieh zu, Heinrich, ob du noch einen Halfterstrick für ihn finden kannst. Ein schwerer, schwerer Tag, Herr Magister – leere Ställe, leere Krippen, Hab und Gut zerschlagen und durcheinandergeworfen! Gebe der Herr mir doch Seine Hand, es ist mir als habe ich Ihm noch für allerlei und sonst was meine Abbitte zu leisten. Aber mir ist zu konfuse in den Sinnen; vergebe Er mir, was zwischen uns passieret sein mag. Es ist mir ein wirklicher Trost, daß Er sich wieder eingefunden hat und uns nicht verlassen will in unserer Verwirrung. Wollen der Herr Magister aber doch nicht lieber noch bei währendem Tageslicht nachsehen, wie Ihnen auch das Ihrige heute von der Sündflut verschwemmt worden ist? Ich habe in dem Tumult von nichts was ab und zu nichts was zu tun können. Ein schwerer, schwerer Tag, Herr Magister; und also der junge Satan, der arme junge Kerl, Sein Junker Thedel liegt mit gebrochenem Genick draußen auf dem Odfelde? Die Raben! die Raben! Gestern abend auf dem Odfelde die Rabenbataille. Ein Präsagium nannte Er's ja wohl? Ja, aber wem hat's das Ärgste voraus gesagt? Dem Junker – unserm Thedel Münchhausen nicht! Wer aus dem Elend heraus ist, der soll ja stille sein und ruhig liegen bleiben. Das sage ich ihm heute – der Klosteramtmann von Amelungs-born!« ......

Fünfundzwanzigstes Kapitel

Ehe Magister Buchius, wie der Klosteramtmann von Amelungsborn an-geraten hatte, noch bei währendem Tageslicht nach dem Seinigen sah, sahe er doch noch erst nach der Frau Amtmännin und ihren Kindern. Wie eine Klucke mit ihren Küken, über denen der Habicht gewesen ist, fand er sie in einer andern Ecke des Amthauses kümmerlich in einen Haufen zusammengedrückt, und die Frau Amtmännin auch nicht mehr imstande, ihm das Leben in der Zelle des Bruders Philemon saurer zu machen, als es nötig war.

»Mein Gott, o du lieber Gott, da ist ja unser armer Herr Magister noch! O Gott sei Dank!« ächzte die brave Frau, die ihm sonst gewöhnlich etwas ganz anderes nach seinem Altenteil hin bestellen ließ, wenn sie es ihm nicht, mehr oder weniger durch die Blume, selber sagte. »O das ist ja das erste, was einem wieder einen Trost gibt! O wo haben denn der Herr Magister eine bessere Unterkunft gefunden, daß Sie uns so alleine gelassen haben?« schluchzte sie, dem alten, sonst so überleidigen Haus-genossen beide Hände hinhaltend.

Und Magister Buchius ergriff sie beide, während die Kinder alle an seinen zerfetzten schwarzen Rockschößen hingen, um seine Knie sich klammerten und ihm die Beine fast unterm Leibe wegzogen.

»Liebste, beste Frau«, stammelte er, »Kinderchen, armes kleines Volk, arme liebe Schelme, es ist wohl gleich gewesen, wo wir uns heute verkro-chen haben; ob über der Erde, ob unter ihr. Des Herren Hand hat uns doch gefunden und herausgezogen unter die Gewappneten und uns hingeworfen unter ihren Fuß und Huf; aber seine Güte hat auch bis dahin gereichet: er hat uns aufbehalten und bewahret einen für den andern bis auf einen. Den hat er hingenommen und weggeführet in seiner Jugend; – er wird es ja wohl wissen, was das beste für den war. Kinderchen und Frau Amtmännin, draußen liegt er auf dem Odfelde in seinem eignen Blute, der letzte, der schlimmste, der beste Primus der Prima der alten echten wirklichen großen Schule zu Kloster Amelungsborn!«

»Himmel, Herr Magister, doch nicht der Schlingel, der Thedel?« rief die Frau Klosteramtmännin.

»Der letzte Münchhausen aus Bevern! Seine Durchlaucht, Herzog Ferdinand von Braunschweig-Bevern haben ihn mit dem Herrn Vetter von Bodenwerder unter den englischen Reitern gegen den Franzosen geschickt, und er hat den letzten Schlag auf ihn heute getan. Frau Drostin, er ist der einzige von uns, der heute einen vergnügten Tag, einen Tag nach seinem Herzen erlebt hat, und er liegt mit einem Lachen auf dem Gesicht draußen auf dem Odfelde unter den Völkern und Präsagio vom gestrigen Abend!«

»Du liebster Gott! Das hätte ich ihm doch nicht gewünschet, selbst wenn er uns hier im Amthause den Kopf am heißesten machte! So jung – und hat nun in seiner ganzen Tollheit und in allen seinen Dummheiten davon gemußt!« seufzte die Frau kopfschüttelnd; doch die eigenen, den Tag über bestandenen Bedrängnisse lasteten noch zu schwer; es war nicht zu verwundern, daß sie nicht allzuviel Zeit und Mitgefühl für den wilden Junker von Münchhausen übrig hatte.

»Wir wollen inskünftige besser zusammenhalten, lieber Herr Magister, wenn uns Gott in seiner Barmherzigkeit noch einmal aus diesem Schrecknis heraushilft«, seufzte sie, und das war schon etwas bei dem bösen Verhältnis, wie es bis zum Letzten zwischen dem Klosteramt und der Klosterschule zu Amelungsborn geherrscht hatte.

»Hm, hm, hm«, murmelte Magister Buchius, als er durch das verwüstete, geplünderte Amthaus, in dem kaum noch ein Fenster heil und ganz war, hinschwankte, als er sich durch die von Feind und Freund mit Trümmern und Unflat erfüllten Gänge tastete und auf dem mit allem schlüpfrigen Erdreiche von Gottes Boden zwischen dem Solling, der Weser und Amelungsborn bei jedem dritten Schritte ausglitt und stolperte. »Hm, hm, wenn der Knabe nicht draußen unter den Toten läge, möchte ich wohl sagen, daß mir der Raben Bataille über dem Odfelde nicht bloß zum bösen Zeichen für die künftigen Tage gewiesen worden sei.«

Auch er schüttelte das Haupt und trotz seines schweren Kummers mußte er lächeln:

»Ei, ei, wie reden wir doch? wie laufen unsere Gedanken! der Mensch auf Erden kann doch keine Einbildung in sich verhindern, ob sie schlimm oder gut sei! ... aber er kann sich fassen und zusammennehmen in christlicher und heidnischer Weisheit und kann sagen: Buchius, es kommt für dich Alten nicht mehr darauf an, wie du heut abend die Stelle findest, allwo dein Bette gestanden hat, auf welchem du nur zu oft in boshaften Gedanken und ärgerlichen Einbildungen dich um und um gewendet hast. Kehre bei dir selber ein, Menschenkind, und lege dich da, wo du deine Stätte zugerichtet findest!«

Er fand das Stück von Kloster Amelungsborn, wo ihm seine Stätte bereitet war, wahrlich ebenfalls sauber zugerichtet. Wie die wilden Tiere hatten sie auch da gewirtschaftet, Feind und Freund. Was in den alten schon so verstörten Auditorien von der früheren gelehrten Herrlichkeit und Würde sich noch bis gestern erhalten hatte, das war jetzo ganz hin. Das letzte Subsellium, das letzte Katheder war in Feuer aufgegangen, dem fremden wie dem einheimischen Kriegsvolk die Suppen zu kochen und die verklommenen Gliedmaßen zu wärmen. Was von dem Durch-marsch in den früheren Schulstuben von Kloster Amelungsborn zurück-geblieben war, das war eitel scheußlicher Unrat, teuflischer Hohn, Stank und Mutwillen – ein Spott auf alle klösterliche und pädagogische Zucht und Reinlichkeit. Magister Buchius wendete schaudernd den Blick nach oben und hielt trotz allem, was er schon in seinem Leben und vor allem am heutigen Tage hatte riechen müssen, die Nase zu.

Er wäre fast umgekehrt am Fuße der letzten leiterartigen Stiege, die zu seinem Winkel unter dem Dache führte; aber sein tapfer Herz litt es denn doch nicht, daß der schwache Leib nachgab.

»Er liegt draußen im Sumpf und Morast, der letzte Schüler der großen Schule zu Amelungsborn. Er, der *decurio*, der Erste unter Zehnen – was sage ich: Er, *primus e viginti* – Er, der *centurio*, der Oberste unter Hun-derten – der schlimmste und der beste von allen. Schäme Er sich, alter überflüssiger *ludimagister*, alter ungebraucht verbrauchter Schulmeister, daß Er heute, heute – heute noch ein Grauen und einen Ekel verspüren kann und sich mit Kummer um Seine Impedimenta, Sein armselig Le-bensgepäck, Seine törichten Siebensachen das Herz beschweren will! Buchius, jetzo ist Seine Zeit. Nun gedenke Er der Stoa, nun zeige Er, daß ihm der Titan, der hohe Prometheus, aus dem bessern Leimen das Herz knetete, zeige Er sich erlauchter Ahnen wert und sorge Er in christlichem Vertrauen nicht darum: was werdet ihr essen, was werdet ihr trinken, wo werdet ihr euer Haupt niederlegen und was wird die Schlacht der Raben auf dem Odfelde von euren vergänglichen Habseligkeiten und unersetzlichen Pretiosen und Kuriositäten übrig gelassen haben nach eingetretener und eingeschlagener Türe!«

Nun stand er in dem höchsten Korridor des alten Gemäuers der Or- 222 densleute des heiligen Bernhard von Clairvaux, und, wie er es sich gedacht hatte: das letzte Tageslicht fiel auch hier nicht bloß durch die eingeschlagenen Fenster, sondern auch durch die eingestoßenen Pforten der verwaiseten Zellen der Brüder Cistercienser in den Gang unter dem Dache. Nun machte der Gang einen Haken und Magister Buchius stand vor des Bruders Philemon und seiner Tür im dunkeln Winkel.

Zu!

Magister Buchius legte die Hand auf den Griff.

»Verschlossen!« Die Kniee bebten unter dem alten Manne.

Er griff in der Dämmerung an der Türfüllung umher. Er rüttelte am Schloß – es blieb kein Zweifel übrig: es gehörte selbst an diesem Abend des fünften Novembers Siebenzehnhunderteinundsechzig, nach der Schlacht über dem Odfelde und am Ith, immer noch ein Schlüssel dazu, um hier Einlaß zu gewinnen!

Magister Buchius schlug erst in keuchender Aufregung die bebenden Hände zusammen, griff dann mit beiden Händen an den Hosen herunter, fuhr mit der linken wie mit der rechten Hand in die Tasche und holte ihn hervor, den Schlüssel – seinen Schlüssel – den Schlüssel zu seiner Stube und Kammer. Vor der nicht eingeschlagenen Tür hatte er allein im Kloster Amelungsborn nach dem Stubenschlüssel in der Hosentasche zu suchen! …

Es kostete ihm nicht ohne Grund einige Mühe, das Schlüsselloch diesmal zu finden.

Das altgewohnte Gekreisch der Haspen und Angeln – alles, wie er's verlassen hatte! Alles, als ob es dem guten Herzog Ferdinand und dem bösen Herzog von Broglio nicht im Traum eingefallen sei, sich auch in dieser Gegend um den Weg über Einbeck nach Braunschweig zu raufen! Alles, als ob Kloster Amelungsborn nicht sein Teil von der Schlacht abbekommen habe! Alles, als ob nicht der Junker Thedel von Münchhausen draußen auf Odins Felde mit unter den Toten von den Elliots liege! … 223
Der alte Herr und Schulmeister, der Magister Buchius, stand ungläubig,

zweifelnd, seinen Sinnen nicht trauend. Er stand starr, sah an den vier Wänden herum, nach der alten, schwarzen Balkendecke hinauf und zu dem Gipsboden, den schon der Fuß des Bruders Philemon im Dreißig-jährigen Kriege beschritten haben mochte, hinab und – das Weinen war ihm näher als das Lachen:

»Großer Gott! guter Gott, mir das? mir alleine in Gnaden solches?«

Er saß, an allen Gliedern zitternd, nieder auf dem Stuhl neben dem Tische, auf dem gestern abend Knecht Heinrich mit seiner Kreide den Lauf der Weser und die Stellung der kriegführenden Parteien hingemalt hatte. Er saß hin in seinem nur durch ein Wunder unangetastet verblie-benen Altenteil:

»Ist es denn die Möglichkeit? Rundum auf Meilen und Meilen Weges alles ruinieret und mir – mir – o mir allein solche Gnade und Barmher-zigkeit! Herr, womit habe ich armer unnützer Sünder diese Ausnehmung und Verschonung verdienet?«

Er erhob sich wieder vom Stuhl, stand inmitten seines Gemachs und schlug die Hände zusammen wie ein sich verwunderndes Kind. Doch nun traf im letzten Tageslicht sein Auge auf Zeichen, daß doch jemand, trotz verschlossen gebliebener Tür im Museo anwesend gewesen sei und nicht ganz so bescheiden und zierlich gehauset habe, wie es sich für einen höflichen und frommen Gast zieme. Es lag der Suppennapf aus der Küche der Frau Klosteramtmännin in Scherben am Boden, ebenso der Teller, auf dem der letzte Hering aus der Speisekammer von Amelungs-born gelegen hatte. Ein Buch lag in Fetzen zerrissen unter dem Tische, und einzelne Blätter daraus waren durch die ganze Zelle verstreuet.

224 Magister Buchius bückte sich natürlich zuerst nach dem Buche; und mit jeder Einzelnheit stand ihm nunmehr der vergangene Abend, der Abend des vierten Novembers 1761 vor der Seele und im Gedächtnis.

Auch das Titelblatt war ausgerissen worden; aber Magister Buchius wußte doch, was er wieder in den zitternden Händen hielt: nämlich den Wunderbaren Todesboten oder schrift- und vernunftsmäßige Untersu-chung, was zu halten sei von usw. – ans Licht gegeben von Theodoro Kampf, Schloßpredigern zu Iburg.

»O mein Sohn Diedericus! Mein Thedel! Mein armer Thedel von Münchhausen! So bin ich alter unnützer Knecht unverdientermaßen er-halten in meinem Eigentum und du liegest draußen auf dem Odfelde in deinem erstarrten jungen Blut, und wenn ich morgen reden will von dir, werden sie mir den Mund verbieten und sprechen: Du habest dein

Teil nur verdientermaßen empfangen, habest nur das erhalten, was du gewollt habest!«

Er hielt ein Blatt aus dem zerrissenen Scherzbuch des Kollegen Zinserling und entzifferte schwimmenden Auges, noch eine Zeile beim letzten Abendgrauen:

»*Bringet mir diesen zur Ruhe!*«

In diesem Augenblick fuhr er heftig erschrocken zusammen, er, der den halben Tag über das Krachen des Kleingewehrs und den Donner des groben Geschützes aus der Schlacht am Ith im Ohr gehabt hatte. Und es zupfte ihn doch nur jemand unten am Rock, und hackte in seine Schuhschnallen und sagte:

»Krah!« .....

Da stand er, der den ganzen Tag über den einzigen sicheren Platz in Kloster Amelungsborn und weit rundum für sich allein gehabt hatte und doch nicht darin mit seinem Schicksal zufrieden gewesen war. Inmitten der von ihm angerichteten Verwüstung stand zwischen den Beinen des Magisters Buchius der schwarze Kämpfer aus der Schlacht auf dem Wodansfelde, Wodans – Odins Vogel, geisterhaft, gespenstig frech und unbefangen, aber dessenungeachtet so wenig mit Triumphatorgefühlen wie die zwei großen Feldherren von Braunschweig und von Broglio in ihren Hauptquartieren zu Wickensen und zu Einbeck am heutigen Abend.

Er war grimmig hungrig, ob er von Hugin oder ob er von Munin stammte, der dunkle Bote Wodans, und er sperrte den Schnabel danach auf und schrie empor zum guten alten Magister Buchius. Papier sättigt nicht, und der Spukvogel vom Odfeld hatte seinen Magen höchstens voll von Papier – Papier aus des Iburgischen Schloßpredigers Theodori Kampfs gelehrten Untersuchungen über das, was von Eulen- und Leichhühner- schreien, von seines eigenen schwarzgeflügelten Geschlechtes Geschrei und andern Anzeigungen des Todes zu halten sei.

»Du bist es?« sprach der Magister, sein letztes Erschrecken bezwingend und seines Grauens noch einmal Herr werdend. »Du? Du? Du? O Ge- spenst, meldest du dich nun wieder und zerrest an mir und fragest: ob du deine Botschaft wohl ausgerichtet habest als Bote des höchsten barmherzigen Gottes, des Herren Zebaoths oder – als höllischer Gaukler seines Affen, des leidigen Satans? O Kreatur, ach Rab, Rab, wohl ist dein Zeichen Wahrheit geworden! Sie liegen bei deinen Kameraden in *Campo Odini* und weit rundum verstreuet, meine Brüder und unter ihnen meiner Seele Sohn im jammerhaften Säkulo. O Vieh, ich habe dich im Tuch vom Schlachtfeld, von Wodans Felde, hereingetragen und in Sicherheit gebracht; aber ich habe meinen lieben Knaben, meinen tapfern Thedel, meinen Thedel von Münchhausen liegenlassen müssen unter den Erschlagenen auf dem Odfelde!«

Der schwarze Vogel hatte einen grimmigen Hunger, er hüpfte ein paar Schritte auf dem Fußboden hin und her und schrie mit heiserer Stimme seine Not und seinen Grimm aus und hackte in einen Gegenstand, der in der Dämmerung genau einem Menschenarm glich.

Und es war auch einer; aber aus Holz geschnitzet; der Arm der heiligen Jungfrau Maria, des Wunderbildes von Kloster Amelungsborn. Das hatte heute keine Wunder verrichten können, und der unheimliche Gast des Magisters Buchius wurde auch nicht satt von ihm; aber dem – dem Gast des Magisters Buchius konnte freilich bei so gloriosen Zeitläuften leicht geholfen werden.

»I du Halunke! Bestia, Verwüster!« rief der alte Herr, sich jetzt genauer auf dem Fußboden und an den Wänden seines Museums umschauend und trotz allem heute Erlebten von Augenblick zu Augenblick ärgerlicher werdend. »Den Hals sollte man dem Ungetier umdrehen! Ist das der Lohn für Hospitalität, Teilung des letzten Bissens? Bösewicht, bei genauerer Inspectio könnte es nicht schlimmer hier in meiner Stube aussehen, wenn sie ihre Bataille in ihr ausgefochten hätten und nicht zwischen dem Ith und den Stadtoldendorfer Hohlwegen. Spitzbube, Schurke, Halunk, hattest du noch nicht genug an eurem Gerauf über Odins Felde? Nun sieh mal, guck mal, guck nur mal an, wie du hier bei intimerer Besichtigung gehauset hast. Da liegen die kuriuesen Töpfe der Vorfahren, da liegen ihre Knochen! Das halbe Raritätenkabinett vom Brett gestoßen – Zettel abgerissen, und – hier – sehe Er einmal hier, Er Erzschweinigel! gehet man so mit den Cimelien eines teuren gelehrten Büchervorrats um? Nun sage Er selber, was ich mit Ihm anfangen, was ich Ihm antun soll für Seinen Mißbrauch des Gastrechts? Wenn die ganze Schule von Amelungsborn sich hier in meiner Abwesenheit einen Jokus erlaubt hätte, könnte es nicht ärger bei mir aussehen.«

»Krah! krah!« schrie der schwarze Gespenstervogel und Gastfreund des Magisters Buchius, den Schnabel immer gieriger, immer unwirscher aufsperrend, grade als wisse er ganz genau, was für eine leckere, wohlbestellte Tafel ihm draußen rund um das Odfeld und auf demselben wiederum gedeckt worden sei.

»Die Tür soll ich dir öffnen, das Fenster soll ich dir aufmachen?«
murmelte der alte Schulmeister, allgemach über seine Kuriositäten hinaus
wieder zu andern Bildern, Vorstellungen, Gedanken und Gefühlen
kommend. »Du großer Gott, wer wird mir helfen, seinen jungen Leib
zur Ruhe zu betten? Das Aufgebot der Bauern? Wie neulich bei Vellinghausen – zweitausend Mann drei Tage und drei Nächte durch?«

»Krah!« rief der Vogel, als wolle er bemerken, daß er noch immer da
sei. Und er flatterte auf und ungeduldig in der Zelle des Bruders Philemon
im Kreise umher und schlug noch einen letzten germanischen Aschenkrug
dem Gastfreund vom Brette. Man merkte es ihm wahrlich nicht mehr
an, daß er gestern seinerseits eine Wunde aus der Schlacht über dem
Odfelde davongetragen habe.

»Du? Du? Du?« murmelte der Magister Buchius. »Du willst hinaus?
Du willst helfen von der Weser bis zum Hils? Du willst mir, mir helfen
auf dem Odfelde?«

Er hielt den Fensterriegel, wie um ihn gegen Gott, Teufel und Welt
festzuhalten, und das Fenster zu. Und er reichte in seinem Grauen mit
seiner Kraft doch nicht aus. Der wilde, schwarze Bote und Streiter Wodans wurde immer ungebärdiger, wurde wie toll in seinem Willen. Er
flog gegen den Kopf des Magisters, er stieß mit seinem Kopf gegen die
kleinen runden Scheiben, daß sie in ihren Bleieinfassungen erklirrten.
Vergebens wehrte sich der alte Schulmeister der weiland großen Schule
von Amelungsborn mit vorgehaltenem linken Arm und Ellenbogen: das
Tier setzte seinen Willen durch.

»Fahre zu!« ächzte der Greis, das Fenster öffnend und seinem dunkeln
Gast den Ausgang aus seiner Zelle freigebend. »Ich weiß nicht, von
wannen du gekommen bist, ich weiß nicht, wohin du gehst; aber gehe
denn – in Gottes Namen – auch nach dem Odfelde. Im Namen Gottes,
des Herrn Himmels und der Erden, fliege zu, fliege hin und richte ferner
aus, wozu du mit uns andern in die Angst der Welt hineingerufen worden
bist.«

Biographie

1831 *8. September:* Wilhelm Raabe wird in Eschershausen (Weserland) als erster Sohn des Juristen Gustav Karl Maximilian Raabe und seiner Frau Auguste Hohanne Friederike, geb. Jeep, geboren.
Oktober: Umzug der Familie nach Holzminden.

1836 Besuch der Bürgerschule in Holzminden.

1840 Eintritt ins Holzmindener Gymnasium.

1842 Umzug nach Stadtoldendorf, wo der Vater als Justizamtmann arbeitet.
Da es in Stadtoldendorf kein Gymnasium gibt, besucht Raabe die Stadtschule und erhält Privatunterricht in Latein und Griechisch durch den Rektor.
Umfangreiche Lektüre, vor allem Romane, z.B. von Jean Paul, und Abenteuerliteratur von Alexandre Dumas.

1845 Tod des Vaters.
Umsiedlung nach Wolfenbüttel, wo die Brüder der Mutter als Lehrer arbeiten.
Eintritt in das Gymnasium »Große Schule«.
Privatunterricht im Malen und Zeichnen.

1849 *Ostern:* Raabe verläßt die »Große Schule« und beginnt eine Buchhändlerlehre in der Creutzschen Buchhandlung in Magdeburg (bis 1853).
Lektüre von Heine, E. T. A. Hoffmann, Freiligrath sowie der Romane von Balzac, Sterne und Dickens.

1853 Abbruch der Lehre und Rückkehr nach Wolfenbüttel.
Autodidaktische Studien und Pläne zur Künstler- oder Dichterexistenz.

1854 Raabe immatrikuliert sich als Gasthörer an der Berliner Universität, wo er Vorlesungen in Geschichte, Geographie, Literatur- und Kunstgeschichte hört.
November: Beginn der Arbeit an dem Roman »Die Chronik der Sperlingsgasse«.

1856 *Januar:* Abschluß des Romans »Die Chronik der Sperlingsgasse«, der im Oktober unter dem Pseudonym »Jakob Corvinus« veröffentlicht wird (vordatiert auf 1857).

1857 *Sommer:* Freundschaft mit Adolf Glaser, der beim George Westermann Verlag in Braunschweig als Redakteur tätig ist.

Mit der historischen Erzählung »Der Student von Wittenberg« erscheint zum ersten Mal eine Erzählung Raabes in »Westermanns Monatsheften«, wo Raabe in den Folgejahren eine Reihe von weiteren Erzählungen publiziert.

»Ein Frühling« (Erzählung, unter Pseudonym).

1. Oktober: Beginn der Tagebucheintragungen (bis 1910).

Oktober/November: Reise nach Berlin.

1858   Reise nach Göttingen und Eisenach.

In »Westermanns Monatsheften« erscheinen einige Rezensionen und drei Erzählungen Raabes.

1859   »Halb Mähr, halb mehr« (Erzählungen und Skizzen, unter Pseudonym).

April bis Juli: Längere Reise Raabes, die ihn zunächst nach Leipzig führt, wo er Friedrich Gerstäcker und Gustav Freytag trifft. Anschließend Besuch bei Karl Ferdinand Gutzkow in Dresden. Weiterreise nach Prag, Wien, Linz, Salzburg, München, Stuttgart, Frankfurt und Köln.

»Die Kinder von Finkenrode« (Erzählungen, unter Pseudonym).

Beginn der Freundschaft mit Bertha Emilie Wilhelmine Leiste.

1860   *Januar:* Besuch von Wilhelm Dilthey bei Raabe in Wolfenbüttel.

Mai: Raabe tritt dem »Deutschen Nationalverein« bei.

Sommer: Wanderung durch den Harz.

September: Raabe reist als Wolfenbütteler Delegierter zur Generalversammlung des »Nationalvereins« nach Coburg.

Rückreise über Bamberg, Würzburg und Köln.

1861   *März:* Verlobung mit Bertha Leiste.

August: Raabe reist als Delegierter zur Tagung des »Nationalvereins« nach Heidelberg.

Aufenthalt in Stuttgart.

»Der heilige Born« (historischer Roman, unter Pseudonym, 2 Bände).

»Nach dem großen Kriege« (historischer Roman, unter Pseudonym).

1862   *März:* Mit Bertha Reise nach Stuttgart, um den Umzug dorthin vorzubereiten.

Juli: Heirat mit Bertha und Übersiedlung nach Stuttgart.

»Unseres Herrgotts Canzlei« (Erzählung, 2 Bände).

»Verworrenes Leben« (Skizzen und Novellen).

Oktober: Raabe wird Mitglied in der Stuttgarter »Museums-Gesellschaft«.

Der Erziehungsroman »Die Leute aus dem Walde, ihre Sterne, Wege und Schicksale«, mit dem Raabe eine Verbindung des traditionellen Bildungsromans mit realistischer Lebensbeschreibung anstrebt, erscheint (3 Bände, vordatiert auf 1863).

1863 *Juli:* Geburt der Tochter Margarethe Auguste Caroline Edmunte.

Oktober: Beitritt zu der Künstlergesellschaft »Bergwerk«.

1864 *Sommer:* Reise mit Bertha nach Wolfenbüttel, Braunschweig, an die Ostsee und Nordsee, nach Lübeck, Hamburg, Cuxhaven, Kiel und Lüneburg.

Raabes moralisierender Roman »Der Hungerpastor« (3 Bände) erscheint. Raabe beschreibt darin das Streben des Helden nach Erkenntnis bei materieller Bescheidenheit als Weg zu einem erfüllten Leben und läßt den geldgierigen Gegenspieler in der zweifelhaften Existenz eines Spitzels enden.

1865 »Ferne Stimmen« (Erzählungen).

»Drei Federn« (Erzählung).

1866 Beginn der Freundschaft mit dem Schriftsteller und Redakteur Wilhelm Jensen und seiner Frau Marie.

Bekanntschaft mit Paul Heyse.

August: Raabe beteiligt sich an der Gründung der liberalen »Deutschen Partei«.

1867 *Juni bis September:* Reise nach Norddeutschland.

Auflösung des »Nationalvereins«.

»Abu Telfan oder Die Heimkehr vom Mondgebirge« (Roman, 3 Bände, vordatiert auf 1868).

1868 *Juni:* Geburt der Tochter Elisabeth.

Enger Kontakt zu Freiligrath.

»Der Regenbogen« (Erzählungen, 2 Bände, vordatiert auf 1869).

1869 *Sommer:* Urlaubsreise mit Jensens nach Bregenz und in die Schweiz.

Raabes pessimistischer Entwicklungsroman »Der Schüdderump« (3 Bände, vordatiert auf 1870) erscheint.

1870 *Juli:* Umzug nach Braunschweig.

September: Raabe wird Mitglied im »Großen Klub«, dem auch Friedrich Gerstäcker angehört.

Besuch bei Jensens in Flensburg.
Dezember: Aufnahme in den Intellektuellenclub »Kleiderseller«.

1872   *August:* Geburt der Tochter Klara.
»Der Dräumling« (Erzählung).

1873   *Sommer:* Ferien in Harzburg.
»Christoph Pechlin« (Roman, 2 Bände).
»Deutscher Mondschein« (Erzählungen).

1874   Sommeraufenthalt in Harzburg.
November: Tod der Mutter.
»Meister Autor« (Roman).

1875   Familienbesuche im Harz und im Weserbergland.

1876   *Februar:* Geburt der Tochter Gertrud.
»Horacker« (Novelle).

1878   *Frühsommer:* Reise in den Harz.
»Wunnigel« (Erzählung, vordatiert auf 1879).

1879   *September:* In der Oktoberausgabe von »Westermanns Monatsheften« erscheint Wilhelm Jensens Aufsatz »Wilhelm Raabe. Ein Beitrag zur Würdigung des Dichters«, über dessen literarisches Unverständnis Raabe sich brieflich bei Jensen beschwert.
»Krähenfelder Geschichten« (Erzählungen, 3 Bände).
»Alte Nester« (Roman, vordatiert auf 1880).

1880   *Sommer:* Urlaub der Familie im Harz.
»Deutscher Adel« (Erzählung).
Gemeinsam mit Jensens Reise in den Schwarzwald und ins Elsaß.

1881   Bekanntschaft und Freundschaft mit dem Altphilologen Wilhelm Brandes.
Juli: Beginn des Briefwechsels mit Theodor Fontane.
»Das Horn von Wanza« (Erzählung).

1882   *Juni:* Raabe tritt in den »Allgemeinen deutschen Schriftstellerverband« ein.
»Fabian und Sebastian« (Erzählung).

1883   »Prinzessin Fisch« (Erzählung).

1884   »Villa Schönow« (Erzählung).
Bruch mit dem Westermann-Verlag wegen der Zurückweisung des Romans »Pfisters Mühle« (erscheint im gleichen Jahr in Leipzig).

1885   *März:* Austritt Raabes aus dem Schriftstellerverband.
»Unruhige Gäste« (Roman, vordatiert auf 1886).

1886   Auf Anregung von Paul Heyse gewährt die Deutsche Schiller-
        Stifung Raabe eine Ehrenpension, die er bis zu seinem Lebensen-
        de erhält.
        Juni: Reise nach Celle, wo er Jensens trifft.
1887   »Im alten Eisen« (Roman).
1888   Die vor dem Hintergrund des Siebenjährigen Krieges spielende
        historische Erzählung »Das Odfeld« erscheint (vordatiert auf
        1889).
1889   »Der Lar« (Erzählung).
1890   Bekanntschaft mit dem Verleger Gustav Janke in Berlin, bei dem
        Raabe seine folgenden Romane und Erzählungen veröffentlicht.
1891   Raabes Roman »Stopfkuchen. Eine See- und Mordsgeschichte«
        erscheint, dessen Erzähltechnik neue Darstellungsmöglichkeiten
        des Romans aufzeigt und mit dem Raabe sich von seiner pessi-
        mistischen Weltsicht verabschiedet.
1892   *Juni:* Tod der Tochter Gertrud.
        »Gutmanns Reisen« (Roman).
1893   Sommerreise mit der Familie nach München, wo die Tochter
        Margarethe an der Kunsthochschule studiert, und nach Öster-
        reich. Besuch bei Jensens am Chiemsee.
1894   »Kloster Lugau« (Novelle).
1895   Reise nach Wilhelmshaven, wo die inzwischen mit dem Arzt
        Paul Wasserfall verheiratete Tochter Elisabeth wohnt.
1896   *März:* Geburt des Enkels Kurt Wasserfall.
        »Die Akten des Vogelsangs« (Roman).
        »Gesammelte Erzählungen« (4 Bände, 1896–1900).
1897   Die erste Monographie über Raabe, »Wilhelm Raabe. Eine
        Würdigung seiner Dichtungen« von Paul Gerber, erscheint.
        Oktober: Reise zur Tochter Elisabeth, die mit ihrer Familie inzwi-
        schen in Minden wohnt.
1898   *Juli:* Besuchsreise nach Minden.
1899   *Juli:* Aufenthalt in Minden, von dort Ausflüge in den Teutoburger
        Wald.
        »Hastenbeck« (Erzählung).
1901   Die bereits seit Anfang der 1890er Jahre zunehmend positive
        Entwicklung der Rezeption der Werke Raabes erhält einen uner-
        warteten Aufschwung, und seine Verehrung als Dichter zeigt
        sich in vielfältiger Weise anläßlich seines 70. Geburtstages, zu

dem er mehrere hundert Gratulationsschreiben erhält.

April: Der Berliner »Verein zur Förderung der Kunst« veranstaltet eine Raabe-Feier.

September: Die Universitäten Göttingen und Tübingen verleihen Raabe die Ehrendoktorwürde.

In Zerbst wird ein »Raabe-Verein« gegründet.

Raabe erhält das Kommandeurskreuz des Ordens Heinrichs des Löwen und den Königlich Preußischen Kronenorden.

1902   *August:* Abbruch der Arbeit an dem Roman »Altershausen« (erscheint postum 1911 als Fragment) und damit Ende der schriftstellerischen Arbeit.

August-September: Reise nach Borkum und Minden.

1904   *Juli-September:* Besuch der Familie Wasserfall in Braunschweig.

September-Oktober: Aufenthalt Raabes bei Wasserfalls in Rendsburg.

Oktober: Treffen mit Jensens in Magdeburg.

1906   *Mai:* Reise nach Bad Harzburg.

Mai-Juni: Familienbesuch in Rendsburg.

Juli-September: Tochter Elisabeth kommt mit ihrer Familie nach Braunschweig.

1907   Beginn der Freundschaft mit Detlev von Liliencron.

Sommerreise an die Ostsee.

1909   *Juli:* Tod Detlev von Liliencrons.

August: Aufenthalt in Rendsburg bei der Familie Elisabeths.

Beginn der Erkrankung Raabes.

Oktober: Hermann Hesse besucht Raabe in Braunschweig.

November: Raabe wird zum Ehrenmitglied der Deutschen Schiller-Stiftung ernannt.

1910   *Januar:* Tod der Schwester Emilie.

Oktober: Die Universität Berlin verleiht Raabe die Ehrendoktorwürde.

15. November: Tod Raabes in Braunschweig.

Lightning Source UK Ltd.
Milton Keynes UK
UKHW021052200820
368549UK00013B/1432